女孩們

艾瑪・克萊恩

THE GIRLS

EMMA CLINE

目錄
Contents

推薦序

攜手重返，曾是天堂的地獄

張亦絢

艾瑪・克萊恩的《女孩們》著實令人驚歎。

屬於世紀大案的「曼森家族殺人事件」，不知多少作家導演，或基於獵奇心態，或本於嚴肅思考，對此磨刀霍霍——然而，介入熱門領域，並不會減輕創作的難度，相反地，它是嚴峻的試煉。小說能比紀實更有意義嗎？虛構能比犯罪事件更值得閱讀嗎？《女孩們》無疑通過了重重考驗，在眾多出版品當中，站穩了「萬夫莫敵」之姿——這本文學小說步伐輕盈，但也絕對沉著。

1. 聚光照進「不重要性」

首先，會令人對克萊恩肅然起敬的，是她極度忠於創作的勇氣——她沒有受到為著名事件全面詮釋的誘惑，眾人最熟悉的「四大魔頭」甚至不是小說的重心。女主角伊薇・博伊德當時十四歲，殺戮發生的現場，她要沾上邊，都很勉強；小說開始不久，借住友人家中的她，聽到闖入者的女孩人聲——成年的她，這樣想：「但是我不該感到心安——蘇珊和其他人也是女孩，而這一點對誰都沒有好處。」一句話，就點出小說的多重旨趣：伊薇再次「經歷」了多年前的殺戮，只不過現在的她，卻在「另一邊」——

當下的伊薇，恰如死於曼森家族刀下的受害者，不同的是，她比任何人都深有警惕與感觸——因為她，曾情深義重地，緊緊拉過「這一邊」(闖入殺人者)要角，蘇珊的手。

這些設定，在在展現了不凡的視角。故事絕不單純，讀者將受到諸多衝擊——伊薇這個雙重邊緣人，手不染血，未可稱為罪犯；卻也因為曼森家族前成員的身份，而難以抬頭挺胸——如此的「不重要性」[1]，令人想到高達對「頁緣」一事的說法。書頁的四周都有稱為頁緣的空白區，高達認為它們十分關鍵，因為正是這些「頁緣」保持了每張書頁的秩序及其可讀性。《女孩們》可說擁有強烈的「非正文」特性，它們是對頁緣之事的聚焦，那些難被主線納入的「邊邊」：伊薇偷錢維持「家族」開銷、也附議放浪的性關係——聲名大噪的殺人之事算不到她，「難逃其咎」的情緒一樣未曾停止。沒有一刻，伊薇以「完全的受害者」自視，這一點，雖略有違公道與常識——卻是《女孩們》中，讀來最揪心，也最令人動容處。

伊薇這個角色有如一根不起眼的脫線線頭，克萊恩抽起它，源源不斷地拉扯，最後，某怪物一般的社會事件，在我們眼中，越看，越似曾相識……。

2. 我的愛，我的殺人犯

十四歲的某種無知，與四十歲的某種理解力，同樣有價值——唯有認知此事，我們才能認識人之為人。

作者在「年齡語言」上十分講究，這是小說讀起來，特具說服力的耀眼優點。伊薇為十九歲的蘇珊著迷，蘇珊的形象，除了客觀特徵，我們不能忘了，那也是伊薇幻想與慾望的交織。蘇珊氣派非凡，「有如銀閃閃的鯊魚」——這是已知濫殺才會有的成年人修辭；「就是順眼，連『美麗』二字都望塵莫及。」——這裡濫殺還未發生，但此話也絕非只是「情人眼中出西施」；它是笨嘴拙舌的青春期，渴望以壓倒性的造句強詞奪理（其實有點可愛）；它是自戀話術，所謂「人長得不怎麼樣，但是她笑的時候讓人不能拒絕。」[2]——不要小看這種句子，這是女人叛逆處，也是其生存的高壓所在——在「不美，實更美」說法背後，是急欲奪回話語權的奮勇與苦澀。

《女孩們》的副標可以是：「蘇珊，我的愛；蘇珊，我的殺人犯」——不同於《咆哮山莊》，凱薩玲對棄兒希斯克里夫之愛中，背德很清醒，伊薇沒有凱薩玲狡詐的英雄氣質，凱薩玲會說出在夢中，不覺天堂是自己的家，對當時的基督教社會，其挑釁可想而知；在以身家性命為最

1「不重要性」一詞，借自夏宇的詩〈更多的人願意涉入〉。

2 語出蘇偉貞的短篇小說〈陪他一段〉。

低幸福的當今社會，《女孩們》清楚呈現，若非謀殺，伊薇對蘇珊的傾慕，有如蘇珊就是她的天堂——不挑釁嗎？很挑釁。對象很錯，感情很真——這固然有愛情小說的衝突元素，然而克萊恩著墨更深的，是對一則「十四歲童話」的重寫。這則童話沒有白馬王子，但是如「流亡中的貴族」的「女孩們」，拯救了十四歲的平庸乏味。為時甚短，仍甜美如甘露——我們可以責備十四歲之人的「愛的饑渴」嗎？回答前，讓我們先想想，饑渴是什麼。

3. 沒有一個家庭，像家庭

離婚並不一定會對子女造成傷害。然而，未成年人如被暴露在太多超過其年紀可以承受的變化中，確實會感到迷失。伊薇「被要或不被要」的焦慮，受到父母分離的激化，當父母都表現出為各自幸福打算的決心，多少加速了伊薇「向外發展」的動力。

如果暫且粗糙地將「曼森家族」視為違常，一般美國生活視為常態，我們會很驚訝地發現，兩者竟多所疊合。女孩們從家庭出走，表面是「反對體制」，其實進入的是與體制「雖遠實近」的所在：在兩處，輔佐男人都是女人比較心安的抱負；就女人的性處境而言，生在社會，是無盡的被白嫖（性騷擾）；加入「邪教」，則是多情的奉獻。不樂之捐與樂捐，相似的是，女體都被當作「甜頭」——包括女人自身也還未掙脫迷思。

因此，「曼森大家庭」與其他小家庭的穿梭描述，寄託了作者犀利的觀察。當羅素（小說中曼森的化身）灌唱片之志受挫，「家庭」氣氛為之惶惶，彷彿父親失業的暴風雨圖；當羅素更加失控而毆打成員時，眾人的反應，也與淡化家暴威脅的普通市民神似。如果殺人是侵犯的極致——我們很難不憶起小說中，伊薇之眼看到的「正常世界」，早已上演著「以侵犯做為炫耀」的叢林法則。

伊薇眼見父親的新女友，偷擦伊薇母親口紅的一幕，特別令我印象深刻。傳統上保留給女兒的淘氣小任性，這下換人做做看。小說下筆技巧甚高，我們讀來不無撞見「弒母兼弒女」的震驚。這是新人對舊人的輕蔑之舉，然而，這何嘗不也是（透過共用口紅）新人（強）吻舊人的同性情慾伏流？

4. 被攫獲的性別多樣飄忽

過去圍繞在《去問愛麗絲》——這部與《女孩們》筆下事件同時代的作品——即曾出現過討論：是用藥讓人對同志情愛的禁忌褪去？還是恐同的痛苦太大，所以麻醉與迷幻藥，才成為護身？無論是哪個答案，此處我們有必要憶起的是，「普通少女」對同性的好奇探索，曾是社會檢禁輕易刪除的內容。文化管制造成的後果，就是令任何感到此類需求的女孩，無可避免地感到孤絕。伊薇自我指稱時，會用「毫不性感」，但也用「紳士」或「士兵」等詞，可以說她的性別認同像個大雜燴，也可以說豐盛多元——在主流的性別分化中，她像個怎樣都跟不上標準進度的障礙生，只在跟著蘇珊時，才從標準化的桎梏脫身。

與其說「邪教」創造了「性別自由」太可笑，不如想想，是什麼「既定秩序」，導致了在顛狂中，才能接近自我的真實？《女孩們》有如高明的捕蝶，攫獲了稍縱即逝的性別多樣飄忽。

5. 錯亂歸錯亂　尊嚴是尊嚴

濫殺的曼森家族，很難不說它不是反體制的贗品。不過這也使我想起，某藝術史家，在幾可亂真的偽畫，將要遭毀時的反應，他表示，「冒充之作」應保留，它們是極佳教材，使專家透過比較，更透澈講解真品的藝術手法。

《女孩們》研究「偽物偽反抗」的成就，也深同此理。小說尾聲，克萊恩用「錯亂的尊嚴」形容女孩們，也說出了小說精髓：認得女孩們的錯亂，不忘女孩們的尊嚴——此不礙於彼，這也是費茲傑羅論小說時，力陳的最高境界：一種矛盾總是不相抵消的前往之道。且讓我，也以我「錯亂的尊嚴」，鄭重推薦此書。

我之所以抬頭看，原因在於那陣笑聲；之所以繼續看，是因為那群女孩。

我先注意到的是頭髮，飄逸長髮，未經梳理，蓬鬆凌亂。然後是她們的首飾，飾物捕捉了日光，閃閃爍爍。她們三人跟我有段距離，所以只看到輪廓，但是沒關係——我知道她們跟遊樂園裡其他人都不一樣。遊客們攜家帶眷，漫步在鬆散成列的隊伍之間，等著露天烤肉架上的香腸和漢堡。身穿花格洋裝的女子們急急走向男友身旁，孩童們朝著狀似兇狠、跑出狹長走道的雞群丟擲尤加利樹的種子。那幾個長髮女孩似乎凌駕在周遭眾人之上，緩緩飄浮，感覺疏離而哀傷，好像流亡中的貴族。

我張口結舌、明目張膽、幾乎忝不知恥地盯著那幾個女孩瞧，即使她們似乎不可能轉頭，注意到我。我忘了吃我的漢堡，擱在膝上。微風吹拂，河上飄來鰷魚的腥味。那個年紀的我，通常會忙著打量其他女孩，幫她們排名，忙著算計自己哪裡比不上她們，我馬上就看出來那個黑髮女孩最漂亮。即使尚未看清容貌，我已猜想得到。她身穿一件髒兮兮、幾乎遮掩不了臀部的連身洋裝，渾身飄散出一股不屬於凡間的氣息，一個瘦瘦的紅髮女孩和一個年紀較大的女孩把她夾在中間，兩人都跟她一樣衣衫襤褸，好像從湖裡被拖上岸邊、想了想才隨便披上一件破爛的衣裳。廉價的戒指看上去像是另一副指節。她們既漂亮，也醜陋，遊走於一個令人不安的臨界點，所到之處引起一波波注目，迴盪在遊樂場中。媽媽們感覺到一股不知名的情緒，轉頭看看孩子們在哪裡。女子們伸手握住男友的手。陽光射穿林木，一如往常——柳樹懶懶飄揚，一陣陣熱風吹過野餐桌巾——但是女孩們漫不經心地踏過尋常的世間，有如銀閃閃的鯊魚劃穿水面，留下一道道足印，干擾了尋常的光陰。

第一部

PART.1

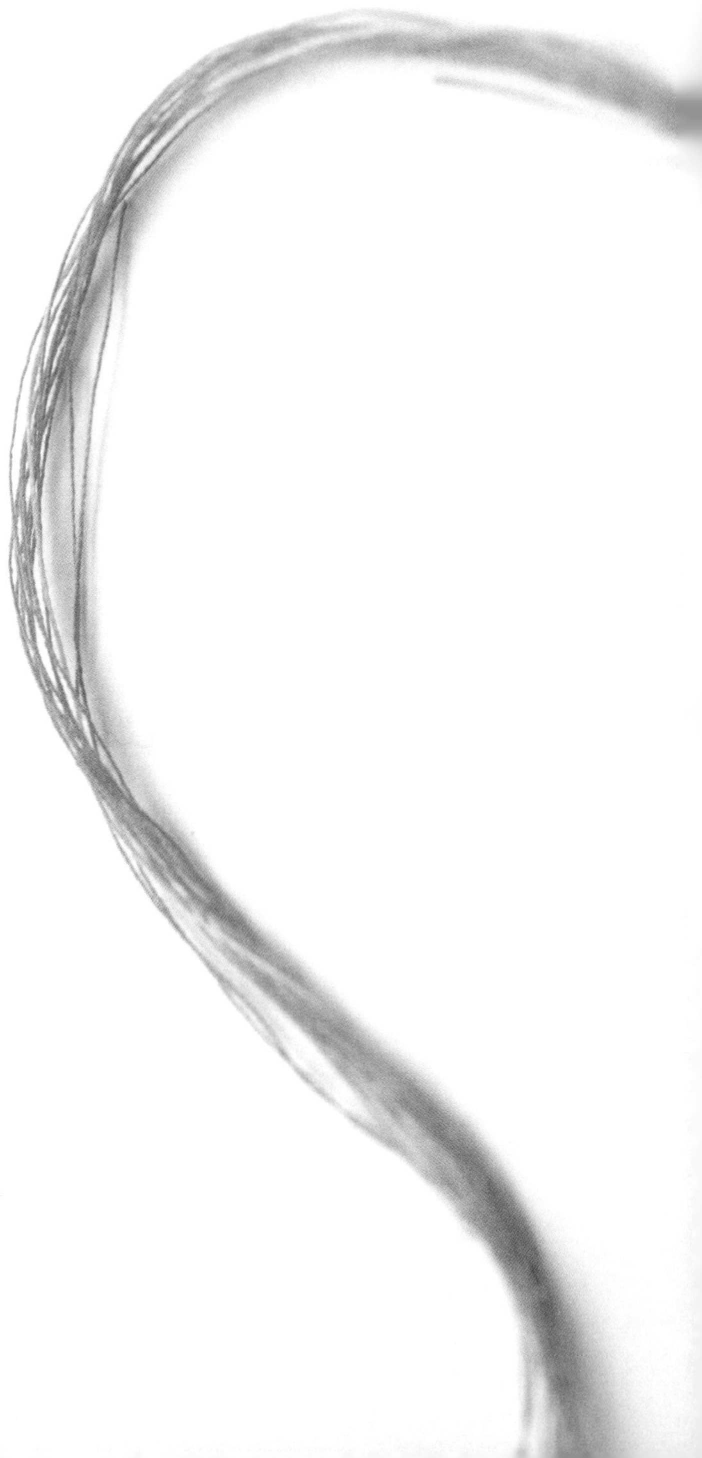

那部閒置在狹長車道盡頭的福特汽車是一切的起點。忍冬草香味甜膩，八月的空氣更濃郁了。女孩們在後座手牽著手，車窗搖下，任憑夜色滲入。收音機播放音樂，直到駕駛忽然緊張地顫抖，啪地一聲關掉。

他們爬過入口的鐵門，門上依然懸掛著聖誕節的燈飾。最前頭是管理員的小木屋；屋中沉寂無聲，管理員在沙發上小睡片刻，光裸的腳丫盤起，好像相疊的麵包。他的女友在浴室裡，拭去模模糊糊的半月形眼影。

然後是主屋，而他們驚動了在客房裡看書的女子。床頭小桌上的玻璃水杯搖搖顫動，女子的棉質襯褲微微濡濕。她五歲大的兒子躺在她身旁，喃喃地念著沒有人聽得懂的胡言亂語，壓制沉沉的睡意。

他們把每個人趕進客廳。受到驚嚇的人們一意識到發生了什麼事，生活中種種的小確幸，諸如早上喝口柳橙汁、騎腳踏車斜斜轉個彎，便盡數消失。他們神情一變，好像百葉窗刷地拉開，種種景象盡收眼底。

※

那天晚上的情景，我早已反覆想像過很多次。漆黑的山路，黯淡的海面。一名女子跌倒在暗夜的草坪上。各個細節雖已隨歲月逐漸褪色、蒙上第二、三層外衣，但每當午夜將至、我聽到門鎖咔啦開啟時，腦海中依然馬上浮起那個念頭。

門口有個陌生人。

我靜待聲音的來源現形。一個鄰家的孩童拖著垃圾桶走上人行道。一隻野鹿衝過矮樹叢。沒錯，我告訴自己，屋子另一頭嘰嘰嘎嘎，八成就是這些聲響。我試圖想像天亮之後，屋裡重趨寧靜，清涼舒爽，一點都不危險。

但是噪音仍不休止，愈來愈真，愈來愈近。這會兒另一個房間傳來笑聲。說話聲。冰箱門颼颼開啟。我細細尋思可能的解釋，卻不斷受限於最可怕的念頭。歷經了種種事端，我的一生難道就此終結？困在別人的屋裡、周遭盡是別人的過往、別人的積習？我光裸的雙腿靜脈曲張——當他們過來抓我，他們將看到一個掙扎逃竄的中年婦女，我看起來將多麼沒用。

我躺在床上，盯著緊閉的房門，呼吸愈來愈短淺。我靜候入侵者，等著我想像中的驚恐變成一個真人，走入屋中——我意識到我不會耍英雄，只會呆呆地承受內心恐懼，蠢蠢地熬過肢體的痛苦。我不會試圖逃跑。

☼

我聽到女孩的聲音才下床。她的嗓音高亢，聽起來沒有惡意。但是我不該感到心安——蘇珊和其他人也是女孩，而這一點對誰都沒有好處。

❊

我借住在別人家。濱海的柏樹漆黑地、密密地矗立在窗外，海風帶著鹹味，微微刺鼻。我的吃相跟小時候一樣不文雅——撒了起司粉的義大利麵，沒有氣泡的蘇打汽水，我全都狼吞虎嚥，不顧形象。我每星期幫丹尼的植物澆一次水，一株株搬到浴室，放在水龍頭下方，讓自來水流過花盆，直到土壤噗噗啪啪冒出水泡。我不只一次踩著一堆枯死的樹葉在浴缸裡淋浴。

我外婆是電影明星，她頂著一頭捲髮，連續好幾個小時對著鏡頭生硬地微笑，拍攝了一部部電影，我的遺產是票房收入的零頭，十年前早已花得一乾二淨。我的工作是居家照護，協助那些徘徊於生死之間灰色地帶的人們。我一身中性的打扮，臉上帶著朦朧的笑意，好像一尊裝飾草坪的雕像，營造出一種文雅、低調的形象。笑意非常重要，至於低調嘛，訣竅在於服膺事物應有的順序，好像我也有心服膺，唯有如此，我才可能無影無形。我協助的對象形形色色。一個畏懼插座和紅綠燈、需要特殊照料的小孩。一個上了年紀的老太太，老太太一邊看電視的脫口秀節目，我一邊幫她點數小碟裡的藥丸，淺粉紅色的膠囊看起來像一顆顆小糖果。

工作青黃不接之際，丹尼主動提供他的度假別墅讓我暫住，而且表現得好像我幫了他一個忙，無異是老朋友的關心之舉。朦朧的日光從天窗流瀉而下，各個房間一片迷濛，好像是個水族箱，濕氣之中，木板膨脹鼓起，好像屋子在呼吸。

沙灘不太受歡迎。太冷，而且沒有牡蠣。鎮上只有一條街，街道兩側都是拖車屋，家家戶戶各自佔據一小塊土地，紙風車在風中噗噗啪啪地轉動，前廊堆滿灰白的救生圈和救生衣，一件件尋常的物品，似乎讓家園的範疇不斷擴大。有時我抽兩口丹尼那些毛絨絨、聞了嗆鼻的大麻，然後走到鎮上的商店。這樣的差事目標明確，跟清洗碗盤一樣，我可以輕易達成。盤子要嘛骯髒，要嘛乾淨，我喜歡簡單明瞭的二分法，日子全靠它們支撐。

我很少看到外面有人。鎮上僅有的幾個青少年似乎都令人毛骨悚然、多半在鄉間的意外中喪生——我聽說過有人的小貨車在清晨兩點撞得人車全毀，或是幾個人在車庫裡露營過夜、結果全死於二氧化碳中毒，還有一個英年早逝的四分衛。我不知道這是否因為鄉間生活乏味、時間太多、成天無所事事、手邊剛好有部大型休旅車，或者這純粹是加州人的特性，好比一顆光影中的沙粒，汲汲於追求刺激和愚笨的戲劇特效。

我根本還沒踏入海裡。一位咖啡館的女服務生告訴我，這片大海是大白鯊的繁殖場。

※

他們在白燦燦的廚房燈光下抬頭一望，好像被逮到在垃圾堆裡翻尋食物的浣熊。女孩尖叫一聲。男孩站起，挺起瘦長的身軀。只有他們兩人。我的心噗噗狂跳，但他們好年輕——我猜想八成是闖入度假別墅的當地人。我不至於一命嗚呼。

「他媽的怎麼回事？」男孩放下啤酒，女孩緊緊貼在他身側。男孩穿著休閒短褲，看起來二十歲左右，女孩個子很小，大概十五、十六歲，蒼白的雙腿泛出青筋。

我緊緊抓住襯衫下擺，雙手貼著大腿，盡量擺出權威人士的架式。當我說我會打電話報警，男孩輕蔑地哼了一聲。

「請便。」他把女孩抱得更緊。「打電話給警察。妳知道嗎？」他掏出自己的手機。「他媽的，我來打。」

凝聚在我心中的恐懼忽然消失。

「朱利安？」

我想大笑——最近一次看到他的時候，他才十三歲，整個人瘦巴巴，尚在發育。他是丹尼和艾莉森唯一的兒子，爸媽事必躬親，開車載著他到美國西部各地參加大提琴比賽，星期四安排他上中文課，叮囑他吃全麥麵包和小熊軟糖維他命，種種關切皆是提早準備，以免將來孩子成不了大器。但所有努力都是泡影，到頭來他進了加州州立大學長灘或是爾灣分校，而且惹了不少麻煩。我記得他好像被退學，說不定情況沒那麼嚴重，校方可能建議他到專科學院念一年書。過去朱利安始終是個害羞、焦躁的孩子，汽車收音機、不熟悉的食物都能令他畏縮。這會兒他威風凜凜，襯衫下隱隱可見刺青，看起來相當強勢。他不記得我。他何必記得？我不是那種會讓他色瞇瞇地緊緊盯著瞧的女人。

「我在這裡待幾個星期，」我說，我意識到自己光著大腿，剛才又虛張聲勢地提到報警，實在不好意思。「我是你爸爸的朋友。」

我看得出他努力想要認出我是誰，想出一番道理。

「伊薇，」我說。

依然一片空白。

「我以前住在那棟柏克萊的公寓？你大提琴老師家隔壁？」丹尼和艾莉絲有時下課之後過來坐坐，朱利安經常大口大口地喝牛奶，兩隻小腿機械式地猛踢我桌子的桌腳。

「喔，他媽的，」朱利安說。「沒錯。」我看不出來他是否真記得我，說不定我只是提出足夠的細節，讓他鎮定下來。

女孩朝朱利安轉身，臉龐像湯匙般空白。

「沒事，寶貝，」他邊說、邊親吻她的額頭——這個溫柔的舉動出乎我意料。

朱利安對我微笑，我意識到他喝醉了，說不定只是嗑藥嗑得飄飄然。他的五官髒兮兮，肌膚濕答答，看來不太健康，但他上流社會的教養好像母語一樣起了作用。

「這位是莎夏，」他邊說、邊用手肘輕推女孩。

「嗨，」她偷偷看我一眼，不太自在。我已忘了少女那種魯鈍而可悲的心情：她對愛情的渴望，赤裸裸地閃過她臉龐，我看在眼中，只覺得難為情。

「莎夏，」朱利安說，「這位是——」

朱利安極力想把焦點集中在我身上。

「伊薇，」我提醒她。

「沒錯，」他說。「伊薇。是喔。」

他喝了一口手中的啤酒，褐黃的酒瓶捕捉了刺目的燈光。他瞪著我後方，瞥視傢俱和書架上的藏書，彷彿這裡是我家，他才是客人。「天啊，妳肯定以為我們……闖空門、或是什麼的。」

「我以為你們是當地人。」

「有人闖過一次空門，」朱利安說。「當時我還小。我們不在這裡。他們只偷走了我們的潛水服和冷凍庫裡的一些鮑魚。」他又喝一口啤酒。

莎夏一直看著朱利安。她穿了一件熱褲，百分之百不適合清冷的海岸，身上那件運動衫太大，肯定是朱利安的，袖口磨損，看起來有點潮濕。她的妝化得很差，但我猜她只是象徵性地隨便上妝。我看得出來她因為我的注視而緊張。我了解這種憂慮。我在她這個年紀時，甚至不確定應該如何走動。我的步伐太快還是太慢？其他人看不看得出來我的彆扭和僵硬？感覺每個人隨時隨地都在評量我，找我的缺點。我意識到莎夏非常年輕，甚至不該跟朱利安出現在這裡。她似乎知道我想些什麼，眼睛緊盯著我，眼神出乎意料地叛逆。

「很抱歉你爸爸沒跟你說我會在這裡，」我說。「如果你想要那張比較大的床鋪，我可以搬到另一個房間。或者，如果你想要獨處，我會想辦法——」

「不了，」朱利安說。「莎夏和我哪裡都睡得著，寶貝，是不是？我們只是路過。我們一路向北，送大麻，」他說。「我從洛杉磯開車到奧瑞岡州邊境的洪堡郡，每個月最起碼跑一趟。」

我意識到朱利安以為我會大感欽佩。

「我沒有販賣大麻，也沒牽扯其他的事，」朱利安話鋒一轉，繼續說道。「我只是送貨。何況你只需要兩個防水背袋和一個警察通訊器。」

莎夏看起來有點擔心。我會讓他們惹上麻煩嗎？

「麻煩再跟我說說妳怎麼認識我爸？」朱利安說。他一口喝乾啤酒，再開一罐。他們帶來幾箱六罐裝的啤酒。放眼望去還有其他物品：一排小碎石般的各式堅果，一包還沒打開的蚯蚓軟糖，一個皺巴巴、軟趴趴的速食店紙袋。

「我們在洛杉磯認識的，」我說。「我們有一陣子住在一起。」

七〇年代末期，丹尼和我分租一棟威尼斯海灘的公寓。海灘附近一條條巷弄，夜晚溫煦，海風吹得椰子樹拍打玻璃窗，整個地區散發第三世界的風情。我靠著我外婆拍電影留下來的遺產過活，同時選課進修，拿到護理人員證照。丹尼試圖在演藝圈發展。他始終沒當上演員，反而娶了一個家境優渥的女人，開了一家素食冷凍食品公司。如今他在太平洋崗有棟舊金山大地震之前興建的豪宅。[1]

「喔、等等，他在威尼斯海灘認識的朋友？」朱利安似乎忽然變得比較有反應。「妳再跟我說說妳叫做什麼？」

「伊薇．博伊德，」我說，他臉上忽然浮現出某種神情，半是認可，半是讚譽，但絕對大感興趣。我感到訝異。

「等等，」他說。他手臂一垂，放開女孩，少了他的依附，她似乎只是一副皮囊。「妳就是那位女士？」

說不定丹尼跟他提過我悽慘的遭遇。想到這裡，我感到難為情，不自主地摸摸臉頰。這是少女時代留下的習慣，我經常藉此遮掩臉上的青春痘，不怎麼光彩。我故作自然，一隻手搭著下巴，撫弄我的嘴唇，好像這樣就不會引人注意，結果只是欲蓋彌彰。

朱利安這下可激動了。「她以前加入過那個邪教，」他告訴女孩。「沒錯吧？」他邊說、邊轉身面向我。

我的腹部一縮，恐懼如潮水般漫開。朱利安看著我，神色激奮，滿心期待。他的呼吸短淺，帶著啤酒味。

那年夏天，我十四歲。蘇珊十九歲。那群人有時焚燒薰香，讓我們昏昏欲睡，言聽計從。蘇珊大聲朗讀過期的「花花公子」，我們私藏淫穢不堪、光滑閃亮的拍立得照片，當作棒球卡一樣交易。

往事俯拾可得，稍一閃神，眼前就出現幻覺，這種狀況太容易發生，令人無法招架。一天當中的某些時刻，我總會想起某些特定物品：我媽媽的雪紡圍巾，對半剖開、芬芳濡濕的南瓜，某種明暗交錯的圖案。即使陽光閃過一部白車的車頂也能瞬間勾起心中的漣漪，容許往事進駐心中。我眼見陳舊的雅德麗亮光唇膏，唇膏本身只是一截粉碎的白臘，在網路上卻喊價到幾乎一百美金，好讓熟女們可以再次嗅聞那種化學合成的甜膩花香。人們就是如此不惜代價——我們都想知道過去**確有其事**，也想知道往昔的自己依然存活在心中。

諸多往事重新浮現心頭。大豆的特殊氣味，某人髮間的煙味，六月時分，草綠的山坡漸漸變得褐黃。一排整齊的橡樹和圓石，透過眼角隨便一瞥，劈劈啪啪地敲開某一扇心門，讓我的腎上腺素激增，掌心忽然一片濕滑。

1 譯註：Pacific Height，太平洋崗，舊金山市區最高級的住宅區之一。

我以為朱利安會露出不齒、甚至恐懼的神情。人們通常會有這種反應。但他看著我的模樣令我不解。他的神情帶著某種敬畏。

他爸爸肯定跟他說了：盛夏的破屋，曬得紅通通的小小孩。我想到當年那個威尼斯海灘燈火管制的夜晚，燭光召喚出一股浩劫之後的親密感，我頭一次試圖跟丹尼說起此事，他突然爆出笑聲，以為我之所以祕而不宣是個玩笑。即使我說服了他，讓他相信我所言屬實，他依然帶著同樣的嘲諷與嬉鬧提起牧場，好像主演一部特效極差的恐怖片，片中懸吊式麥克風出現在畫面上，為殺戮場景抹上一絲喜劇色彩。刻意誇大我跟那群人的距離，微調一下我的說詞，把我的涉入變成一個個趣聞，彷彿這樣才能令人寬慰。

更何況大多著作都沒有提到我。那些書名聳動煽情、內含一頁頁犯罪現場照片的平裝本，我的姓名隻字未提。那本人氣較低、但是可信度較高的大部頭專書也沒有提到我，專書由主任檢察官撰寫，書中提到種種讓人作嘔的細節，甚至包括檢方在小男孩的胃裡化驗出還沒消化的義大利麵。只有一本書果真提到我，但是這書已經絕版，而且我的名字僅僅出現在短短的兩行之中。這書的作者是個詩人，他搞錯了我的姓名，而且完全沒有聯想到我的外婆，詩人亦宣稱中情局拍攝過色情片，片子由被下了藥的瑪莉蓮夢露領銜主演，賣給政客和外國元首。

「那是好久以前的事，」我對莎夏說，但她神情一片空白。

「說是這麼說，」朱利安愈來愈興奮。「但我始終覺得那件事情好炫。沒錯，相當病態，但是好炫，」他說。「一場糊塗的表達方式，但依然是種表達方式，妳明白吧？甚至可以說是藝術家的衝動。你必須先摧毀，然後才能創造。印度教不是常說這套鬼話嗎？」

我看得出他把我的困惑與震驚視為認可。

「天啊，我甚至無法想像，」朱利安說。「妳會被捲入那樣的事情。」

他等著我回應。廚房燈光迎面襲來，令我暈眩。他們沒有注意到燈光如此刺眼嗎？我甚至懷疑女孩是否真嬌美。她一口黃板牙。

朱利安用手肘輕輕推她一下。「莎夏甚至不知道我們在說些什麼。」

人人最起碼知道其中一個可怕的細節。萬聖節時，大學生裝扮成羅素，雙手抹上一層從學校餐廳偷來的番茄醬。一個黑人重金屬樂團用蘇珊畫在米契牆上的那顆心作為唱片封面——那顆筆法粗拙、用女性受害者的鮮血繪成的紅心。但是莎夏似乎好年輕，她怎麼可能聽說過這些事情？她幹嘛在乎？她似乎迷失在自己深沉的思緒中，當中除了她自己的感受之外，其他全都不重要，好像事事只朝著一個方向進展，時光領妳沿著長廊前行，把妳帶到一個房間，妳的自我在房裡等候——初具雛形，即將顯現，妳想躲也躲不了。可悲的是，妳意識到有時妳永遠走不到那裡。有些時候，妳一輩子匆匆走一遭，歲月流逝，卻未曾受過庇佑。

朱利安溺愛地摸摸莎夏的頭髮。「這事在當時可是他媽的不得了。幾個嬉皮在馬林郡大開殺戒。」

他狂熱的神情我已經看習慣了。網路論壇太多這種人，而他們的狂熱似乎永遠不會降溫或是消逝。他們用同樣權威的口吻，爭相以專家的姿態發言，以研究的光環掩飾言論之中不免表現出的嗜血兇殘。他們在了無新意的枝微末節之中尋找什麼？難不成案發當天的天氣狀況很重要嗎？想得夠久，所有枝微末節似乎都變得相當重要：米契廚房裡的收音機轉到哪一個頻道，兇手們刺了幾刀、傷口多深，車子沿著小徑行駛時、窗外的陰影怎樣閃動。

「我只跟他們混過幾個月，」我說。「沒什麼大不了。」

朱利安似乎感到失望。我想像我在他眼中的模樣：這個一頭亂髮、黑眼圈、面帶憂慮的女人就是當年那個女孩？

「但是，沒錯，」我說，「我經常待在牧場。」

這個答覆讓我重回他的關注範疇，穩立其中。

因此，我不再多言，靜待這一刻消逝。

我沒有跟他說我但願自己從未遇見蘇珊。我沒有跟他說我但願自己平安無事地待在臥室裡，窗外一座座鄰近帕塔露瑪的枯黃山丘，書架上擺滿一本本書脊燙金、我小時候最心愛的童書。我真的但願如此。但有些夜晚、當我無法成眠，我站在水槽邊慢慢削蘋果，任由果皮隨著銀閃閃的小刀愈拉愈長，周遭一片漆黑，屋裡只有我一人。有些時候，我並不感到遺憾，反而感到失落。

❊

朱利安把莎夏趕進另一間臥室，好像一個溫馴的少年牧人。他問我需不需要什麼東西，然後說聲晚安。我有點訝異——他讓我想起學校裡那些嗑了藥之後變得比較勤快、比較有禮的男孩，他們陷入飄然迷幻之境，乖乖清洗家人們的晚餐餐盤，著了魔似地凝視迷濛的肥皂泡沫。

「晚安，」朱利安說，他像個藝妓似地微微一鞠躬，然後關上房門。

※

我的床單亂七八糟，臥室裡依然瀰漫恐懼的氣息。我怎麼如此畏懼？真是荒謬。但即使朱利安和莎夏毫無惡意，家裡多了兩個人，依然令我不安。我不想展現內心的憔悴，就算是無意間流露也不行。就此而言，獨居其實相當可怕。沒有人監督妳不可流露出妳的本性，沒有人警告妳不可屈從於妳赤裸裸的慾望。妳似乎被自己的種種習性緊緊包圍，有如蟄居在蟬繭之中，永遠無法融入常人的生活型態。

我依然警覺，花點精神才控制自己的呼吸，放鬆下來。屋裡很安全，我告訴自己，我沒事。先前跟他們碰面時，我怎麼如此慌亂、如此笨拙？忽然之間，我覺得好荒謬。透過薄薄的牆壁，我可以聽到莎夏和朱利安在另一個房間安頓下來。地板吱吱作響，衣櫥嘎嘎開啟，他們說不定正幫光裸的床墊鋪上床單，撣去累積多時的灰塵。我想像莎夏端詳架上的家庭照片——搖搖學步的朱利安拿著一具龐大的紅色話機；十一、二歲的朱利安，坐在一艘賞鯨的船上，鹽粒掃過他神情讚嘆的臉頰。她說不定把照片中那個小大人的天真與溫柔，全都投注在這個脫下短褲、拍拍床鋪、叫她過來跟他一起上床的男子身上。一個個由他自己或是朋友們刺出的刺青，在他的手臂留下模糊不清的圖案，隨著手臂的移動微微扭動。

我聽到床墊嘎嘎呻吟。

他們做愛，我不訝異。但是隔牆傳來莎夏的聲音，尖銳高亢，甜膩凝重，好像拍色情片一樣嗚嗚呻吟。他們不知道我在隔壁房裡嗎？我轉身背對牆壁，緊緊閉上眼睛。

朱利安呼呼咆哮。

「妳是不是臭婊子？」他說。床頭板重重撞擊牆壁。

「妳是不是？」

※

日後我想了想，朱利安肯定知道我聽得一清二楚。

一九六九年

1

六〇年代末，或說，過了那個夏天就是六〇年代末，而當時的感覺正如一個無止無盡、迷迷濛濛的盛夏。披著白衣的「進程神學派教徒」遊走於舊金山的海特街，發放燕麥色的傳單，那年的茉莉花沿著街道綻放，花朵累累，格外繁茂。人人健健康康，活力十足，皮膚曬成古銅色，配戴著數量可觀的飾品，妳若不是這副模樣，也算有個性——妳可能是個月亮女子，為燈罩披上雪紡紗，食用混和了穀物、豆類、蔬菜的潔淨飲食清腸健胃，每個碗盤都沾上薑黃的污漬。

但那是其他地方的情景，帕塔露瑪可不如此。帕塔露瑪只有一棟棟屋頂低垂的農舍平房、永遠停放在Hi-Ho餐館前面的四輪馬車、被陽光烤焦的行人穿越道，那時我十四歲，但看起來小多了。大家喜歡跟我這麼說。康妮發誓我可以冒充十六歲，但我們都對彼此說了許多謊。我們從初一到初三始終是手帕交，康妮像隻乳牛一樣在教室外面耐心地等我，我們之間不乏雷聲大、雨點小的爭執，全副精力都花在這些小女生的友情戲碼。她身材豐滿，但穿著打扮可不像個胖女孩，她喜歡穿上墨西哥刺繡的中空襯衫，露出一截小腹，裙子太緊，上半截大腿擠出一圈贅肉。我始終喜歡她，而且是那種連想都不必想的喜歡，好比不花大腦也曉得自己有兩隻手。

九月一到，我將被送往那所我媽以前就讀的寄宿學校。校區坐落於蒙特瑞郡，校園環繞著一座古老的修道院，草坪緩緩起伏，修剪得整齊平滑，維持得相當好。晨間縷縷薄霧，鄰近的大海偶爾飄來帶著鹹味的空氣，學生全是女孩，我必須穿制服——低跟皮鞋，素顏，水手衫，繫上海藍色的領帶。說真的，那裡像座監獄，石牆環繞，關著一群乏味、圓臉的女孩。營火少女團的團員和未來的幼教老師被送到這裡，學習一分鐘打一百六十字和速記，人人做出不切實際、過度殷切的承諾，比如保證將來在彼此的夏威夷豪華婚禮上擔任伴娘。

由於我即將離家，因此我不得不拉開自己和康妮的距離，重新檢視我們的友誼。我開始注意到一些事情，幾乎不想注意都不行。比方說，康妮告訴我：「忘掉舊愛最好的方式，就是投入新歡的懷抱，」好像我們是倫敦的女店員，而不是索諾瑪郡農業區不經世事的少女。我們舔一舔電池，體驗電流竄過舌頭的感覺，因為據說性高潮比這種觸電的感覺強十八倍。我想像別人怎麼看我們兩人，說不定在他們眼中，我們注定走在一起，中學裡總有這種毫不性感的女孩，而我們是其中之一，想了真難過。

每天放學後，我們自然而然地遵循午後的生活軌跡，浪費好幾個小時，孜孜不倦地依照沙宣美髮的指示，把生雞蛋打成泥狀，塗抹在頭髮上強化髮質，或是拿著消毒過的繡花針，用針頭清除粉刺。少女時代的我們似乎不停地做這些事情，而且做好做滿，孜孜不倦，想來真是奇怪。

成年之後，一想到當年浪費了那麼多時間，不禁感到訝異。我們領受教誨，期盼生命的起起落落；我們遵照雜誌的殷殷告誡，從開學前三十天開始倒數，準備迎接開學日。

第二十八日：敷用酪梨蜂蜜面膜。

第十四日：在不同的光線中，諸如自然光、辦公室、或是薄暮時分，測試化妝的效果。

當年的我，極度渴望受到注目。我拉低領口，薄施脂粉，為了引發眾人的愛慕穿衣打扮；每次置身公眾場合，我總是目光呆滯、一臉哀愁，若是有人剛好不經意看到，說不定會以為我正在思索種種深奧的問題。我小時候曾經參加一項慈善狗展，牽著一隻長相甜美、脖子繫著真絲方巾的牧羊犬四處展示。我走到陌生人面前，讓他們稱讚我的牧羊犬，我像個售貨小姐似地盡情展現笑容，臉上始終帶著甜美的微笑，種種表演皆獲眾人認同，實在開心極了。但是落幕之後、當沒有人非得再看我一眼，那種空虛落寞的感覺，卻也令人椎心。

我等著別人向我詳述我的優點。日後回想，是否因為如此，所以牧場上的女性遠多於男性。報刊雜誌殷殷告誡，人生其實只是一間候診室，妳靜坐其中，等待某人注意到妳。於是妳耗時耗神，做好準備，靜候人們的目光，在此同時，男孩們已將時間花在探索自我，並造就了自我。

⁂

在遊樂園那天是我頭一次看到蘇珊和其他女孩。我以烤肉架冒出的濃煙為目標，騎著腳踏車過去遊樂園。一個男人一臉無聊地煎漢堡，肉餅在爐架上滋滋作響，除了他之外，沒有人注意到我。橡樹的陰影漫過我光裸的手臂，我的腳踏車斜斜擱在草地上，當一個年紀較大、戴著牛仔帽的男孩一頭撞上我，我故意身子一斜，讓他再撞我一次。康妮說不定會用這一招打情罵俏，而且好像軍事演習似地再三演練。

「妳哪裡有毛病？」他喃喃說道。我開口道歉，但男孩已經走開，好像他早知道不管我打算說什麼，他都沒必要傾聽。

夏季無止無盡地在我面前延展——日日零散，時時虛擲。我媽媽像個陌生人似地在家裡閒晃。我跟我爸爸通了幾次電話。他似乎跟我一樣不自在，他彆扭地問我幾個正經八百的問題，好像他是個遠房叔叔，而他眼中的我，比方說伊薇十四歲、伊薇個子不高，只是一連串別人告訴他的二手資訊。我們之間的沉默若是沾染著一絲哀傷或是懊惱，說不定比較不讓人難過，但我聽得出來他很高興他已離開這個家。

我一個人坐在板凳上，膝上鋪著餐巾紙，嚼我的漢堡。

那是我好久以來頭一次吃肉。我媽四個月前離婚，此後就不再吃肉。她不再做很多事情。她以前每季一定幫我添購新內衣，把我的白色短襪捲成可愛的小雞蛋。她以前幫我的洋娃娃縫製睡衣，讓每個洋娃娃穿上跟我同樣款式的睡衣，連珍珠般的小鈕扣都一模一樣。但以前那個媽媽不見了。如今她滿心急切地準備面對新生活，好像一個急於解開數學難題的女學生。她一有空就做伸展操，踮起腳尖鍛鍊小腿。她焚燒薰香，香柱以鋁箔紙包裝，薰得我淚水汪汪。她開始飲用一款某種薰香樹皮製成的茶，一邊啜飲、一邊在家裡晃來晃去，心不在焉地摸摸喉嚨，好像久病初癒。

病症含混不明，療法倒是相當確切。她的新朋友們建議按摩、名為感官隔離箱的鹽水槽、心靈電儀表、完形治療等，他們建議只吃滿月期間栽種的高礦物質蔬果，我不敢相信我媽居然會採納他們的建議，但顯然她聽任每個人的擺布。她急著追尋一個目標，相信只要努力嘗試，答案可能在任何一個時刻從任何一個方向來。

她不停追尋，直到生活只剩下追尋。她那個阿拉米達的占星師跟她說，她的星座不斷上升，投下不祥的陰影，讓她聽了哭哭啼啼。她接受種種治療，其中包括在一個四面鋪了軟墊的房裡繞來繞去，房裡擠滿了陌生人，她跟大家一起急急轉圈，直到撞上某樣東西。她帶著瘀青回家，起先只是一塊隱約的青紫，後來顏色逐漸加深，變成鮮紅的瘀血。我看到她輕撫瘀青，神情幾乎像是愛憐。當她抬頭一看、發現我盯著，她不禁臉紅。她剛剛染髮，假惺惺的玫瑰髮色飄散著刺鼻的化學藥水味。

「妳喜歡嗎？」她問，手指輕輕掠過分叉的髮梢。

我點點頭，即使那個髮色讓她看起來好像患了黃疸病。

她一天一天不停改變。變化不大，都是一些小事。她跟她會心團體的女性團友們購買手工耳環，戴著耳環回家，粗拙的小木片在耳邊晃來晃去，腕上的手鐲叮噹作響，手鐲顏色青綠，有如晚餐餐後的薄荷糖。她把一支眼線筆舉到打火機的火苗中，不停轉動，直到筆尖變軟、可以用來勾畫雙眼，她把眼線畫得又長又細，讓自己看起來像個昏昏欲睡的埃及女子。

晚上出門前，她順道繞到我臥房門口。她穿了一件露肩的番茄紅罩衫，不停把袖子往下拉。肩上撒了閃亮的金粉。

「甜心，妳要我幫妳畫眼線嗎？」

我沒地方可去。誰在乎我的眼睛看起來是否比較圓、比較藍？

「我說不定很晚回來。所以先跟妳說聲晚安。」她彎下腰，親一下我的頭頂。「我們過得很好，是不是？我們母女兩人？」

她面帶微笑拍拍我，笑容之中流露出赤裸裸的渴望，急著得到認可。我多多少少感覺我們確實過得不錯，說不定我只是把熟悉感誤認為快樂，因為家庭生活純粹是個習慣，即使缺乏愛意，種種習慣依然存在。家庭編織出一張網，妳待在裡面的時間多到難以想像，而說不定這樣對妳最好。妳整個人被包覆其中，沒有起點，也沒有終點，就像妳摸尋膠帶的開口，卻始終找不到裂縫。妳不會受到干擾，一切都是如此熟悉、如此平順，生命裡只有種種已被深深內化在心中、甚至想都不用想的景物。比如那一個柳樹花紋、缺了一角、我已經忘了為什麼喜歡的晚餐餐盤。走廊上那一面我熟得不能再熟、甚至無法跟其他任何人描述的壁紙，壁紙上一叢叢褪色的棕櫚樹，我曾為每一朵盛開中的芙蓉花加諸獨特的個性。

我媽已不再堅持按照固定的時間進餐，她把葡萄留置在水槽的漏勺中，或是從她長壽保健飲食的烹飪班帶回一罐罐玻璃瓶裝的茴香味噌湯。還有滴著琥珀色油脂、氣味令人作嘔的海帶沙拉。「每天吃這個當早餐，」她說，「妳絕對不會再長痘痘。」

我微微退縮，從額頭上移開遮住青春痘的手指。

媽和莎兒經常深夜商談，莎兒是一個比較年長、我媽在諮商團體認識的女人，不管我媽什麼時候找她，她始終隨傳隨到，她在種種奇怪的時刻上門，急著看好戲。她穿著旗袍領的長衫，灰白的頭髮剪得非常短，耳朵因而更加明顯，讓她看起來像個小老頭。我媽經常跟莎兒閒聊針灸、流竄於穴點之間的精氣、經絡表。

「我只是需要一些空間，」媽說。「這個世界讓人非常疲憊，不是嗎？」

莎兒移動一下她的大屁股，點點頭，好像上了轡繩的小馬一樣順服。

我媽和莎兒捧著小碗啜飲那款樹皮烘培的煎茶，她最近培養出這種做作的舉動。「歐洲人都是這樣，」她為自己辯護，即使我什麼都沒說。當我走過廚房，她們兩人馬上停止交談，但我媽把頭歪向一側。「小寶貝，」她說，揮揮手叫我走近一點。她瞇起眼睛。「把妳的瀏海左分，看起來比較漂亮。」

我早就把瀏海左分，藉此遮蓋被我摳得結疤的青春痘。我在痘子上抹了維他命E油，但依然無法克制自己拿著衛生紙胡亂搓弄，吸乾滲出的血滴。

莎兒同意。「圓臉型，」她帶著權威的口吻說。「說不定瀏海根本不適合她。」

我想像把莎兒從椅子推到地上是什麼感覺，她的體重八成讓她很快就跌個狗吃屎，樹皮煎茶潑灑在油氈地板上。

她們很快就對我失去興趣。我媽再度憤憤述說她那個大家都聽慣了的遭遇，好像一個飽受驚嚇的車禍倖存者。她的肩膀垮了下來，似乎陷入更悲傷的氛圍。

「最荒唐的是，」我媽繼續說，「妳知道我最氣的是什麼？」她朝著自己的雙手笑笑。「卡爾賺錢了，」她說。「那個外匯交易的點子終於奏效。」她又笑笑。「但她的薪水由我支付，」她說。「我媽媽拍電影賺的錢，居然花在那個女孩身上。」

✻

媽說的是爸爸為了他最近一項投資而聘請的助理泰瑪。投資似乎與外匯交易有關。購買外幣，衡量匯差，屢次買進，屢次賣出。次數一多，爸堅稱，就會淨賺一筆，等於是規模龐大的戲法。他車裡那些法語卡帶就是為了這項投資：他最近一直試圖促成一筆法郎和里拉的交易。

這會兒他和泰瑪在帕羅奧圖同居。我只見過她幾次：我爸媽離婚以前，有次她到學校接我，從她那部普利茅斯汽車裡懶懶地跟我揮手。泰瑪二十出頭，身材苗條，開朗活潑，經常有意無意提到周末有何計畫、希望搬到一棟比較大的公寓等等，以一種我無法想像的模式打理她的生活。她的金髮燦爛得幾乎淺白，隨意披散在肩頭，不像我媽燙了一頭柔潤的捲髮。那個年紀的我，帶著冷酷和無情的眼光審視女性，評量她們乳房的弧度，想像她們種種不雅的姿態。泰瑪非常漂亮。她盤起頭髮，用一把塑膠髮梳夾好，脖子一歪，一邊開車、一邊轉頭跟我微笑。

「想吃口香糖？」

我拆開銀閃閃的包裝紙，取出兩片灰撲撲的口香糖。我坐在泰瑪旁邊，大腿貼著塑膠皮的座椅動來動去，心中浮起一絲近似愛憐的情愫。只有女孩子才會認真地、仔細地注意到對方，就像被愛的感覺，察覺到我們想要引人注意，而我就是如此關注泰瑪——我回應她種種象徵性的舉動，諸如她的髮型、她的衣著、她的比翼雙飛牌香水，好像這些都是重要的資訊，反映出她內心的某些層面。我把她的美看成是我自己的事。

當車輪嘰嘰嘎嘎地輾過碎石車道、車子開抵家門口，她問說可不可以借用洗手間。

「當然可以，」我說。一想到她在我們家，我有點飄飄然，好像有個顯要人士來訪。我把她帶到那間漂亮的浴室，浴室旁邊就是爸媽的房間。泰瑪探頭看看床鋪，鼻子一皺。「被子真醜，」她悄悄說。

直到那一刻，那床被子不過是我爸媽的被褥，但我忽然替媽媽感到羞恥，因為她選了這麼俗氣的被子，甚至愚笨到覺得被子還不賴。

我坐在餐桌旁，聽著浴室裡悶悶地傳來泰瑪解手、水龍頭嘩啦嘩啦的聲響。她在浴室裡待了好久。當泰瑪終於現身，她看起來不太一樣。我花了一秒鐘才意識到她擦了我媽的口紅。當她注意到我看著她，她的表情好像她正在看電影而我干擾了她。她一臉出神，想像著另一個人生，陶醉在幻想中的光景。

※

我最心愛的奇想莫過於「睡眠療法」。我在《娃娃谷》裡讀到這種療法，醫生在病房裡讓妮莉陷入長期的睡眠狀態，藉由如此，這個因為服用德美羅錠而全身無力的可憐女子才有希望得救。我的肢體倚賴安靜可靠的機器維繫，我的大腦和小腦在濡濕的腦室歇息，跟玻璃魚缸裡的金魚一樣不受干擾。幾星期之後我將清醒。即使生命又將陷入失望之境，那片寧靜的虛無依然留存在心中。

寄宿學校是一帖補藥，目的在於提供我所需要的動力。即使分道揚鑣、各自專注於他們的世界，爸媽依然對我感到失望。我的成績不上不下，令他們相當苦惱。我是個平庸的女孩，在我身上看不到出眾的光彩，而這也就是他們最失望的一點。我不夠漂亮，成績不夠好；我要嘛豔光四射，要嘛天資聰穎，但指針搖搖擺擺，始終游移在兩者之間。有時一股衝動襲上心頭，我要當個好女兒，我要更努力、更用功，但當然一切還是老樣子。種種神祕的力量似乎發揮作用：我桌子旁邊的窗戶沒關上，所以數學課的時間全都浪費在觀看樹葉顫動：我的筆漏水，所以無法抄筆記。我知道怎麼用圓胖的字體在信封上寫地址，而且在封口畫上微笑的小動物；我知道怎麼裝出嚴肅的模樣，沖泡早上那一杯濃得像是泥漿的咖啡；我知道怎麼像個探尋死者話語的靈媒，從收音機播放的歌曲裡找到我想聽的那一首。這些都是我的專長，但也全都不具備所謂的實用性。

我媽說我長得像外婆，但這話聽來可疑，像是一廂情願的謊言，讓人憑空指望。大家好像祈禱似地不停講述我外婆的故事，我已經聽得爛熟。我外婆哈麗雅特是個棗農的女兒，有幸脫離烈日曝曬、沒沒無聞的椰棗小鎮印地歐，前往洛杉磯發展。她下巴圓潤，雙瞳剪水，貝齒細小微尖，好像一隻奇特嬌美的貓咪。好萊塢片廠對她悉心照拂，奉上鮮奶油和雞蛋、或是炙烤牛肝和五根紅蘿蔔，我小時候每天晚上都看著她吃這些東西當晚餐。她息影之後，我們一家人蟄居帕塔露瑪一座遼闊的牧場，她在這裡養馬，培育從路德·伯班克花園剪枝得來的冠軍玫瑰。

外婆過世後，我們靠她的遺產過活。牧場四周山坡林立，我們自外於世，有如生活在自己的王國，但我依然可以騎著腳踏車到鎮上。那種感覺比較像是心理上的疏離，日後回想，我經常訝異我們當年如此離群索居。我媽不願意冒犯我爸，我也一樣。我爸對我們斜眼而視，或是敦促我們多吃蛋白質、閱讀狄更斯的小說、多做深呼吸，我媽始終什麼都沒說，刻意容忍。他吃生雞蛋和鹽烤牛排，冰箱裡始終擺放一盤韃靼式生拌牛肉，每天用湯匙舀食五、六口。「一個人的外在反映出內在，」他邊說、邊健身，叫我坐在他背上，在游泳池邊的一張日式運動墊上做五十下伏地挺身。我盤腿而坐，被抬舉到空中，放眼望去一片燕麥野草，空中飄散著清涼的氣息，感覺有如變魔術般神奇。

有時一隻土狼從山坡上跑下來，跟家裡的小狗搏鬥，憤怒、急促的嘶嘶聲令我顫動。我爸開槍，土狼一槍斃命。事事似乎就是如此單純。那一匹匹我參照鉛筆畫本摹繪的馬匹，黑色的鬃毛陰影重重；那一隻我循線勾畫的美洲野豹，野豹一口銳利的白牙，叼著一隻野鼠走開。日後我才知曉，其實恐懼始終如影隨形。我媽把我交給那個一身霉味、坐錯位子、名叫卡兒森的保母後，便留下我獨自跟保母在一起，心中惶恐不安。大人們一直叫我玩得盡興，我卻始終沒辦法跟他們解釋我為什麼不開心。就連快樂的時刻也伴隨著失望與挫折——我爸開懷大笑，我卻不得不急急忙忙地小跑步，試圖趕上昂首闊步、遠遠走在我前頭的他。我媽伸手摸摸我發燙的額頭，然後消失在家中其他角落，用我認不出的語調跟某人講電話，留下我孤單絕望地面對病痛。一盤鹹味的圓形小餅乾，一盅變冷的雞湯，雞肉又老又硬，浮著一層油。即使年紀還小，我已經感覺到一股有如死亡般深不可測的空虛。

我不知道我媽如何度過一天天。我沒想過她肯坐在空蕩蕩的廚房裡，餐桌飄散著海綿一再使用的臭味，她呆坐在桌邊，靜候我吱吱喳喳放學，期待爸爸返家。

爸正經八百地親吻她，那副拘謹的模樣讓我們三人都感到難為情。他把啤酒罐留在台階上捕捉黃蜂，早上用力搥打胸膛，藉此健肺。他執著於他的肉身，皮鞋上方露出一截厚厚的羅紋短襪，襪子沾了斑斑點點他藏放在抽屜裡的松脂香包，老是自嘲說他把引擎蓋當作鏡子，查看自己的倒影。我細細審視我的生活，積存種想要告訴他的事情，試圖引起他的興趣。成年之後，我才意識到我知道那麼多關於他的事情、他對我卻似乎一無所知，實在奇怪。我知道他熱愛達文西，因為達文西發明了太陽能，而且出身貧苦。我知道他光聽引擎的聲響就可以辨識出車型，而且認為每個人都應該辨識得出樹木。他喜歡我跟他一樣認為商學院是個騙人的花招，或是跟他一樣贊同鎮上那個在他車上塗漆和平標示的小夥子是叛國賊。他提過我應該學習古典吉他，即使我知道他只聽牛仔樂團的歌曲，那些樂團做作誇張，歌手們穿著翠藍色的牛仔靴，一邊踏著節拍，一邊吟唱黃色玫瑰。他覺得自己之所以一事無成，只因他不夠高。

「勞勃．米契也不高，」他曾對我說。「他們叫他站在橘色的木箱上。」

※

一看到女孩們抄小路穿越遊樂園，我的注意力馬上集中在她們身上。黑髮女孩帶頭，其他女孩跟隨在後，她們的笑聲襯托出我的孤寂。我有所期待，卻不知在期待什麼。然後我看到了。即使只是一瞬間，但確有其事：黑髮女孩拉低洋裝的領口，在那短短的一秒鐘，她紅色的乳頭赤裸裸地暴露在眾人眼前。大庭廣眾之下，擠滿了遊客的遊樂園！我還搞不清楚怎麼回事，她已經又把領口拉高。她們全都放聲大笑，粗野張揚，肆無忌憚；她們甚至全都沒有抬頭看看是否有人旁觀。

女孩們走進餐館旁邊的巷子裡，距離烤肉架更遠。她們舉止老練圓滑。我繼續盯著她們。年紀較大的女孩掀開一個大型垃圾箱的蓋子，紅髮女孩屈膝，黑髮女孩站在她的大腿上，撐起身子，從垃圾箱的邊緣跳進去。她動手搜尋垃圾堆的某些東西，但我無法想像她在找什麼。我站起來扔掉餐巾紙，站在字紙簍旁觀看。黑髮女孩把垃圾箱裡的東西遞給其他女孩：一條尚未拆封的麵包，一顆看起來軟趴趴的空心菜，她們湊到鼻前聞一聞，然後丟回箱裡。整個過程似乎有套程序——難道她們真的吃這些東西？當黑髮女孩最後一次探頭、從垃圾箱的邊緣爬出來、整個人滑到地上，她手裡握著某樣東西。東西的形狀怪異，顏色跟我的膚色相仿。我悄悄往前一靠。

當我意識到那是一隻包在塑膠薄膜裡、尚未烹煮的生雞時，我的目光肯定更加專注，因為黑髮女孩轉頭，注意到我的瞪視。她微微一笑，我的腹胃頓時翻騰。我們之間似乎交換了某種訊息，周遭悄悄起了變化。她坦率地、大方地迎上我的目光，眼神中毫無歉疚。但當餐廳的紗門啪地一聲開啟，她忽然回過神。一個彪形大漢走了出來，已經開始大喊大叫，把她們當作野狗般驅趕。女孩們抓起麵包和生雞，拔腿飛奔。男人停下來看了她們一分鐘，在圍裙上擦擦他的大手，胸膛劇烈起伏，氣喘吁吁。

等到女孩們跑到一條街之外，她們的長髮已如旗幟般在身後飛揚，一輛黑色的巴士噗噗啪啪地開過，放慢車速，三人隨即消失在車裡。

※

狀似兇殘、令人悚然的生雞。黑髮女孩有如櫻桃般鮮紅的乳頭。她們三人的身影。種種影像如此鮮活、如此俗艷，說不定正因為如此，所以我一直想著女孩們。我想不透。她們為什麼非得從垃圾箱撿拾食物？誰開那部巴士？什麼人會把車子漆成那種顏色？我看得出來她們相親相愛，感覺像是一家人——她們同在一起，相互扶持，確知她們是怎樣一個小團體。長夜漫漫，我媽跟莎兒又外出，忽然之間，分分秒秒變得令人難以忍受。

※

那是我頭一次見到蘇珊——即使隔著一段距離，她的黑髮依然醒目。她對我發出的微笑坦率而直接，帶著一絲審視。我看著她，心中翻攪刺痛，卻無法對自己解釋究竟為什麼。她有如一朵珍奇粗拙、每隔五年才轟然盛開的花朵，那種俗艷、帶刺的挑逗幾乎稱得上獨具美感。但當她看著我時，她瞧見了什麼？

我借用餐館的洗手間。有人用螢光筆在牆上草草寫下：*Keep truckin'*。還有 *Tess Pyle eats*

dick！附帶的塗鴉已被劃除。受困於庸碌世事、不得不找個位子安身立命的人們，在牆上留下一個個愚蠢、令人難解的符碼，以示小小的抗爭，紓解心中的怨氣。鉛筆書寫的四個大字*Fuck*，最為可悲。

清洗雙手、用一張僵硬的紙巾擦乾時，我看著水槽上方的鏡子，細細端詳鏡中的自己。片刻之間，我想要透過黑髮女孩的雙眼看看自己，甚至試圖想像那個戴著牛仔帽的男孩怎麼看我。我檢視自己的五官，找尋隱藏在容顏間的活力，一看就知道過於刻意。我感到羞愧，難怪那個男孩似乎不齒：他肯定看出我心中的渴慕，一眼望盡我神情之中毫不遮掩的欠缺，好像一個捧著空碗的孤兒。這就是我和那個黑髮女孩的不同之處——她想要什麼，全都清清楚楚地寫在臉上。

我不想看到自己這一面。我在臉上潑了幾滴水，而且是冷水，如同康妮曾經提出的勸告。「冷水可以收縮毛孔，」說不定她說的沒錯：我感覺自己皮膚緊繃，水珠順著臉頰和脖子滴落。康妮和我用冷水洗臉，上床前用豬鬃髮梳用力梳理長髮，梳得幾乎起了靜電，我們拼命遵循這些例行公事，一心以為這麼做，某些疑惑就會自行消弭，嶄新的未來也會在我們眼前開展。

2

叮、叮，康妮車庫裡的吃角子老虎機發出聲響，好像卡通影片。彼得的五官沐浴在機器暈紅的光影中。彼得是康妮的哥哥，十八歲，臂膀像是烤土司一樣褐黃。他的朋友亨利在他身旁閒晃。康妮判定自己對亨利有好感，所以我們星期五晚上經常窩在舉重訓練的板凳上，亨利那部橘色的摩托車停放在我們身旁，好像一匹珍貴的小馬，我們一邊看著他們玩吃角子老虎、一邊啜飲康妮爸爸擱在車庫冰箱裡的啤酒，然後他們拿著ＢＢ槍射擊喝乾了的啤酒瓶，每次擊中玻璃瓶，他們就洋洋得意地嘶喊。

我知道我晚上會碰到彼得，所以我穿上一件繡花襯衫，頭髮噴了髮膠，氣味刺鼻。我用米色粉撲幫下巴的一顆青春痘撲上蜜粉，但是蜜粉沿著痘子的邊緣凝結，反而讓痘子閃閃發光。只要頭髮不亂翹，我看起來就不賴，最起碼我認為如此。我把襯衫的下襬塞進褲腰，這樣一來，我小小的乳房就會激凸，顯露胸罩擠壓出來的曲線。這種暴露的感覺帶給我焦慮的快感，讓我站得更挺，也讓我保持昂首之姿，好像我的頭顱是一顆立在杯中的雞蛋。我試著仿效遊樂園那個黑髮女孩，期盼能流露出她那副架勢。當康妮看到我，她瞇起眼睛，嘴角微微抽動，但什麼都沒說。

✻

其實彼得兩星期前才頭一次認真跟我講話。我在樓下等康妮，她的臥室比我的臥室小多了，她家也比我家簡樸，但我們大半待在她家。她家的佈置著重海洋風情，因為她爸爸誤以為這種風格比較女性化。我有點同情康妮的爸爸：他在乳品工廠上晚班，雙手風濕痛，經常焦慮地牢牢握緊，慢慢鬆開。康妮的媽媽住在新墨西哥州某處，附近有個溫泉，生了一對雙胞胎男孩，過著大家絕口不提的新生活。有一年聖誕節，她寄給康妮一個粉盒和一件蘇格蘭風情的毛衣當作禮物，粉盒的胭紅龜裂，毛衣太小，我和康妮連頭都塞不進領口。

「顏色還不錯，」我仍試圖保持樂觀。

康妮只聳聳肩。「她是個婊子。」

彼得從前門衝進來，把一本書重重甩在餐桌上。他神情溫和地朝我點點頭，抽出幾片白吐司和一罐鮮黃的芥末，動手做個三明治。

「小公主在哪裡？」他說。他的嘴唇龜裂，露出一道鮮紅的裂縫，而且沾了一層薄薄的凝脂，我猜是大麻。

「上樓拿外套。」

「喔。」他草草把兩片土司夾在一起，咬了一口，一邊看著我，一邊咬嚼。

「博伊德，妳最近看起來不賴喔，」他說，然後用力吞下一口麵包。他的評語完全出乎我意料，我幾乎以為是自己的想像。我應當說些什麼嗎？我應當回應嗎？我已經把這句話記在心上。

他轉頭，前門隨即傳來聲響，一個身穿牛仔夾克的女孩站在門口，身影被紗門遮掩，模糊不清。啊，他的女友潘蜜拉。他們形影不離，幾乎融入彼此的毛細孔；兩人身穿情侶裝，靜靜地坐在沙發上看報紙、或是收看電視影集《紳士密令》，狀似親暱地拔掉對方衣物上的毛絮。有時我騎腳踏車經過那棟暗褐色的高中校舍，看到她在校園裡。長方形的草坪半是枯黃，幾個年紀較大的女孩始終坐在低矮、寬長的石階上，她們穿著羅紋緊身運動衫，小指交握，輕撫手中的淡煙。她們的男友被派往悶熱的叢林，死亡的氣息隱隱瀰漫。她們似乎已經成年，就連抬手腕、疲憊地彈煙灰的模樣，看起來都像是大人。

「嗨，伊薇，」潘蜜拉說。

有些女孩能輕而易舉展現親和力，比方說記得妳叫什麼。潘蜜拉很漂亮，這點絕對錯不了，我可以感覺每個人都受她吸引，就像大家不自主地喜歡美麗的事物。她牛仔外套的衣袖捲到手肘，雙眼畫了眼影，看起來迷迷濛濛。大腿光裸，曬成健康的小麥色。我的大腿則佈滿蚊蟲叮咬、恐怕會留下傷疤的黑點，小腿冒出蒼白的細毛。

「寶貝，」彼得說，他嘴裡塞滿食物，大步跨過去摟住她，把臉埋在她頸間。潘蜜拉尖叫一聲，把他推開。她張口大笑，閃現一口參差不齊的白牙。

「真噁心，」康妮一邊悄悄說、一邊走進來。但我沉默不語，心中暗想：如果有人這麼了解妳，幾乎跟妳融為一體，不曉得是什麼感覺。

稍後我們上樓，在康妮房裡抽她從彼得那裡偷來的大麻。我們把毛巾擰成厚厚一團，塞住門下的空隙。她一直用手指緊緊捏住捲煙的紙片，以防紙片散開，兩人在肅穆的靜默中哈煙。我可以看到彼得的車子停在窗外，他停得歪歪斜斜，好像受到脅迫，不得不拋下車子。我總在留意彼得，其實在那個年紀，任何比較成熟的男孩都是我心儀的對象，好像光是知道有這麼一個人，我就必定會關注他。但我的愛意忽然變得強大而迫切，好像夢中，似真似假，虛實難辨。我的腦袋裡塞滿種種關於他的平庸瑣事：他輪流換穿哪幾件運動衫，他頸背上柔軟的肌膚打從何處消失在衣領下。他的臥室裡傳來「保羅瑞佛和奇襲者樂團」的歌曲，號聲嫋嫋，反覆播放；有時他腳步蹣跚，一臉傲氣，想要掩飾，卻又欲蓋彌彰，讓我一看就知道他吸了迷幻藥；他在廚房裡幫玻璃杯倒水，一倒再倒，小心得幾乎過分。

我曾趁著康妮洗澡時溜進彼得的臥房。房裡瀰漫著一股沉甸甸、濕漉漉的氣味，日後我才辨識出那是自慰的歡愉。他的每一樣物品都帶著神祕的異國情調：低矮的床墊，枕頭旁邊那個塑膠袋，袋子滿滿的，全是灰白的大麻。技工學徒的實用手冊。地上那個佈滿油膩指印的水杯，杯半滿，看起來似乎走味。五斗櫃上一排圓潤光滑、從河中撿來的小石頭。那副我有時看到他配戴的黃銅手鐲。我細細檢視每樣物品，好像我可以解開隱藏在其中的密碼，拼湊出他的內心世界。

在那個年紀，許多仰慕都是刻意之舉。我們花了好多功夫，假裝看不見男孩種種粗拙、令人失望的一面，把他們想像成一個個值得愛慕的對象。我們說了又說，一再覆述我們多麼需要他們，好像朗讀一齣舞台劇的台詞。日後我才看出，我們的愛意好像一顆子彈，對象絕不專屬，反而是急迫貪婪，咻咻地飛越宇宙，只盼尋得一個宿主，好讓我們的心願有個歸宿。

※

年紀還輕的時候，我看到浴室一個抽屜裡擺著一本本雜誌，雜誌是我爸的，頁張發潮鼓脹，裡面全是女人的照片。網格薄紗橫陳，罩住她們的胯下，暈黃的燈光為她們的肌膚蒙上閃亮的白光。我最喜歡的那個女孩繫著一個方格絲帶的蝴蝶結。她全身不著寸縷，頸間卻繫著一條絲帶，看起來既怪異，又異常挑逗。她的裸露因而顯得鄭重其事。

我定期翻閱雜誌，好像一個固定跟神父告解的懺悔者，而且每次都小心翼翼地擺回原處。我偷偷摸摸地鎖上臥室的門鎖，心中湧起一股病態的快感，幾乎立刻沿著地毯邊緣、床墊的接縫、沙發的椅背摩擦胯下。抓住那個女孩的影像，讓她盤旋在我的腦海裡，這樣果真能夠凝聚出一股愈來愈強勁、令我無法停手、只想一再馳騁的快感嗎？這樣果真行得通？說來奇怪，我幻想的對象是女孩，而不是男孩。不僅如此，其他古怪的思緒也可能一再激發我的快感，比方說故事書裡的某張彩色插畫，當中有個女孩被困在蜘蛛網裡，邪惡的怪獸睜著複眼，凝視著她；或是回想起我爸爸窩起手掌、托住一個鄰家小姐的屁股，小姐身穿泳衣，全身濕淋淋。

我不是沒有經驗——或許稱不上性事，但也相去不遠。學校開舞會，跟某個男孩在長廊上笨手笨腳地愛撫；趁著爸媽不在家，跟某個男孩在沙發上幾近窒息地擁吻，大腿內側汗水淋漓；艾力克斯．帕斯諾慢慢把手伸進我的短褲，冷冷地、試探地摸索，一聽到腳步聲，他猛一抽身，馬上跳開。這些事情我都做過，全都不陌生。儘管如此，愛撫、擁吻、那隻在我內衣裡摸索的手、那根在我手掌裡勃勃跳動的陰莖，似乎全都比不上我自個兒動手時那種帶著不斷延展、逐漸攀升的快感。我幾乎把彼得視為一帖良藥，寄望他修正我那股無法克制、有時令自己心驚的慾望。

☼

我往後一仰，躺在鋪蓋康妮床鋪的薄薄織毯上。她曬傷了；我看著她搓下肩膀灰白的皮屑，揉成一團灰黑的小球。我微微感到厭惡，但一想到彼得，我的反感就稍加緩和：彼得跟康妮住在同一個屋簷下，呼吸同樣的空氣，使用同一套餐具；他們好像是同一個實驗室培育出來的不同生物，必然有些共同之處。

我聽到樓下傳來潘蜜拉飄飄然的笑聲。

「等我交了男朋友，我一定要叫他帶我出去吃晚飯，」康妮帶著權威的口吻說。「她甚至不介意彼得只是把她帶到家裡跟他上床。」

康妮曾經抱怨，彼得從來不穿內褲，我思索此事，想著想著有點不自在，但不是那種令人作嘔的不自在。他始終嗑藥嗑得飄飄然，看起來睡眼惺忪。相形之下，康妮毫不起眼。我不太相信友情本身有存在價值，在我看來，友情只不過是個嗡嗡作響的背景，用來襯托一幕幕男孩子愛不愛妳的戲劇性。

康妮站在鏡子前，試圖隨著一張我們發狂似地聽了又聽的四十五轉唱片起舞。唱片中一首首甜美憂傷的歌曲助長了我那自以為是的哀愁，讓我更加認同世間原本是一場悲劇。我多麼喜歡如此折磨自己，輕輕煽動情緒的火苗，直到再也無法承受。我多麼渴望帶著驚嘆之心，感受生命的種種癲狂，這樣一來，色彩、天候、氣味都會更加豐盈。唱片中的歌曲保證勾動我心弦，助我一臂之力，這是它們對我的承諾。

有首歌曲格外引起我的共鳴。歌詞淺顯易懂，描述一個女人終於離開她的男人、她轉身離去的模樣、她留在床上的煙灰。歌曲一播畢，康妮馬上一躍而起，幫唱片翻面。

「再放一次，」我說。我試圖把自己想像成歌手眼中那名女子：她的銀手鐲點點青藍，叮噹作響，長髮垂垂飄散。但我張開眼睛，看到康妮站在鏡前拿著迴紋針分開眼睫毛，短褲緊緊嵌入她的臀部，只覺得自己真愚蠢。別人眼中的妳、跟妳自己眼中的妳，純粹是兩碼子事。只有獨特的女孩才會引人注目。比方說我在遊樂園見到的那個女孩。或是潘蜜拉。或是那些懶懶坐在高中校園台階上、等著男友們慢慢發動引擎的女孩，男友們一招手，她們就一躍而起，斷然離座，迎向燦爛的陽光，跟那些被留下來的女孩揮手道別。

✲

幾天之後，我趁康妮睡覺的時候溜進彼得的臥房。他在廚房裡對我的評語似乎是個具有時效性的邀請，我必須趁失效前趕緊履行。康妮和我睡前喝了啤酒，懶懶地靠著她那張藤編桌子的桌腳，挖食碗裡的茅屋起司。我比她喝得多，我想藉由其他力量，強迫自己採取行動。我不想跟康妮一樣，永遠不求改變，坐待某事發生，吃下整排芝麻鹹餅，然後在房間裡做十下開合跳。康妮眼皮抽動、陷入沉睡之後，我仍然醒著，聽候彼得上樓的腳步聲。

他終於劈劈啪啪衝進他房間，我等了等，感覺似乎過了好久，然後躡手躡腳、像個幽靈似地沿著走廊往前走，身上那件尼龍布料的短睡衣銀光閃閃，柔軟光滑，看來既像公主裝，也像性感內衣。屋內的沉寂似乎聲勢逼人，栩栩如生，但也有如一層稠密的煙霧，為事事物物蒙上一股罕見而陌生的舒坦。

彼得窩在被毯裡，身子動也不動，一雙大腳露在被毯外。我聽到他刺耳的呼吸聲，他先前不曉得嗑了什麼藥，鼻息凝重，斷斷續續。他的房間似乎是個搖籃，有如父親母親般看著他沉睡。想像他好夢方酣，享受這種為人父母的特權，說不定就已足夠。他的呼吸聲好像一顆顆念珠，吸氣吐氣皆令人欣慰。但我想要更多。

當我慢慢走近，他的臉龐變得清晰。我逐漸適應黑暗，他的五官一一現形。我放任自己厚顏地看著他。忽然之間，彼得睜開眼睛，看到我站在床邊。不知怎麼地，他似乎並不訝異。他瞄了我一眼，眼光有如牛奶一樣柔和。

「博伊德，」他叫了我的名字，聲音依然帶著睡意，迷迷濛濛，但他眨眨眼，語氣中帶著無可奈何，讓我覺得他知道我會過來、他始終等著我。

我就這樣站在床邊，真丟臉。

「妳可以坐下，」他說。我在床墊旁蹲下，舉棋不定，愚蠢極了。我蹲得吃力，雙腿已經開始發燙。彼得伸出一隻手，把我拉到床墊上，我微微一笑，即使我不確定他究竟看不看得到我的臉。從地上觀望，他的房間看起來很奇怪：五斗櫃是個龐然大物，門口一片銀白。我無法想像康妮就在門外的另一個房間裡，一如往常喃喃地說著夢話，好像玩賓果玩昏了頭的人似地念誦數字。

「如果妳覺得冷，妳可以躺到被毯裡，」他邊說、邊掀開被毯一角，我瞥見他光裸的胸膛、赤裸的軀體。我習慣性地悶聲不響，悄悄鑽進被毯，在他身旁躺下。水到渠成，就是這麼容易——我履行了始終在眼前的機緣。

他一語不發，我也沒說話。他把我拉近一點，好讓我的脊背緊靠他胸膛。我可以感覺他的陰莖貼著我大腿蠢蠢欲動。我不想呼吸。我覺得我一呼吸就會對他造成壓力，連肋骨起伏都會干擾到他。我小口小口地吸氣，突然感到頭重腳輕，一陣暈眩。他的被毯、他的床單、他在黑暗之中的體臭——潘蜜拉時時刻刻獨享這一切，不費吹灰之力就擁有他。他一隻手臂攬著我，感覺沉甸甸的，我始終覺得男孩的臂膀就應該像這樣有份量。彼得嘆口氣，隨意翻身，一副好像打算睡覺的模樣，但非得如此，整件事情才可以繼續下去。妳必須假裝一切如常，毫無異狀。當他的手指拂過我乳頭，我依然紋風不動，直直躺好。我可以感覺他在我的頸邊沉穩地呼吸，他的手揉捏我的乳頭，似乎不帶感情地丈量，我被他捏得大聲吸氣，他猶豫了一秒鐘，但是沒有停手。他的陰莖摩擦我光裸的大腿。我意識到不管接下來會發生什麼事、他如何主導這個夜晚，我都不會抗拒。我不害怕，只有一種近似興奮的感覺，好像站在舞台的側面看戲。接下來伊薇將會怎麼做？

當走廊的地板嘎嘎作響，魔咒頓時消散。彼得抽回他的手，突然轉身仰躺，盯著天花板，我看不到他的眼睛。

「我得休息一下，」他說，聲音刻意不帶感情。那種不痛不癢、枯燥乏味的平淡口吻好像一塊橡皮，意欲抹去方才的一切，讓我懷疑是否真發生了什麼事。我慢慢站起來，有點震驚，但也陶醉在喜悅中，好像即使這麼一點小事，就已令我心滿意足。

⁂

彼得和亨利玩吃角子老虎，似乎玩了好久。康妮和我坐在板凳上，強迫自己不予理會，心卻小鹿亂撞。我一直等待彼得做出某種表示，認可之前發生的事情。或許迎上我的注視，或許對我投以一瞥，用銳利的眼神肯定我們共享的那一刻。但他看都不看我一眼。悶熱的車庫帶著冰涼的水泥味，還有一股露營帳篷尚未風乾就折疊收起的霉味。加油站的日曆掛在牆上，日曆中一個女人躺在熱水浴缸，眼神呆滯，露出一口動物標本般的白牙。那晚潘蜜拉不在，令人慶幸。康妮先前告訴我，潘蜜拉和彼得起了爭執。我想要多問一些細節，但她神情警戒——我不能表現得過分熱衷。

「妳們兩個小鬼沒地方可去嗎？」亨利問。「跟朋友們到外面去吃個冰淇淋？」

康妮甩甩頭髮，走過去再拿瓶啤酒。亨利饒富趣味地看著她走過來。

「把啤酒給我嘛，」亨利高舉兩瓶啤酒，她搆不到，嚶嚶抱怨。我頭一次注意到她講話真大聲，而且聲音粗嘎，咄咄逼人，聽起來有點愚蠢。她的嚶嚶抱怨、她的扭捏作態、她的刺耳笑聲、全都經過演練。一注意到這些事情、一開始跟男孩子一樣列舉她的短處，我和她之間馬上起了間隙。我後悔我當初心胸如此狹窄，我以為只要跟她保持距離，就不會沾染同樣的惡習。

「妳打算拿什麼交換？」亨利說。「康妮，世間沒有白吃的午餐。」

她聳聳肩，然後縱身搶啤酒。亨利整個人重重地壓著她，咧嘴一笑，看著她奮力掙扎。彼得一臉不屑，顯然也不喜歡這種嗚嗚嗡嗡的打鬧。他那些大他幾歲的朋友們，有些消失在寸步難行的叢林和嚴重淤積的河流中，有些返鄉後喋喋不休，小小的黑色香煙不離手，青梅竹馬的女友畏縮地跟在身後，好像哆嗦瘦小的黑影。我試圖坐得更挺，擺出一副跟大人一樣的乏味神情，藉由意志力迫使彼得轉頭看我。我想要擁有那些我確定潘蜜拉無緣目睹的一面，比方說，有時我在他眼神中捉住一絲傷痛，或是有一年他們的媽媽完全忘了康妮的生日，他帶我們到箭頭湖一遊，流露出隱藏在心中的溫情。我確定潘蜜拉不曉得這些事，而我緊抓著不放，視為說不定用得上的籌碼。

亨利捏捏康妮褲腰上方的柔軟肌膚。「最近沒有餓著？」

「別碰我，變態狂，」她邊說、邊拍開他的手，格格輕笑。「操你的。」

「好，」他邊說、邊抓住康妮的手腕。「妳操我啊。」她作勢躲開，不停抱怨，亨利終於鬆手。她揉揉手腕。

「混蛋，」她喃喃說道，其實並無怒意。不管對方做出什麼回應，身為一個女孩子，只能照單全收。如果妳生氣，妳就是瘋女人；如果妳不回應，妳就是臭婊子。妳所能做的只是乖乖站在被他們逼進的角落，微微一笑。即使他們戲弄妳，妳也必須跟著起鬨，拿自己開玩笑。

我不喜歡啤酒，啤酒的口感粗拙，帶點苦味，完全不像我爸調製的馬丁尼清涼爽口，但我依然喝了一瓶又一瓶。彼得和亨利從一個裝滿五分錢鎳幣的購物袋裡掏錢餵吃角子老虎，直到銅板幾乎告罄。

「我們需要鑰匙，」彼得邊說、邊點燃一根從口袋裡掏出的大麻煙。「不然打不開吃角子老虎機。」

「我進去拿，」康妮說。「別太想我喔，」她嬌滴滴地跟亨利說，雙手一揮，轉身離去。至於我嘛，她只朝著我揚起眉毛。我了解這是她的花招之一；她已經醞釀出某些花招，吸引亨利注意。暫且走開，稍後回來。說不定在雜誌裡讀到這一招。

我猜那是我們的錯，而且一錯再錯。我們相信男孩子們會依照一套我們終將了解的邏輯行事；相信他們的行為並非只是不經思索的一時衝動。我們像是遵奉陰謀論的專家，每一個細節都能夠看出徵兆和意圖，而且癡心妄想，只願自己重要到成為他們的目標。但他們只是男孩。愚蠢，年輕，直接了當；他們什麼都不隱瞞。

彼得拉一拉吃角子老虎機的槓桿，扳到起點，退後一步，讓亨利試試手氣，一根大麻煙在兩人手中傳來傳去，白色運動衫都因為洗了太多次而變薄。當吃角子老虎機嘩啦嘩啦吐出一堆銅板，彼得發出嘉年華般的喧鬧微笑，但似乎心不在焉，他喝乾另一瓶啤酒，抽著大麻，直到煙草粉碎滑膩。這會兒他們壓低嗓門說話。我聽到隻字片語。

他們聊到威廉．波特瑞克：他是帕塔露瑪第一個參軍的男孩，我們都認識他，也都叫他威利。他爸爸親自開車送他入伍。稍後我在哈姆雷特漢堡店看到他跟一個嬌小的黑髮女孩在一起，女孩不停流鼻水，堅持叫他威廉，**威廉、威廉**，好像這個正經八百的稱謂是個密碼，說出密碼，他就搖身一變，成為一個認真負責的大人。她像是芒刺一樣黏附在他身旁。

「他一直待在車道上洗車，」彼得說。「好像一切如常。但我想他再也沒辦法開車了。」

這個消息好像來自另一個世界。我看著彼得的神情，想到自己只是藉由歌曲接觸世界，假裝自己果真了解，不禁覺得羞愧。彼得可能真會被送上戰場，可能喪命。他不必強迫自己感同身受。他真的了解。不像康妮和我只為了種種假想狀況操心：如果妳爸爸過世、妳該怎麼辦？如果妳懷孕了、妳該怎麼辦？如果妳的老師想要跟妳上床、比方說葛瑞森老師和派翠西亞．貝爾、妳該怎麼辦？

「他的殘肢都是皺褶，」彼得說。「一片粉紅。」

「好噁心，」亨利在吃角子老虎機旁說，雙眼依然盯著眼前不停滾動的櫻桃。「如果你打算殺人，你最好做好心理準備，別怪那些人炸斷你的腿。」

「他還相當得意，」彼得說，他把煙屁股彈到車庫的地上，看著煙霧緩緩飄散，愈說愈大聲。「他想讓大家瞧瞧。這才是瘋狂。」

他們說得義憤填膺，我也跟著鼓譟。我受到酒精的煽動，不停誇大胸口那股灼熱，直到被一股並非發自我內心的情緒所感動。我站起來。男孩們沒有察覺。他們正在談論一部在舊金山看的電影，我聽過片名——片子沒有在我們鎮上放映，據說內容淫穢，即使我不記得為什麼。

日後年歲稍長，當我終於以大人的眼光看這部電影，片中的性愛場景單純到令我訝異。女主角毫不避諱地露出體毛上方的贅肉，一邊開懷大笑，一邊拉著遊艇艦長緊貼她下垂、嬌美的乳房，雖然粗俗，卻不淫穢，彷彿嬉戲笑鬧仍是性愛的一部份，不像日後出品的三級片，片中的女孩們痛苦退縮，大腿懸空晃盪，一副垂死的模樣。

亨利的眼皮急急抽動，齜牙咧嘴，擺出淫穢的姿態，模仿片中某個場景。

彼得大笑。「變態。」

他們大聲議論女主角是不是真的被幹。他們好像不在乎我就站在那裡。

「你看得出來她很喜歡，」亨利說。「噢、喔、啊，」他模仿尖銳高亢的女聲嘶喊，屁股猛撞吃角子老虎機。「喔、耶、嗯。」

「我也看過。」我不加思索地說。我需要一個切入點，加入他們的談話，就算說謊也無所謂。他們不約而同地看著我。

「嗯，」亨利說，「小鬼終於開口囉。」

我臉紅了。

「妳看過？」彼得似乎不相信。我暗自心想：他想要保護我。

片？

「沒錯，」我說。「有夠刺激。」

他們互看一眼。難不成他們相信我果真找到人開車載我去舊金山？我果真看了一部色情

「好吧，」亨利眼神閃爍。「妳最喜歡哪一段？」

「你們剛才說的那一段，」我說。「那個女孩。」

「妳最喜歡那一段的哪個場景？」亨利說。

「別煩她，」彼得緩緩地說。他已經感到乏味。

「妳喜不喜歡那個聖誕節的場景？」亨利繼續說。他面帶微笑，誘使我相信我們果真正經八百地聊天，他已經慢慢把我當一回事。「那株大樹？那些白雪？」

我點點頭，幾乎相信我自己的謊言。

亨利大笑。「電影在斐濟拍攝，整部片子發生在一個熱帶島嶼。」亨利輕蔑地、不可遏制地大笑，飛快地瞄了彼得一眼，彼得似乎為我感到羞愧，好像妳看到一個陌生人在街上摔了一跤、替她感到不好意思，也好像我們之間從來沒有發生任何事情。

我推一推亨利的摩托車。沒想到摩托車會翻倒，真的，我以為它說不定只會輕輕搖晃，暫且讓亨利住嘴。我只想稍微嚇嚇亨利，讓他誇張地驚呼一聲，滿臉氣餒，忘了我在說謊。我真的用了力。摩托車翻倒，重重撞上水泥地。

亨利瞪我。「妳這個小婊子，」他喃喃說。衝到翻倒的摩托車旁邊，好像它是一隻被射傷的寵物，幾乎將它抱在懷裡。

「車子沒摔壞，」我傻傻地說。

「妳他媽的神經病，」他喃喃說，伸出雙手輕撫車身，朝著彼得舉起一塊橘色的金屬碎片。「你能相信竟然發生這種鳥事？」

彼得看著我，神情化為悲憫，不知怎麼地，那種神情讓人看了更難過。在他眼中，我只是個小孩，不值得費心思。

康妮出現在門口。

「有人在家嗎？」她大喊，一隻手指勾住鑰匙。她細細檢視這個場面：亨利蹲在摩托車旁；彼得雙手叉在胸前。

亨利粗魯地放聲大笑。「妳朋友是個貨真價實的婊子，」他邊說、邊狠狠地瞪我一眼。

「伊薇推倒摩托車，」彼得說。

「妳們這兩個他媽的小鬼，」亨利說。「下次找個保母，別跟我們鬼混。幹！」

「對不起，」我說，我小聲說，但沒人理睬。

即使彼得幫亨利扶正車子、仔細檢查煞車——「只是刮痕，」他大聲宣布，「我們很容易就修得好，」——我已意識到某些事情不可挽回。康妮冷冷地、訝異地打量我，好像我在她背上捅一刀。說不定我果真背叛了她。我做出不應當做的事：我表現出內心軟弱的一面，暴露出焦躁、膽怯的自我。

3

「Flying A」超商的老闆是個胖子，他抵著櫃台，肚子的肥肉嵌進桌緣，手肘撐著身子，監視我的一舉一動。我在走道間晃蕩，皮包拍打著腿側。一份報紙攤開放在他眼前，但他似乎始終沒有翻頁。他帶著一股倦怠感，既像是公務人員，也像是神話中某個註定永遠看守洞穴的倒楣鬼。

那天下午我落單，康妮說不定在她小小的臥房裡生悶氣，自認受到傷害，播放巴布・狄倫的「Positively 4th Street」，縱容自己陷入哀傷的情懷。一想到彼得，我心中一陣絞痛——我好想把那個夜晚像是浮油似地撇去，讓我的恥辱風乾為某種含混不清、容易應付的渣滓，有如幾句關於陌生人的閒話。我當場就跟康妮道歉，彼得和亨利依然像是野外的醫護人員似地為摩托車擔憂，我甚至主動提議要付錢修理，把皮包裡的錢全都掏給亨利。只有八元美金，他板著一張臉收下。過了一會兒，康妮說我最好還是回家吧。

⁂

過了幾天，我又過去康妮家——康妮的爸爸幾乎馬上開門，好像一直等著我。他通常在乳品工廠工作到凌晨，這會兒他居然在家，我看了不免覺得奇怪。

「康妮在樓上，」他說。我看到他背後的流理台上擱著一杯威士忌，威士忌摻了水，銀光閃閃。我一心只為自己盤算，甚至沒有察覺屋裡瀰漫著危急的氣氛，也沒有意識到他這個時候在家多麼不尋常。

康妮躺在床上，裙子拉得好高，我甚至可以看到她胯下的白內褲和斑痕點點的大腿內側。當我走進房裡，她坐起，眨眨眼睛。

「妝化得不錯嘛，」她說。「妳化妝、就只為了我？」她猛然往後一仰，倒在枕頭上。「我跟妳說，彼得離家出走，真的不回來了，這下妳開心了吧？他跟潘蜜拉走了，不然還會跟誰？」她一臉不屑，但特別強調「潘蜜拉」三個字，神情之中難掩變態的快感，狠狠地瞪我一眼。

「走了？什麼叫做走了？」我已經驚慌得語無倫次。

「他真自私，」她說。「我爸說我們說不定得搬到聖地牙哥，隔天彼得就走了。帶了一些衣服和東西上路，我想他們去波特蘭找她姐姐。嗯，我相當確定他們去了波特蘭。」她吹一吹她的瀏海。「他是個膽小鬼，而潘蜜拉是那種生了小孩之後會變胖的女人。」

「潘蜜拉懷孕了？」

她瞪了我一眼。「吃驚吧？妳甚至不在乎我說不定得搬去聖地牙哥？」

我知道我應該列舉我為什麼欣賞她，我知道我應該告訴她如果她搬走、我會多麼傷心，但我心神恍惚，滿腦子都是潘蜜拉和彼得並肩坐在他的車裡、她倚在他肩上沉睡、一張張地圖攤放在腳邊、沾了漢堡的油漬變得透明、後座塞滿衣物和他的技工手冊。我想像彼得低頭看著潘蜜拉、凝視著她長髮的中分線，他說不定感受到居家生活的親暱，心中充滿溫情，感動得親她一下，即使她沉沉入睡，絕對不知情。

「說不定他只是瞎鬧，」我說。「我的意思是，搞不好他還會冒出來？」

「去你的，」康妮說，話一出口，她自己似乎也嚇了一跳。

「我到底哪裡惹妳了？」我說。

我們當然都知道我哪裡惹到她。

「我想一個人靜一靜，」康妮一本正經地說，狠狠地瞪著窗外。

彼得帶著女友私奔，北上波特蘭，女友甚至可能懷了身孕——一個個蛋白質在潘蜜拉肚子裡發育生長，這是生命的事實，我無法當作沒這回事。但是康妮就在眼前，她坐在床上，胖嘟嘟的身影如此熟悉，我甚至標示得出她哪裡長了雀斑，也指得出她肩膀上那個長了水痘留下的小黑點。康妮始終在跟前，我心中忽然升起一股愛憐。

「我們去看場電影吧，」我說。

她輕蔑地哼一聲，仔細端詳她泛白的指甲。「彼得已經離家出走，」她說。「所以妳沒有必要過來，反正妳很快就要去上寄宿學校。」

我悶聲不響，但難掩迫切之情。「還是一起去『Flying A』逛逛？」

她咬咬下唇。「小梅說妳對我不是很好。」

小梅的爸爸是個牙醫。她一身相同款式的格子長褲和背心，看起來像個菜鳥會計師。

「妳說小梅很無趣。」

康妮靜默不語。我們覺得小梅是個可笑的千金小姐，甚至為她感到抱歉，但這時我意識到康妮覺得我很可憐，因為她看著我單戀彼得，而彼得說不定幾個星期、甚至幾個月前就已經計畫前往波特蘭。

「小梅人不錯，」康妮說。「真的不錯。」

「我們三個人可以一起去看電影。」這會兒我有如空踩踏板，盼能激起一絲動力，抵禦夏日的沉悶與孤寂。小梅還不賴，我告訴自己，即使她戴了牙套、不准吃糖果或是爆米花。沒錯，我可以想像我們三個人結伴遊玩。

「她覺得妳很俗氣，」康妮說。她又轉頭盯著窗外。我凝視我們十二歲時、我用膠水幫她黏上邊邊的蕾絲窗簾，我已經待了太久，我顯然不應該再待下來。除了離開，我顯然別無選擇。我喉頭一緊，匆匆跟康妮的爸爸說聲再見，他心不在焉地跟我點點頭，我跨上腳踏車，卡拉卡拉騎到街上。

※

長日漫漫，無事可做，沒人作伴，我可曾感覺如此孤寂？我幾乎不得不想像自己喜歡這種孤寂的感覺。不行，我告訴自己，我必須保持忙碌，找些無傷大雅的事情打發時間。我遵循爸教過的方法調了一杯馬丁尼，不管苦艾酒濺在手上，灑在吧檯桌上。我始終討厭馬丁尼酒杯——杯子的柄座細長，形狀滑稽，令人難為情，好像大人們裝模作樣，刻意擺出大人的模樣。我捨棄這種酒杯，反而把馬丁尼倒進一個鑲了金邊、飲用橘子汁的玻璃杯，強迫自己喝下。然後我又調了一杯，把這一杯也喝下。我感覺輕飄飄，興沖沖地審視我們家。在醉醺醺、樂陶陶的喜悅中，我意識到我們家的傢俱真是醜陋，椅子粗重笨拙，正經八百，好像石雕的滴水怪獸。我也注意到四周靜悄悄，飄散著黏膩的酒香，窗簾始終緊閉。我拉開窗簾，奮力想要把一扇窗戶往上推。家裡好熱——我想像爸爸厲聲喝斥，責怪我讓熱空氣飄進來——但我還是讓窗戶開著。

媽整天都不會在家，而我喝得愈多，愈感到寂寥。說來奇怪，我輕而易舉就可以轉換心情，我也知道如何軟化沉澱在心中的悲傷。我可以一直喝酒，喝到種種問題變得小巧精美，好像一件值得仰慕的精品。我強迫自己喜歡酒精的滋味，覺得反胃就慢慢呼吸。我把一灘酸臭的穢物吐在毯子上，然後清理乾淨，結果留下一股辛辣刺鼻、久久不散的氣味，我聞一聞，幾乎覺得還不賴。我撞翻了一盞檯燈，我笨拙、但急切地畫上黑色眼影，我在我媽的化妝鏡前坐下，嘗試辦公室、白晝、薄暮等燈光設定，喀嚓喀嚓地變換人造光影，光影深淺不一，漫過我的五官，我的臉龐宛如鬼魅。

我試著翻閱幾本我小時候喜歡的書。一個驕縱的小女孩被驅逐到地底下一個小精靈統治的城市。女孩穿上稚氣的洋裝，露出光裸的膝蓋，在黑暗森林中被大樹刮得傷痕累累。一張張女孩被五花大綁的圖片在我心中激起強烈的震盪，我甚至不得不限定自己只能看多久。我但願自己畫得出諸如此類的圖片，比方說人們腦海中諸多可怕的思緒，或是我在鎮上見到的那個黑髮女孩——若有機會細細端詳，我說不定看得出她五官的特徵，描繪得出她的臉龐。我把臉埋在枕頭裡，浪費時間手淫，根本不在乎自己做些什麼。好一陣子之後，我頭痛欲裂，肌肉抽搐，雙腳抖動，虛軟無力。我的內褲溼答答，胯下也一片溼黏。

另一本書中，一位銀器工匠失手把滾燙的白銀潑灑在自己手上。傷口結疤、脫皮之後，他的臂膀和手背說不定看起來像被剝了一層皮，皮膚粉嫩緊繃，毫無毛髮或斑點。我想到威利、他的殘肢、他濺灑在車上的溫水，溫水從水管汩汩流到柏油路上，一灘灘積水肯定慢慢蒸發。我拿個橘子練習剝皮，好像我的手臂遭到灼傷、傷勢直至手肘、指甲全被燒光。

對我而言，死亡像是旅館的大廳，宛若一個優雅明亮、妳可以輕易進出的房間。鎮上一個男孩販賣假造的彩票，被逮到之後在自家地下室舉槍自盡：我想的倒不是血淋淋、慘不忍睹的傷口，反而只是他按下扳機之前的一刻。在那短短一秒鐘，他眼中的世界是多麼明淨、多麼雲淡風輕，只要不慌不忙、輕輕一按，人生的種種失望、懲處與羞辱，全都成了過往雲煙。

⁂

我喝酒喝得頭昏腦脹，超商的走道似乎處處新奇。不停閃動的燈光，桶裡過期的檸檬糖，化妝品分門別類，井然有序，彷彿經由戀物狂親手擺設，看來賞心悅目。我打開一條口紅的蓋子，按照我在雜誌上讀到的提示，塗在手腕上試試顏色。門口叮噹一響，表示顧客上門。我抬頭一看，眼前竟是那個遊樂園的黑髮女孩。她穿了一雙帆布球鞋，洋裝的衣袖自肩頭截下。興奮之情流竄我全身。我已經開始想像要跟她說些什麼了。她忽然現身，似乎為今天帶來種種巧合與驚喜，連陽光都多了一些份量。

再度相逢，我意識到女孩並不漂亮，而是具有某種特質，好像我在照片上看到的女明星安潔莉卡．休斯頓。她的臉蛋說不定稱得上是個瑕疵，但是不知怎地，就是順眼，連「美麗」二字都望塵莫及。

櫃台後面的男人怒目而視。

「我跟妳說過了，」他說。「我再也不准妳們任何一個人進來。出去。」

女孩懶懶地對他一笑，高舉雙手，以示臣服。我看到她胳肢窩冒出一叢腋毛。「嗨，」她說。「我只想買些衛生紙。」

「妳在我這裡偷東西，」男人滿臉通紅地說。「妳跟妳那些朋友。妳們不穿鞋，光著臭腳跑來跑去，想要唬弄我。」

男人若是朝著我發火，我肯定驚嚇萬分，但女孩沉著自若，甚至一臉戲謔。「我可不贊同你的說法。」她頭一歪。「說不定你記錯人了。」

他雙手交握在胸前。「我記得妳。」

女孩神情一變，眼中露出一股冷硬，但她依然微笑。「好吧，」她說。「隨便你怎麼說。」她轉頭看看我。一股慾望流竄過我的心中。我多麼希望她不要消失，心情激動到連自己都不敢相信。

「出去，」男人說。「馬上滾出去。」

離開之前，她朝著男人吐吐舌頭。只是伸出舌尖，像是一隻滑稽的小貓。

我只猶豫了一秒鐘就跟著女孩出去，但她已經跑過停車場，速度始終飛快，我在後面追著跑。

「嗨，」我大喊。她繼續往前走。

我再喊一次，喊得更大聲，她停下腳步，讓我趕上她。

「那傢伙真混帳，」我說。我肯定跟蘋果一樣亮晶晶，臉頰好像喝了半醉一樣暈紅。

她朝著超商的方向狠狠地瞪了一眼。「他媽的肥佬，」她喃喃自語。「我連買一包衛生紙都不行喔。」

她似乎終於認可我的存在。她仔細端詳我的臉孔，一看看了好久。我看得出她覺得我只是個小女孩、我媽送給我的那件圓兜式襯衫相當高檔。我想要做些什麼，讓她瞧瞧我不只是一個身穿華服的小女孩，因此我想都沒想清楚就提出建議。

「我幫妳，」我說，聲調異常高昂。「我幫妳弄一包衛生紙。容易得很，我經常從店裡偷東西。」

我猜想她是否相信我。我不習慣撒謊，這點顯而易見。但說不定我如此渴望得到她的認可，讓她不禁感到欽佩。說不定她想要看看這齣戲怎麼演下去，見識一下這個富家女如何小心翼翼地闖禍。

「妳確定？」她說。

我聳聳肩，心臟撲通捶擊。即使她覺得我很可悲，我也看不出她這麼想。

※

櫃台後面的男人看到我不曉得為什麼又回到店裡，一臉不悅。

「妳又回來啦？」

就算我真的打算偷東西，這下也不可能出手。我在走道間閒晃，試圖掩飾臉上閃現的不軌意圖，但男人始終盯著我。他一直狠狠地瞪著我，直到我抓起衛生紙，走到收銀台，滿心羞愧地想著自己多麼容易、多麼迅速就依循習慣行事。我當然不會偷任何東西。絕對不可能。

他老大不高興地敲打收銀機，算算衛生紙多少錢。「像妳這麼一個好女孩不應該跟那種女孩鬼混，」他說。「那群人髒死了。還有一個傢伙帶著一隻黑狗。」他神情煩悶。「我店裡不歡迎這種人。」

透過麻點累累的窗戶，我可以看到女孩在外面的停車場晃蕩，一隻手遮住她的雙眼。她在等我！我沒想到自己忽然鴻運當頭。

我付錢之後，男人瞪了我好一會兒。「妳只是個孩子，」他說。「為什麼不回家？」

直到那一刻，我還覺得他滿可憐的，這會兒可不。「我不需要袋子，」我說，動手把衛生紙塞進皮包。一語不發，直到男人遞零錢給我、舔舔嘴唇、好像想舔掉一股可怕的味道。

※

我一走過來，女孩馬上精神一振。

「到手了？」

我點點頭，她推著我過街角，拉我匆匆往前走，我幾乎相信自己真的偷了東西。我把皮包遞過去，腎上腺素流竄，脈搏躍躍顫動。

「哈！」她邊說、邊瞄一眼皮包裡。「他活該，那個混帳東西。不成問題吧？」

「容易得很，」我說。「他根本搞不清楚狀況。」我們成了同黨，亦是共犯，令我興奮不已。女孩洋裝的釦子沒扣好，露出一角白皙的小腹。不費吹灰之力就流露一股慵懶性感，衣服像是她隨手抓來、匆匆披在依然溼答答的軀體上，令人稱奇。

「對了，」她說。「我叫蘇珊。」

「伊薇，」我伸出一隻手。蘇珊大笑，那副模樣讓我意識到握手是沒有意義的動作，只是正經八百的社會禮儀。我不該這麼做。我臉紅了。少了這些尋常的繁文縟節，我不知如何應對。我不確定該用什麼取代。我倆之間一片沉默；試圖填補這片空白的我一陣慌亂。

「我覺得我前幾天見過妳，」我說。「Hi-Ho餐館旁邊？」

她沒回應，讓我抓不到話題接下去。

「妳跟幾個女孩一起？」我說。「開一部巴士過來？」

「喔，」她說，神情再度流露出光彩。「沒錯，那個白癡好生氣。」她慢慢回想，逐漸放鬆。「我得管好其他女孩，妳知道吧，不然她們就會爭先恐後，手忙腳亂，害我們被逮到。」

我看著蘇珊，難掩心中的好奇；她讓我看著她，一點都不怯生。

「我記得妳的頭髮，」我說。

蘇珊聽了似乎很開心，她心不在焉地摸摸髮梢。「我從不剪頭髮。」

日後我會發現這是羅素的叮囑之一。

蘇珊把衛生紙捧在胸前，忽然一臉傲氣。「妳要我給妳衛生紙的錢嗎？」

她身上沒有口袋，也沒有錢包。

「不了，」我說。「沒花我多少錢。」

「好吧，謝謝，」她說，顯然鬆了一口氣。「妳住在附近？」

「不遠，」我說。「跟我媽一起住。」

蘇珊點點頭。「哪一條街？」

「晨星巷。」

她輕哼一聲，表示驚奇。「高檔喔。」

我家在鎮上不錯的地段，我看得出來她在意。說不定她跟所有年輕人一樣盲目憎惡有錢人，將金錢、媒體、政府混搭為一個朦朦朧朧、共謀騙局的惡魔傳聲筒，但除此之外，我想像不出她的心態。我才剛開始學著如何藉由歉意操控別人對我的觀感、如何趁著別人嘲弄我之前開口自嘲。

「妳呢？」

她急急揮舞手指，狀似焦躁。「噢，」她說，「我們正在策畫一些事情，所以有很多人擠在同一個地方」——她舉起手裡的袋子——「這表示我們需要很多衛生紙。目前手頭有點緊，但是我確定情況很快就會好轉。」

我們。女孩屬於一個小集團。她走過停車場，輕鬆自若、信心十足地朝著下一個目標前進，我好羨慕。那兩個我在遊樂園裡看到跟她在一起的女孩、其他每一個跟她同住一處的夥伴，他們都會注意到她的缺席，也會殷殷期待她的回返。

「妳很安靜，」過了一會兒，蘇珊說。

「對不起。」我強迫自己別抓被蚊子叮咬的紅斑，即使我癢得發麻。我急著找話題，但每一個可能的話題都是我說不出口的事情。我不能告訴她自從那天之後、我多常呆呆地想到她。我不能告訴她我沒有朋友、我即將被送往寄宿學校。我不能告訴她寄宿學校像是一個直轄區，居民們一向是沒有人要的小孩。我不能告訴她我在彼得心中甚至激不起一絲漣漪。

「沒關係。」她揮揮手。「人人都有自己的本性，我一見到妳就看得出來，」她繼續說。「妳是一個深思熟慮的人。妳獨自踏上人生的旅程，深陷在自己的思緒中。」

我不習慣有人像這樣好好注意到我，尤其對方是個女孩。通常只有在妳成為周遭男孩嘲笑的目標，大家為妳抱不平的時候，才會好好注意到妳這個人。我放任想像自己是一個眾人眼中深思熟慮的女孩。蘇珊動了一動：我看得出她打算離開，想不到該如何持續我們的交談。

「嗯，」她說。「有人在那邊等我。」她朝著停在暗處的車子點點頭。那是一部積了厚厚一層灰塵的勞斯萊斯。看到我一臉困惑，她微微一笑。

「我們借用一下，」她說，好像這麼說就足以解釋一切。

我沒有試圖阻止，只是看著她走遠。我不想太貪心：反而該高興自己居然沾得上邊。

4

我媽又開始約會。頭一個對象自我介紹叫做威斯瑪亞，他不停用鳥爪般的手指按摩我媽媽的頭皮，還跟我說我的生日落在水瓶座和雙魚座的交會點，這表示我有兩句座右銘分別是「我相信」和「我知道」。

「哪一句才對？」威斯瑪亞問我。「妳相信妳知道、或是妳知道妳相信？」

接下來是一個開銀色小飛機的男人，他跟我說我的乳頭透過襯衫激凸，而且一副實話實說的模樣，好像那是一則有用的資訊。他製作印地安人的粉彩人物肖像，希望我媽出資幫他在亞利桑那州蓋一座博物館，展示他的作品。然後是一個來自提布隆的建商，他請我們出去吃中國菜，一直慫恿我跟他女兒見面，不斷重複他確定我們肯定一拍即合，後來我才曉得他女兒十一歲。康妮大概會仔細研究米粒沾黏在他牙齒上的模樣，看得開懷大笑，但自從那天我過去她家找她之後，就沒再跟她講過話。

「我十四歲，」我說，男人看看我媽，媽點點頭。

「當然、當然，」他說，鼻息間帶著濃濃的醬油味。「這會兒我看得出來妳幾乎是大人囉。」

「對不起，」媽隔著桌子以口形默示，對我致歉，但當男人轉身、拿起叉子餵她吃一口看起來黏糊糊的碗豆，她乖乖張開嘴巴，好像一隻小鳥。

在那些場合中，我覺得我媽真可悲，這種感覺既陌生，也讓人不自在，但我也認為自己應當懷有這種感覺——我將之視為一個令人不悅的責任，好比自己生了病，不得不注意身體狀況。

離婚前一年，爸媽在家裡開了一個雞尾酒派對。那是我爸的點子——直到他離開之前，我媽始終不太喜歡社交，無論派對或是其他社交場合，我可以感覺她打心眼裡感到焦慮，藉由意志力壓下隆隆翻騰的不安，將之轉化為僵硬的笑容。那個派對是為了慶祝我爸找到了一位投資人，我想那是他頭一次從除了我媽之外的某人手中籌募到資金。興奮之餘，他比平常更豪氣，客人還沒上門，他就開始喝酒。他擦了一頭男用髮妝水，頭髮飄散著濃郁的香氣，鼻息之間混雜酒味。

我媽用番茄醬烤了中式肋排，肋排泌出油亮亮的油脂，有如上了一層漆。罐裝橄欖，奶油堅果。起司條。某種黏答答、採用小柑橘製成的甜點，食譜是她從雜誌上看來的。客人抵達之前，她撫平她的織花長裙，問說她看起來如何，我記得我被她的問題嚇了一跳。

「很好，」我說，口氣異常浮躁。先前他們准許我用粉紅色的刻花玻璃杯啜飲雪莉酒，我喜歡那種衝鼻的甜膩，又偷偷倒了一杯。

客人們大多是我爸的朋友，我很訝異他過著另外一種生活，而在那個我無法參與只能旁觀的生活中，他交遊居然如此廣闊，在場賓客似乎都認識他，而且跟他一起吃午餐、造訪金洲賽馬場、討論道奇隊的王牌左投山迪．柯法斯，他們對他的觀感，全來自這些場合。我媽緊張地在自助餐桌旁閒晃：她擺了筷子，但是沒有人用，我看得出來她相當失望。她試圖慫恿一個魁梧的男人和他太太試一試，他們搖搖頭，男人開開玩笑，我聽不到他說了什麼，但看得出我媽臉上閃過某種絕望的神情。她也捧著酒杯啜飲，在那種派對上，每個人早早就喝醉，人人口齒不清，言談之間瀰漫著一股濛濛醉意。稍早，我爸的一個朋友點了一根大麻煙，我看著我媽的神情從斥責緩緩轉變為無奈與容忍。話語聲漸趨低微。太太們抬頭凝視一架飛機在空中畫過一道圓弧，飛向舊金山國際機場。有人把一塊玻璃丟到游泳池裡。我看著它慢慢沉到池底。說不定那是一個煙灰缸。

我遊走於派對之中，感覺自己像個年紀更輕的孩童，我不想引人注目，卻又想要參與，兩種念頭在心中並陳。我的心情還算愉快，若是有人問我洗手間在哪裡，我也樂意指引方向，我還把奶油堅果包在餐巾紙裡，坐在游泳池邊一顆接一顆享用，手指沾滿鹹香的鹽粒。那種年紀還小、沒有人對我抱持任何期望的感覺，真是輕鬆自在。

自從那天她開車到學校接我回家之後，我就沒有見過泰瑪。我記得當我看到她抵達家中，心中有點失望，因為這下我就得表現得像個大人，讓她瞧瞧。一位男人陪在她身邊，他的年紀稍長，她四處為他引介，一下子親吻某人的臉頰，一下子跟某人握握手。大家似乎都認識她。說話時，她男友一隻手擱在她背後，輕撫她的罩衫和長裙之間的銀白肌膚，我看在眼裡，忌妒之情油然而生。我想要讓她看見我在喝酒：我跟著她一起擠到吧台前，幫自己再倒一杯雪莉酒。

「我喜歡妳的打扮，」我壓下胸口的灼熱，勉強開口。她背對著我，沒有聽見，我再說一次，她嚇了一跳。

「伊薇，」她說，神情還算愉快。「妳嚇我一跳。」

「對不起。」我身穿寬鬆的短洋裝，覺得自己好魯鈍。她的衣服看起來很新，波紋般的鑽石圖案艷麗鮮明，泛著淡紫、青綠、鮮紅的色澤。

「派對還不賴，」她說，瞄了賓客們一眼。

我還來不及想出某些俏皮話、辯稱我也認為夏威夷火把的點子真愚蠢，我媽就加入我們。我趕緊把酒杯放回桌上。泰瑪出現之前，我本來輕鬆自在，這會兒全都變了樣，我忽然注意到家裡每一件物品、爸媽的每一個細節，好像我應該為一切負責。我討厭自己這麼想。我為我媽那件下擺蓬鬆的長裙感到抱歉——相較於泰瑪的衣裳，那件裙子顯得過氣——我媽熱切招呼泰瑪的模樣也讓我難為情。她緊張到脖子冒出青筋。她們彬彬有禮、嘰嘰喳喳地閒聊，我趁著她們忙著說話時悄悄溜開。

太陽曬得我頭暈目眩，有點反胃。我只想找個地方坐定，不必跟任何人交談、不必追隨泰瑪的目光，也不必看著我媽一邊使用筷子、一邊興高采烈地宣稱並不困難，即使一片柑橘顫顫地滑回她的盤中。我但願康妮在場——那時我們尚未絕交。我在游泳池畔的位子已經被一群爭相講閒話的太太們佔據：隔著庭院，我聽到我爸隆隆的笑聲，圍在他身邊那群三姑六婆也大笑。我笨手笨腳地拉低裙子，思念酒杯在手中那種沉甸甸的感覺。泰瑪的男友站在附近，大啖肋排。

「妳是卡爾的女兒，」他說，「對不對？」

我記得自己心想，他和泰瑪晃著晃著各自行動，這會兒他落單，一個人低頭大嚼盤中的食物，似乎有點奇怪。他居然想要跟我說話，這也有點奇怪。我點點頭。

「房子還不賴，」他說，嘴裡塞滿食物，嘴唇因沾了肋排的油脂而濕滑。我覺得他長相不賴，但有個朝天鼻，下巴多了些贅肉，整個人看起來有點滑稽。「坪數很大，」他加了一句。「我外公外婆的房子。」

他眼神一閃。「我聽過妳外婆的大名，」他說。「小時候我經常看她主演的電視節目。」直到那一刻，我才意識到他醉得多厲害。他的舌頭在嘴角晃來晃去。「她在噴泉裡發現鱷魚那一景，真是影壇經典。」

我已經習慣人們充滿感情地提到外婆。大夥喜歡表現出仰慕的模樣，說他們看著她的電視節目長大、她的身影播送到客廳的電視螢幕上、好像是另一個更親切、更和善的家人。

「這樣就說得通了，」男友邊說、邊環顧四周。「難怪，原來是她的房子，因為妳老爸絕對負擔不起。」

我了解他在侮辱我爸。

「我只覺得奇怪，」他邊說、邊伸手擦擦嘴。「妳媽怎麼嚥得下這口氣？」

我想我肯定面無表情：他朝著泰瑪的方向搖搖手指，泰瑪依然站在吧台邊，我爸已經走過去加入她，我媽則不見蹤影。泰瑪搖晃一下酒杯，手鐲隨之發出聲響，她和我爸只是聊天，沒做什麼。我不明白她男友為什麼一臉奸笑，等著我說些什麼。

「妳爸爸有辦法跟誰上床，就跟誰上床，」他說。

「我可以幫你收盤子嗎？」我問，我太驚訝，甚至不覺畏怯，反而重新戴上彬彬有禮的面具，以客氣而端莊的姿態掩飾痛苦，好像賈姬．甘迺迪。我跟我媽學到這一招，她們那個世代有辦法將心中的不悅轉移方向，以禮節壓制過去，但是那個世代的美德，現在卻已過時。當他把盤子遞給我，我看到他眼神中閃過一絲蔑視，但說不定只是我的想像。

※

派對在天黑之後落幕。幾支夏威夷火把尚未熄滅，一道道朦朧的火焰飄向深藍的夜空。一部部鮮豔龐大的轎車沿著車道緩緩駛離，我爸高聲道別，我媽留在屋裡收疊餐巾，撿拾沾滿了別人唾液的橄欖籽，放進自己張開的手掌。我爸再放一次唱片；我望向臥室窗外，看到他試圖拉著我媽跳支舞。「我將凝視明月，」他輕輕哼唱，在那個時代，遙不可及的月亮依然承載著許多人的思慕。

我應該恨我爸。但我只感到愚蠢，說不定還覺得難過，但不是為了他，而是為了我媽。她撫平她那件下擺蓬鬆的長裙；問我她看起來如何；有時她牙縫塞了微小的顆粒，我提醒她，她聽了滿臉通紅。還有那些我爸晚歸的夜晚，她站在窗邊，望著空蕩蕩的車道，一再琢磨他為什麼不回家。

她肯定知道怎麼回事——她怎麼可能不知情？——但她依然不願離開他。好像康妮，明知自己看來愚蠢，卻依然跳起來搶奪啤酒。連泰瑪那個狼吞虎嚥、似乎怎麼吃都吃不飽的男友都知情。他嚼的速度快得幾乎難以吞嚥。他曉得一個人心中的饑渴會令人原形畢露。

醉意漸漸消退。我昏昏欲睡，感覺空虛，不得不再度面對自己。我鄙視周遭的一切：我的臥房和童年的雜物，書桌四角的蕾絲飾邊，塑膠製唱機和那個笨重的膠木曲柄，看起來濕答答、黏附在大腿內側的懶骨頭沙發，雞尾酒派對，急著討好賓客的開胃菜，那些穿上夏威夷花襯衫、意圖藉由服飾表現歡樂氣氛的男人，這些似乎全都合計加成，恰可解釋我爸為什麼另結新歡。我想像泰瑪脖子上繫著一條絲帶，置身帕羅奧圖某棟狹小的公寓中，躺在公寓的地毯上，我爸也在那裡——他看著她嗎？他坐在椅子上？泰瑪的粉紅唇膏激起異常火熱的慾望。我試圖恨她，但是辦不到。我甚至無法恨我爸。結果只剩下我媽，而她任由我對她心懷怨懟。她始終跟麵團一樣軟弱、任人擺布，她乖乖把錢交出去，每天晚上準備晚餐，難怪我爸別有所求，比方說泰瑪和她誇張花俏的見解，還有她那有如電視節目般的生活，當中一幕幕夏日風情。

那個年紀的我以單純、一廂情願的心態看待婚姻。我覺得結婚就是有人承諾照顧妳，他留意妳是否悲傷、是否疲倦、是否討厭那些吃起來像是冰箱冰過的食物，他保證調整他生活的腳步，與妳攜手同行。我媽肯定知情，卻依然選擇留下，難道這就是愛情？愛情絕對不是萬無一失——那些歌曲不都是哀傷而絕望地反覆吟唱：**你不像我一樣那麼愛你？**

最令人心驚的是：妳始終察覺不出緣由，也始終不知道愛情究竟從哪一刻開始變質。明知妻子在另一個房間，眼中依然閃過一個身穿低領洋裝的女人和她光裸的頸背，是否從那一刻起，他就變了心？

☼

當樂聲停歇，我知道我媽會上樓跟我道晚安。我始終非常厭惡這一刻，因為這下我不得不注意到她的捲髮凌亂扁塌、唇邊一圈模糊的口紅印。她敲敲門，我考慮是否裝睡，但我臥房的燈亮著；房門悄悄開啟。

她微微苦笑。「妳還沒換衣服。」

我大可不理會，或是開幾句玩笑，但我不想讓她更難過。最起碼不是那個時候。我坐起身。

「派對還不賴，是吧？」她說。她靠在門框上。「肋排烤得滿好的，我覺得不錯。」

說不定我真的以為她想要知道。說不定我想要讓她安撫我，說幾句大人常說的話讓我安心。

我清清嗓子。「有件事情不太對勁。」

我感覺她在門口神情緊繃。

「是嗎？」

日後回想起那一刻，我心中不禁一陣刺痛。她肯定已經知道我要說什麼，試圖藉由意志力叫我什麼都別說。

「爸爸在派對上跟某人講話。」我又低頭看看皮鞋，專注地解開扣帶。「他跟泰瑪講話。」

她鬆了一口氣。「那又怎樣？」她微微一笑，神情平靜。

我想不通：她肯定知道我的意思。「沒怎樣，」我說。

我媽媽看著牆壁。「只有那道甜點不對勁，」她說。「下次我乾脆烘培一些椰子口味的馬卡龍。那些小柑橘太難取食。」

我一語不發，驚訝之餘也變得格外謹慎。我悄悄脫下鞋子，並排擺在床下。我喃喃說聲晚安，頭一歪，等著她在我臉頰印上一吻。

「妳要我把燈關掉嗎？」我媽在門口留步。

我搖搖頭。她悄悄轉動門把，好讓門房喀擦一聲輕輕關上，躡手躡腳，煞費苦心。我瞪著腳上被皮鞋勒出的紅印，我的腳背被勒得變形，看起來真是奇怪，我不禁暗想，誰會愛上腳丫子長成這副模樣的女孩？

☼

跟爸離婚之後，媽說起那些跟她約會的男人，語氣之中帶著孤注一擲的樂觀，好像一個重生的教徒。我看著她孜孜不倦、幾近虔誠地下功夫：她在客廳裡鋪上浴巾做運動，緊身衣印上一道道汗水的斑紋；她舔舔手掌、聞一聞、探測一下自己鼻息的氣味。約她出去的男士們，有些人刮鬍子的時候割傷自己，脖子上的傷口冒出一個個鮮紅的水泡，有些人慌張地搶著付帳，一看到我媽拿出信用卡，卻又露出感激的神情。她碰上諸如此類的男人，看上去似乎還很開心。

跟那些男人出去吃飯時，我經常想著彼得。我想像他和潘蜜拉置身奧瑞岡州某個陌生的小鎮，兩人在一棟公寓的地下室同床共寢，忌妒之餘，我也興起一股奇怪的保護慾，想要保護他們兩人和潘蜜拉肚子裡那個日漸成長的小寶寶。我有所領悟：世上頂多只有這一些女孩獨特出眾，注定得人疼。比方說那個名叫蘇珊的女孩，光是存在人世間，就應該受人呵護。

☼

我媽最欣賞的男士是個黃金礦工，最起碼他自己這麼說。這個叫做法蘭克的男人一邊大笑、一邊自我介紹，嘴角噴出一滴滴白沫。

「親愛的，真高興認識妳，」頭一個晚上他對我說，接著伸出粗壯的手臂摟住我，笨手笨腳地抱我一下。我媽格格傻笑，略有醉意，好像生命是個蘊藏金礦的世界，在這個世界中，小小的金塊堆藏在河床上或是懸岩底，跟桃子一樣容易撿拾。

我聽過我媽跟莎兒說法蘭克仍然已婚，但過不久就會離婚。我不知道這話是否屬實。法蘭克似乎不是那種拋棄妻小的男人。他穿了一件凸花刺繡的襯衫，鈕扣乳白，肩頭一朵朵紅線繡成的牡丹花。我媽媽摸摸頭髮，咬咬指尖，表現得相當緊張。她看看我，再看看法蘭克。「伊薇是個非常聰明的女孩子，」她說。她講得太大聲，但聽她這麼說，依然開心。「她在卡塔利納可以好好發揮。」卡塔利納就是我即將就讀的寄宿學校，即使九月還很久。

「腦袋瓜超大，」法蘭克興高采烈地說。「絕對錯不了，對不對？」

我不確定他是不是開玩笑，我媽似乎也不清楚。

我們沉默地在飯廳吃燉菜，我挑揀出豆腐的硬邊，在盤裡堆成一疊。看著我媽決定什麼話都不說。

法蘭克長得不賴，即使他的襯衫太小家子氣、太女性化，看起來怪怪的。況且他讓媽很開心。他不像我爸那麼英挺，但也不賴。她不停伸手用指尖輕觸他的臂膀。

「十四歲，是嗎？」法蘭克說。「我打賭妳有很多男朋友。」

大人們總是逗弄我、說我交了很多男朋友，但是到了某個男孩子說不定真的對我感興趣的年紀，這話聽在耳朵裡感覺不再是個玩笑。

「沒錯，成群結隊呢，」我說，我媽聽到我語調中冷冷的嘲諷，打起精神留意動靜。法蘭克似乎沒有察覺，他對著我媽咧嘴笑笑，拍拍她的手，她也微微一笑，但有點虛假，目光滑過桌面，從我身上移到他身上。

法蘭克的金礦在墨西哥。「那裡沒有法規，」他說。「勞工又便宜，成功率幾乎百分之百。」

「你採了多少黃金？」我問。「我是說目前為止。」

「嗯，等到裝備齊全，一公噸絕對不成問題。」他拿起酒杯啜飲一口，手指依稀留下油膩的印漬。在他注視下，我媽的肩膀不再緊繃，嘴唇微啟，神情變得更加柔和。那天晚上，她看起來好年輕，我心中一陣刺痛，忽然對她興起一股母性的關懷，這種感覺相當怪異，我不禁眉頭一皺。

「說不定我帶妳們去看看，」法蘭克說。「妳和妳媽媽，我們一起去墨西哥度幾天假，髮間插朵花。」他偷偷打個嗝，噤下聲響，我媽滿臉通紅，紅酒在她的杯中搖晃。

我媽喜歡這個男人。她賣力做她那些愚蠢的運動，好讓自己身無片縷之時，在他面前依然嬌美。她精心打扮，醉態可掬，流露出對愛情的企盼。一想到我媽也有需求，我實在開心不起來。我轉頭看她，想對她笑一笑，讓她知道我們母女過得還不錯，但她沒有看我，反而留心法蘭克的一舉一動，等著承受他願意給予的一切。我雙手擱到桌下，緊緊握拳。

「妳太太呢？」我問。

「伊薇，」媽低聲斥喝。

「沒關係，」法蘭克邊說、邊舉起雙手。「她這麼問合情合理。」他揉揉眼睛，然後放下叉子。「這事很複雜。」

「沒那麼複雜，」我說。

「妳太失禮，」媽說。法蘭克一手擱在她肩上，但她已經站起來收拾碗盤，臉色陰沉，作勢忙碌，法蘭克帶著關切的微笑把盤子遞過去，在牛仔褲上擦擦手。我沒看她，也沒看他。我低頭剝弄指甲周圍的外皮，不停撕扯，直到摳出一道裂縫才住手。

媽離開飯廳之後，法蘭克清清嗓子。

「妳不應該惹妳媽媽那麼生氣，」他說。「她是個好女人。」

「不關你的事。」我指甲的外皮稍微流血；我壓一壓，感覺一下刺痛。

「哎喲，」他說，語調輕鬆自在，好像試圖當個朋友。「我了解，妳跟妳媽媽住膩了，想要離開這個家，對不對？」

「可悲的傢伙，」我憋著嗓門說。

他不了解我說了什麼，只知道我的反應不如他預期。「咬指甲是個壞習慣，」他憤憤地說。「骯髒的人特有的習慣，妳是個骯髒的人嗎？」

我媽又出現在門口，我確定她剛才在偷聽，這會兒她應該知道法蘭克不是一個好人，她遲早會失望，但我下定決心今後乖乖聽話、多幫忙做家事。

但我媽只是神情一皺。「怎麼了？」

「我只是跟伊薇說她不該咬指甲。」

「我也跟她說過了，」媽說。她的語調急促，嘴角抽搐。「她會吞下細菌，說不定會生病。」

我設想種種可能。我媽說不定只是拖延時間，她需要一點時間想想如何用最恰當的方式把法蘭克趕出我們的生活、跟他說別管我的事。但當她坐下、任由法蘭克揉揉她的手臂、甚至朝他靠了過去，我就曉得她怎麼想。

當法蘭克起身上洗手間，我以為她最起碼會表達一絲歉意。

「那件襯衫太緊，」她悄悄斥責。「妳這個年紀穿成這樣，不太適當。」

我張開嘴巴想說兩句。

「我們明天再談，」她說。「我不是說著玩的，我們真的要好好談一談。」當她聽到法蘭克走回來，她最後再看我一眼，然後站起身迎向他。他們把我一個人留在桌旁。燈光從我的頭頂直瀉而下，照向我的臂膀和雙手，刺目而令人不悅。

他們到門廊上坐坐，我媽用一個小美人魚的錫罐盛放煙蒂。我從臥室裡聽到他們斷斷續續的說話聲，媽爽朗、輕率地大笑，兩人一直聊到深夜。香煙的煙霧裊裊飄過紗窗。暗夜在我心中翻騰。我媽以為生命就像從地上撿拾黃金一樣單純，好像對她而言、世事就是如此簡單。康妮不在我身邊，沒有人緩和我心中的怒氣，始終只有我和我自己，而我是個令人窒息、令人麻木、令人絕望的朋友。

※

日後，我以不同方式解讀我媽，試圖了解她的心情。她跟我爸結縭十五年，兩人分手之後，她的生命陷入龐大的空虛，她肯定試圖填補，好像那些中風的病人似地重新學習怎麼描述汽車、桌子、鉛筆。她攬鏡自顧，明鏡有如神諭，她縮起小腹，拉上新牛仔褲的拉鍊，帶著羞怯的神情，像個少女似地吹毛求疵、滿懷希望看著自己。

※

早上我走進廚房，看到我媽坐在桌邊，小碗中的茶已經喝乾，碗底點點茶漬。她緊抿嘴唇，眼神中帶著哀傷。我走過她身邊，一句話都沒說，打開一包磨好的咖啡，紫黑的粉末勁道十足，我媽用來取代我爸喜歡的燦卡低咖啡因即溶咖啡。

「昨晚怎麼回事？」我看得出她試圖保持鎮定，但口氣有些浮躁。

我搖搖咖啡粉，倒入煮咖啡器，扭開爐火，氣定神閒地做我該做的事，始終像個佛教徒一樣安詳平靜。這招是我的最佳武器，我可以感覺到她愈來愈焦躁。

「嗯，這下妳不說話了，」她說。「妳昨晚對法蘭克相當失禮。」

我不回應。

「妳希望我不開心嗎？」她站起來。「我在跟妳說話，」她邊說邊伸手，猛然關上爐火。

「哎喲，」我說，但她神情令我噤聲不語。

「妳為什麼不讓我擁有任何東西？」她說。「連一丁點都不行。」

「他不會離開她。」我激動到連自己都嚇一跳。「他絕對不會跟妳在一起。」

「妳根本不瞭解他的生活，」她說。「一點都不了解。妳以為妳無所不知。」

「是喔，」我說。「黃金。採礦權。賺大錢。就跟爸爸一樣。我打賭他跟妳要錢。」

媽微微一顫。

「我試了，」她說。「我始終試圖跟妳相處，但妳連試都不試。瞧瞧妳自己。遊手好閒，成天晃來晃去。」她搖搖頭，拉緊她的袍子。「總有一天妳會了解，眨眼之間，歲月就趕上了妳，妳猜結果如何？妳變成什麼人，就是什麼人，再也擺脫不了。妳既沒野心，也缺乏動力，卡塔利納說不定是個轉機，但妳必須試一試。妳知道妳外婆跟妳一樣大的時候在做什麼嗎？」

「妳才一事無成！」某種情緒在我心中傾覆。「妳這輩子只是照顧爸爸，而他一走了之。」

我臉頰發燙。「抱歉我讓妳失望，抱歉我這麼糟糕。我應該像妳一樣，花錢請別人跟我說我有多棒。如果妳他媽的真有那麼棒，爸爸為什麼離開妳？」

她伸手打了我一巴掌，雖然不是非常用力，但是力道夠大，聽得見啪地一聲。我笑一笑，有點齜牙咧嘴，像個瘋子。

「滾出去。」她的脖子佈滿紅斑，手腕細瘦。「滾出去，」她再度噓趕，聲音微弱。我奪門而出。

※

我跨上腳踏車，沿著泥土小徑往前騎。我的心臟撲通狂跳，眼眸深處一陣緊繃，感覺沉重。我喜歡我媽一巴掌打中我臉頰那種刺痛，過去一個月來，她捧著茶碗，光著腳丫，小心翼翼地營造溫馨的氛圍，片刻間卻完全變質。好極了。讓她慚愧吧。她那些課程、斷食、書籍全都沒用。她跟往常一樣軟弱。我騎得更快，喉嚨一陣燒灼。我可以騎去超商買一包巧克力星星糖。我可以看看電影院上映哪部片子、或是沿著黃濁的河流走走。天氣乾熱，我的頭髮微微亂翹。我感覺心中的恨意愈來愈冷硬，那股龐大、強烈、純粹的恨意，幾乎稱得上過癮。

我瘋狂地踩踏板，忽然之間，踏板開始鬆脫：鏈條竟從軸承上脫落！車速慢了下來。我搖搖晃晃地把車子停在防火小徑旁邊的泥地，腋下汗水淋漓，膝蓋虛軟無力。路旁的橡樹生氣蓬勃，陽光透過有如鏤空雕花般的枝葉映照大地，暑氣逼人。我試著別哭。我蹲下來重新裝上鏈條，眼淚在陣陣微風中簌簌而流，手指沾了機油滑溜溜。鏈條一直滑落，我很難抓穩。

「幹！」我說，然後大聲再罵一次。我想要踢腳踏車，平復情緒，但是四下無人，憤然激情的演出只有我一個觀眾，未免太可悲。我再次試著把鏈條勾上輪輻，但是輪輻勾不住，鏈條啪地滑落。我放手讓腳踏車倒在泥地上，頹然在旁坐下。前輪轉了兩、三圈，然後慢慢停止。我瞪著癱倒在地、派不上用場的腳踏車，車架漆著所謂的「校園青綠」，妳在店裡看到這種顏色，不免幻想一個健壯的大學男生傍晚下課陪著妳走回家。女孩子氣的空想！愚蠢的腳踏車！我放任心中的失望不斷滋長、不斷交疊，直到心生倦念，感覺事事庸俗。康妮說不定正跟小梅．羅佩茲一起消磨時間。彼得和潘蜜拉說不定正為他們在奧瑞岡州的公寓採購盆栽，浸泡扁豆，準備晚上烹煮。我有些什麼？淚水從我的下巴滴入泥地，我的傷痛倒是滋潤了大地，留下宜人愉悅的記號。我心中那個空曠的大洞足以讓我像隻小動物般蜷伏在裡面。

我先聽到它的聲響，然後才看到它：那部黑色的巴士轟轟隆隆地沿著小徑開過來，所經之處塵土飛揚。車窗麻點累累，一片灰黑，窗後人影重重。引擎蓋上漆著一顆心，筆觸粗拙，上方畫一道淚汪汪的眼睫毛，遠遠望去，真像一隻眼睛。

⁂

一個身穿男士襯衫和針織背心的女孩走下巴士，她甩甩頭，把扁塌的橘紅髮絲甩到身後。我可以聽到窗後傳來朦朧的話語聲，而且不只一個人。女孩露面，圓圓的臉頰如月亮；她看著我。

她聲調平板。「怎麼了？」她說。

「我的腳踏車，」我說。「鏈條壞了。」女孩伸出穿了涼鞋的腳丫，輕輕踢一下車輪。我還來不及問她是誰，蘇珊就踏下階梯，我的心隨之狂跳。我站起來，試著拂去膝蓋上的泥土。蘇珊微微一笑，但似乎心不在焉。我意識到自己得提醒她我是誰。

「我們前幾天碰過面，」我說。「東華盛頓街的那家超商？」

「喔，沒錯。」

我以為她會說幾句話，比方說真巧、又碰面了、好奇怪等等，但她看起來有點放空。我一直瞄著她。我想要提醒她我們的對話、她說我看起來深思熟慮，但她似乎躲避我的目光。

「我們看到妳坐在那裡，大夥心想：唉，糟糕，可憐的小東西，」紅髮女孩說。後來我知道她是唐娜。唐娜的眉毛淡得看不見，導致臉龐看起來怪異而疏離，神情空虛呆滯。她蹲下來端詳我的腳踏車。「蘇珊說她認識妳。」

※

我們三人一起想辦法重新裝上鏈條。當我們用力把腳踏車扶正，我聞到她們身上的汗臭。先前腳踏車傾倒之後，我不知怎麼地弄歪了齒輪，這會兒齒輪對不上輪輻。

「幹！」蘇珊嘆氣。「全都亂七八糟。」

「妳需要老虎鉗或是其他工具，」唐娜說。「目前無法修理。妳不妨把車子抬上巴士，跟我們消磨一下時間。」

「我們把她送回鎮上吧，」蘇珊說。

她聲調明快，好像我是個必須處理掉的燙手山芋。即使如此，我依然開心。我已經習於掛念那些始終不把我放在心上的人。

「我們要辦一個夏至派對，」唐娜說。

我不想回家看到我媽，更不想面對自己設下的孤寂樊籠。更何況我覺得如果放手讓蘇珊離開，可能再也見不到她。

「伊薇想要一起來，」唐娜說。「我看得出來她想參加。妳喜歡找樂子，對不對？」

「拜託喔，」蘇珊說。「她還小。」

我急火攻心。「我十六歲了，」我撒謊。

「她十六歲了，」唐娜重覆。「羅素難道不希望我們殷勤待客嗎？如果我跟他說我們招待不周，他八成會生氣。」

我覺得唐娜的語氣絲毫不具威脅，只是戲謔。

蘇珊抿緊嘴角；終於微微一笑。

「好吧，」她說。「把腳踏車放後頭。」

※

我看得出巴士經過騰空改建，裡面的陳設髒兮兮，跟那個時期的事物一樣過度刻意——地板上波斯氈毯交疊，張張蒙上灰白的塵土，還有幾個絨毛磨損、購自二手貨商店的坐墊。

巴士裡還有三個女孩，她們全都轉頭看我，神情熱切專注。我當作奉承。她們手執香煙，上上下下地打量我，周遭洋溢無盡的歡樂。我看到一袋發芽的馬鈴薯、一袋鬆軟的熱狗麵包、一箱過熟、黏糊的番茄。「我們出來採買食物，」唐娜說，但我不太了解這話是什麼意思。我一心只想著自己忽然鴻運當頭，留意著汗水從我的手臂慢慢滴落。我一直等著被人揭穿、被歸類為不屬於這裡的入侵者。我的頭髮太乾淨。我注重儀表，端莊得體。但除了我之外，似乎沒有人在乎。車窗敞開，大風勁揚，我的頭髮被吹得擋住視線，讓我更是不曉得自己置身何處。我就這麼猝然地坐上了這輛奇怪的巴士。後視鏡垂掛著一根綴滿小珠子的羽毛。儀表板上擱著一束乾枯、被太陽曬得褪色的薰衣草。

「她前來參加至日派對，」唐娜有如銀鈴般哼唱。「夏至派對。」

那時是六月初，而我知道夏至是六月底；我什麼都沒說。多次沉默的頭一回。

「她將成為我們的祭品，」唐娜格格輕笑，告訴其他人。「我們要獻祭她。」

我看看蘇珊——我們的短暫相逢，似乎促成大家對我的認可——但她坐在車裡另一側，專注於一箱番茄，捏捏果皮，掏出爛掉的蔬果，揮手驅趕蜜蜂。日後我才想到，車程之中，似乎只有蘇珊沒有急著對我示好，神色帶著某種疏離與客套；蘇珊看出我心中灼灼耀目、顯而易見的脆弱——她明白脆弱的女孩下場會如何。

✻

唐娜把我介紹給大家，我試圖記住每個人的名字。海倫似乎跟我年紀相仿，但也可能只是因為她綁了馬尾辮。她散發出一股青春活潑的氣質，有點土氣，鼻子塌塌的，看來平易近人，但顯然沒什麼耐性。蘿絲，「羅斯福的簡稱，」她跟我說。「也就是羅斯福總統。」她的年紀比其他女孩大，有著一張跟故事書人物一樣紅通通、圓滾滾的臉龐。

我不記得開車的高個子女孩叫做什麼；那天之後，我再也沒有見過她。

唐娜讓出一個空位，拍拍一個微微鼓起的繡花椅墊。

「過來坐下，」她說，我坐到這個令人發癢的東西上。唐娜有點古怪，看起來呆呆的，但我喜歡她。她的貪婪和狹隘全寫在臉上。

巴士搖搖晃晃地前進；我的五臟六腑劇烈晃動，內心七上八下，但當她們遞給我一壺便宜的紅酒，我伸手接過，紅酒濺灑而出，潑了我一手。她們面帶微笑，似乎非常開心，有時說著說著就輕輕哼歌，好像圍著營火露營。我慢慢看出種種特殊之處，比方說她們自然而然就手牽著手，開口閉口「和諧」、「愛」、「永恆」；海倫表現得像個小寶寶，一邊拉著她的馬尾辮，一邊用她嬰兒般的嗓音說話，講到一半突然倒臥在蘿絲的膝上，好像這就可以誘使蘿絲照顧她。蘿絲沒有抱怨；她似乎有點遲鈍，紅紅的臉頰，柔軟細長、垂蓋雙眼的金髮，看起來和藹可親，即使我日後想想，與其說和藹可親，倒不如說她麻木不仁。唐娜請我說說自己的事，其他人也爭相發問，我成了眾人注目的焦點，不禁滿心歡喜。不知怎麼地，她們似乎很喜歡我，這個念頭既陌生，卻又令人開心，好像一件我不敢過度追問的神祕禮物。我甚至可以從正面的角度解析蘇珊的沉默，想像她跟我一樣內向羞怯。

「質料真好，」唐娜摸摸我的襯衫。海倫也捏我的衣袖。

「妳真像個小洋娃娃，」唐娜說。「羅素會非常喜歡妳。」

她就這樣隨意說出他的名字，好像我不可能不知道羅素是誰。海倫一聽到他的名字就格格傻笑，高興得肩膀一晃一晃，像吸吮甜食。唐娜看見我眨著眼睛、不知如何回應的樣子，放聲大笑。

「妳會喜歡他的，」他說。「他非常獨特。我不騙妳。跟他在一起，妳自然而然就會感覺飄飄然，好像在陽光下，他就是那麼宏大、那麼神奇。」

她轉頭看我，確定我在聽她說話，而我的確專心傾聽，她似乎很開心。

她說我們即將前往的地方有自己獨特的生活方式。羅素教導大家如何發掘通往真理之路、如何掙脫纏繞在內心的枷鎖、解放真實的自我。她提到某個叫做蓋伊的傢伙，這人以前訓練獵鷹，加入他們的行列後，如今他只想寫詩。

「我們遇見他的時候，他過得瘋瘋癲癲，只吃肉，以為自己是魔鬼或什麼的。但羅素出手相助，教導他怎麼愛，」唐娜說。「每個人都有能力愛，也都可以超越雜七雜八的念頭，但是許多事情堵塞了我們的心。」

＊

我不知道該如何想像羅素這個人。我以前只曉得我爸爸、或是我迷戀的毛頭小夥子，參照的標準有限。這些女孩提到羅素時的模樣完全不同，她們的崇拜是來真的，不像我所熟悉的那種調皮嬉戲的少女情懷。她們非常篤定，絕不動搖，她們常把羅素的神奇力量掛在背上，好像那是一個眾所皆知的事實，諸如月球潮汐、或是地球公轉。

唐娜說羅素跟一般人不同，他聽得懂動物的話語，他用雙手就可以治癒病人，他可以拔除妳心中的惡念，把它像是腫瘤似地清除得一乾二淨。

「他看得到妳的每一部分，」蘿絲補了一句，好像那是值得稱許的長處。

我擔心大家對我的評價，相形之下，我對羅素的疑惑或是顧慮根本不值一提。在那個年紀，我始終覺得自己是被人評頭論足的對象，光是這一點，就讓我在次次互動之中屈居下風。

講到羅素時，她們臉上閃過一絲情慾，好像急著參加高中畢業舞會的輕佻少女。我意識到她們全都跟他上過床，即使沒有人明說。這種安排令我暗暗心驚，滿臉通紅。她們似乎不會忌妒彼此。「我們心中沒有佔有慾，」唐娜聲若銀鈴，「愛不是佔有，」她邊說、邊輕捏海倫的手，兩人互看一眼。雖然蘇珊大多保持沉默、沒有跟我們坐在一起，但我看得出來一提到羅素，她的神情就起了變化。她眼中閃過一絲宛若人妻的嬌柔，讓我也好想體會這種心情。

巴士駛過陰影，迎向璀璨的日光，我看著熟悉的街景一掠而逝，說不定正朝著自己微微笑。我在此地出生成長，打從心眼裡熟知每一個角落，甚至不必知道大多數街道的名稱，反而靠著地標、目測、或是記憶辨識路徑。那個我媽媽扭傷了腳踝的街角。那叢看起來始終像有魔鬼看管的矮樹林。那家遮陽蓬裂開的藥妝店。我坐在陌生的巴士裡，腳下踏著毛絨絨的舊地毯，望著車窗外，我的家鄉似乎一舉抹煞我曾留下的種種印記。揮手說再見，一點都不難。

❊

她們商討夏至派對的細節。海倫跪立，愉快而嫻熟地綁緊馬尾辮，一臉興奮地描述打算換哪一套洋裝、羅素為了派對寫了哪一首傻裡傻氣的歌曲。某個叫做米契的傢伙給了他們足夠的錢買酒；唐娜特意強調這傢伙，不曉得為什麼。

「妳知道的，」她重覆一次。「米契．路易斯？米契？」

我對這名字沒什麼印象，但我聽過他的樂團——我在電視上看過他們在攝影棚灼熱的燈光下表演，每個人額頭上汗珠滾滾，舞台以雜亂而俗麗的亮片當背景，而且慢慢旋轉，團員們跟著轉動，宛如音樂珠寶盒裡的芭蕾舞伶。

我假裝無動於衷，但擺在我眼前正是一個我始終猜想它確實存在的世界，在這個世界裡，妳可以跟知名樂手們稱名道姓。

「米契跟羅素合作灌錄了幾首歌，」唐娜告訴我。「羅素讓他大為驚嘆。」

她們對羅素如此心悅誠服、如此篤定，我再度見證，不禁欣羨。我好忌妒她們這麼信任一個人，難道真有一個人能夠縫補妳內心的種種空虛、讓妳感覺身體下面有張網子、串聯起妳的時時刻刻？

「羅素會成名，絕對沒問題，」海倫加了一句。「他已經簽了合約灌唱片。」她像覆誦一個童話故事，只不過羅素的故事更精采，因為她知道一切都會成真。

「妳知道米契怎麼稱呼羅素嗎？」唐娜出神地看著自己的雙手，「鬼才。很正點吧？」

※

在牧場待了一陣子之後，我見識到大家如何談論米契、以及羅素即將到手的唱片合約。比方說，米契是大家的守護神，他出錢贊助牧場，而且捐助大批乳製品，好讓孩童們獲得充分的鈣質。許久之後，我才得知事情的原委。米契在貝克海灘的某個和平集會結識羅素，羅素身著鹿皮長衫，背著一把墨西哥吉他出現在會場，左右兩側各有一名女子相伴，三人看來極度窮酸，開口乞討。沙灘陰涼漆黑，營火熊熊，米契趁著灌唱片的空檔放鬆一下。有個戴著圓形平頂帽的傢伙料理一鍋清蒸蛤蠣。

我後來得知，米契當時面臨困境——他跟他的經理有些金錢糾紛，而這個經理是跟他從小一起長大的哥兒們，他最近還因吸食大麻被捕，雖然罪名已從記錄中刪除，沒有留下前科，依然令人心煩——在米契眼中，羅素想必比較貼近真實世界，而羅素也不時提起米契的白金唱片、豪宅、游泳池、開個派對還得先用壓克力板遮蓋游泳池等等，慢慢煽動米契心中的愧疚感。羅素給人一種救世主的印象，那些帶著崇拜眼神看他說話的年輕女孩，更令人感覺他是個高深莫測的救世主。米契把整群人邀到他在提布隆的家中，讓他們狼吞虎嚥地大啖他冰箱裡的食物，暫住在他的客房中。他們喝光一瓶瓶果汁和粉紅香檳，帶著一身泥巴上床睡覺，表現輕率而無禮，好像一支長驅直入的軍隊。隔天早上，米契開車載他們回牧場：到了那時，羅素已經成功地蠱惑米契，他輕聲細氣地說著信仰、真理與愛，追尋真理的有錢人特別容易受制於這套符咒。

我相信女孩們那天告訴我的每一句話。她們七嘴八舌，滿臉驕傲，爭相吹捧羅素多麼睿智；她們說他即將聲名大噪，走到街上立刻受到群眾包圍；她們說他將叮囑世人如何無拘無束、隨心所欲；我照單全收，毫不質疑。沒錯，米契的確計畫跟羅素灌唱片。他以為他的唱片公司會覺得羅素這個人有趣、很時尚。許久之後我才得知，灌製過程極不順利，結果極不理想，一敗塗地。但這些都是後話。

※

有些倖存者事後回顧，竟絕口不從龍捲風警報、或是艦長宣布引擎故障說起，反倒不停把時間往回拉，比方說自己注意到當天早上的陽光感覺怪異、床單釋放出過量靜電、或是跟男朋友無緣無故地吵了一架，好像凶兆已經潛入大難來臨前的種種事物。

我遺漏了某些徵兆嗎？某些隱而未顯的枝節？蜜蜂一閃一閃地圍著那箱番茄爬行？路上的

交通異常順暢？我記得唐娜在巴士裡問我的問題——她隨口一問，幾乎像是補上一句。

「妳從來沒聽說過羅素？」

我無法理解這個問題。我不明白她是否試圖評估我聽過多少傳言——荒淫雜交，迷幻藥，瘋狂吸毒，逃家少女被迫侍奉年紀較大的男人，月夜的沙灘上屠狗祭神，埋在沙中、漸漸腐爛的羊頭——如果我除了康妮之外還結交了其他朋友，我說不定會在派對上聽大家喋喋不休地談論羅素、或是廚房中人們的竊竊私語。我說不定會提高警覺。

但我只是搖搖頭。我什麼都沒聽說。

5

即使事過境遷，即使日後見證了種種事端，頭一個晚上，我根本看不到未來，眼裡只有當下。羅素的鹿皮襯衫，入鼻鮮腥，柔若絲絨。蘇珊的微笑在我心中有如煙火般綻放，五顏六色的煙霧、火樹銀花的煙花漸漸消散，灰燼緩緩飄浮。

※

「山腰上的家園，」那天下午，唐娜邊說、我們邊爬下巴士。

我花了一秒鐘才看出自己置身何處。巴士早就下了高速公路，沿著一條泥土小徑顛簸而行，小徑深入乾枯褐黃、覆滿橡樹的夏日山丘，我們開到盡頭，眼前出現一棟古舊的木造房屋，屋子的雕花圓窗與灰泥樑柱營造出某種氛圍，讓它看起來像一棟小規模的城堡。木屋坐落於一個特別建造的區域，據我所見，除了木屋之外，周圍還有一座穀倉和一座沼澤似的游泳池，各棟建物交錯而立。六隻毛茸茸的駱馬在畜棚裡打瞌睡。隱隱可見幾個人沿著籬笆修剪灌木叢，他們舉手打個招呼，然後彎腰繼續工作。

「小溪水淺，但妳還是可以游泳，」唐娜說。

他們果真全都住在這裡，我覺得不可思議。穀倉一側佈滿歪斜扭曲、螢光彩漆繪製的符號，垂掛在曬衣繩上的衣物有如鬼魅般在風中飄動。一處為了野孩子而設的孤兒院。

牧場曾被用來拍攝汽車廣告，海倫嗲聲嗲氣地說。「雖然是好久以前，但不管怎麼說，還是拍過廣告。」

唐娜用手肘推我一下。「這裡很棒吧？」

我說：「妳們怎麼找到這地方？」

「以前有個老傢伙住在這裡，但他不得不搬出去，因為屋頂壞了，」唐娜聳聳肩。「我們把屋頂修好，最起碼動手試了試。他孫子把這裡租給我們。」

為了賺點錢，她解釋，他們看顧駱馬，幫隔壁的農夫工作，用他們的小刀採收萵苣，載著作物到農夫市集販售，比方說向日葵和一罐罐黏答答的果醬。

「一小時三美金，還不賴，」唐娜說。「但還是不夠用。」

我點點頭，好像了解這種困境似地。一個四、五歲的小男孩朝著蘿絲跑過來，我看著他啪地撞上她的大腿，他太常曬太陽，頭髮銀白，似乎已經大到不需要裹尿布。我猜他八成是蘿絲的小孩。羅素是父親嗎？性事閃過我腦際，心頭一震，覺得有點反胃。男孩抬頭，好像一隻剛睡醒的小狗，他瞇起眼睛，帶著無聊、多疑的神情看著我。

唐娜靠向我。「來、跟羅素見見面，」她說。「妳會喜歡他，我發誓。」

「她在派對上就會碰到他，」蘇珊打斷我們的談話。我沒有注意到她已經走過來：她離我好近，嚇了我一跳。她遞給我一袋馬鈴薯，把一個硬紙箱抱在懷裡。「我們得先把這些東西搬到廚房，準備大餐。」

唐娜噘起小嘴，但我跟隨蘇珊。

「再見，洋娃娃，」她大喊，一邊大笑、一邊伸出細長的手指作勢驅趕，但神情之中並無惡意。

※

我跟隨蘇珊的黑髮，穿過一群鬧哄哄的陌生人。地面崎嶇，略有坡度，令人暈眩。周遭瀰漫著濃重的煙味，聞了讓人頭昏腦脹。蘇珊徵求我的協助，令我受寵若驚，好像我已獲得認可，成為他們的一份子。一群年輕人四處閒晃，他們光著腳丫，或是未著靴鞋，頭髮在陽光下閃閃爍爍，隨風飄揚。我無意中聽到大家竊竊私語、熱切討論夏至派對。我當時並不知情，但是牧場上的眾人很少像這樣有效率地幹活。女孩們穿上她們最漂亮的二手舊衣，輕輕地把樂器捧在懷裡，好像抱著小寶寶，陽光映照吉他的鋼弦，幻化為一格格耀目的光影。鈴鼓在她們的懷中叮咚作響，有點刺耳。

「那些他媽的小蟲咬了我整晚，」蘇珊邊說、邊揮手拍打其中一隻繞著我們瘋狂飛舞的馬蠅。「我一覺醒來，發現自己抓癢抓得出血。」

屋子另一邊的空地上零星散布著圓石和枝葉稀疏的橡樹，還有幾部只剩空殼的破車。我喜歡蘇珊，卻也甩不掉那種拼命想要趕上她的感覺：在那個年紀，對方若是讓妳感到緊張，等於表示妳喜歡對方，我經常把這兩種感覺混為一談。一個光著上身的男孩對著我們吹口哨，他繫著一條皮帶，銀白的皮帶扣環粗拙笨重，「哎喲，瞧瞧這是什麼？夏至禮品嗎？」

「閉嘴，」蘇珊說。

男孩笑笑，一副無賴的模樣，我試圖也對他笑笑。他年紀相當輕，一頭黑色的長髮，神情懶散，英挺中帶著陰柔與狡詐，好像電影裡的壞人。我覺得他很像羅曼史小說的英雄，即使日後我發現他不過來自堪薩斯州。

他就是蓋伊。這個農家小子原本從軍，後來當他發現垂福斯空軍基地跟他老爸的家一樣沒意思，他就從基地棄逃，起先在大索爾工作了一陣子，後來漫無目的地晃蕩到舊金山，一群人在嬉皮區的街角吵吵嚷嚷，引起了他的注意。這群搖頭晃腦的撒旦派教徒點燃紅色蠟燭，聆聽管風琴音樂，配戴聖甲蟲形的綴飾和白銀的小刀，全身上下的首飾比少女還多。蓋伊加入他們的行列。有一天，他在公園裡看到羅素彈吉他，羅素一身鹿皮，有如拓荒者，蓋伊看在眼裡，說不定想起小時候閱讀的連載小說，書中的主角們剝下馴鹿獸皮，涉水越過阿拉斯加嚴寒的河流。從那時起，蓋伊就追隨在羅素身旁。

那年夏天就是蓋伊幫女孩們開車。載她們到案發現場，用皮帶綁住管理員的手腕，而且愈拉愈緊，笨重的銀白皮帶扣環陷入柔軟的肌膚中，留下一個奇形怪狀的印記，有如烙痕。

但相識的那天，他只是一個散發出頹廢之氣、狀似江湖術士的男孩，我轉頭瞄他一眼，就足以令他興奮地發抖。

蘇珊攔住一個走過我們跟前的女孩：「妳叫蘿絲把尼可送回托兒室，他不應該出來外面。」

女孩點點頭。

我們繼續往前走，她瞄了我一眼，看出我的困惑。「羅素不希望我們太依戀小孩，尤其是自己的小孩。」她發出冷冷的笑聲。「孩子不是我們的財產，妳知道嗎？不能只因為自己想要有個東西摟抱，就毀了他們。」

我花了一會兒思索她的話：沒錯，父母確實沒有權力，忽然之間，這話似乎極其真確。我媽不能只因她生下我，就把我視為她的財產。也不能因為受到某種精神感召，把我送到寄宿學校。即使似乎有違常理，但說不定我最好加入這個散漫的團體，說不定我最好深信愛可以來自各方，因為這樣一來，如果妳希冀的一方沒有讓妳感受到足夠的愛，妳也不會失望。

⁂

廚房比戶外暗多了，我在忽然襲來的黑暗中眨眨眼。每個房間都氣味刺鼻，帶點泥巴味，其中幾間混雜著烹煮大鍋菜的味道。牆壁大多光禿禿，只有幾處貼著雛菊圖樣的長條壁紙，有人在牆上畫了一顆形狀滑稽的心，狀似巴士上的那顆。窗框搖搖欲墜，運動衫權充窗簾，釘在窗沿。附近傳來收音機的聲響。

廚房裡大約有十幾個女孩，各自專心烹調，看起來都相當健康。她們手臂瘦長，膚色古銅，頭髮濃密，光著腳丫在粗拙的地板上走動。她們高聲談笑，打打鬧鬧，捏捏對方光裸的肌膚，拿起湯匙用力拍打。每樣東西看起來都黏答答，有點腐爛。我把那袋馬鈴薯擱在流理台上，一個女孩立刻開始挑揀。

「長了芽的馬鈴薯有毒，」她嘖嘖地翻撿袋子。

「煮了就沒毒，」蘇珊厲聲回應。「妳趕緊煮吧。」

※

蘇珊睡在一個小小的外屋，屋裡沒有地板，而是泥地，四面牆邊各有一張光禿禿的雙人床墊。「大多女孩都在這裡過夜，」她說。「視情況而定。還有尼可，有時他也睡在這裡，即使我說不行。我希望他長大之後無牽無掛。但他喜歡我。」

一塊汙漬點點的絲綢方布草草縫在床墊上，一個米老鼠的枕頭套擱在床上。蘇珊遞給我一支捲煙，我們的口水沾溼了煙嘴，煙灰掉落在她光裸的大腿上，但她似乎不以為意。那是大麻捲煙，但比康妮和我抽過的大麻強勁，我們從彼得抽屜裡搜到的大麻只是殘渣，入口乾澀，這支捲煙油滑潤口，煙霧濃郁，不易消散。我等著大麻發揮功效。康妮肯定厭惡這一切。她會覺得這個地方骯髒怪異，而蓋伊讓人害怕——想到這裡，我反而得意。我開始感到輕飄飄，大麻發揮功效了。

「妳真的有十六歲？」蘇珊問。

我想繼續說謊，但她的目光太逼人。

「十四歲，」我說。

蘇珊似乎並不吃驚。「妳要的話，我可以開車載妳回家。不必待下來。」

我舔舔嘴唇——她覺得我應付不了目前的狀況嗎？說不定她認為我會害她丟臉。「我哪裡都不必去，」我說。

蘇珊張開嘴巴，似乎想說些什麼，但猶豫了一下。

「真的，」我說，開始急了起來。「沒問題。」

蘇珊看著我，那一刻，我確定她會把我架到車上，當個逃學的小孩，開車送我回家。但過了一會兒，她神情一變，彷彿另有打算，然後站起來。

「妳可以借一件洋裝，」她說。

☼

架上掛著一排衣服，一個垃圾袋裡塞滿更多衣物——破爛的牛仔褲，印花襯衫，裙襬縫線鬆脫、邋里邋遢的長裙。這些衣物都相當破舊，但是數量之多令人咋舌。我始終忌妒那些接收姐姐們舊衣的女孩，因為舊衣好像一件制服，姐妹相繼穿上，組成一個備受寵愛的隊伍。

「這些全是妳的？」

「我跟其他女孩分享。」蘇珊似乎接受了我留下的事實。說不定是我如此無奈、如此渴望，她不忍心把我轟走；說不定我睜大雙眼、神情急切、迫不及待地想要知道關於她的一切，讓她受寵若驚。「只有海倫沒事瞎搞。她把衣服藏到枕頭底下，我們得動手拿回來。」

「妳不想幫自己留幾件？」

「有必要嗎？」她抽一口大麻，憋著不吐氣。「我已經展開新的人生，不再老是我、我、我。我愛其他女孩，妳知道的，我喜歡跟她們分享。她們也愛我。」

她透過煙霧看著我。我感到羞愧。起初我質疑蘇珊，我覺得分享這件事很怪，除非是在自家鋪著地毯的臥室，眼前這一切令我難為情。我雙手塞進短褲口袋。這可不是我媽午後研習座談那套嘮嘮叨叨的鬼扯。

「我了解，」我說。我當然了解，我只想把那種志同道合的心情隔離起來，好好地守護。

蘇珊幫我挑的洋裝跟老鼠屎一樣臭，把洋裝從頭上套下時，鼻子不禁顫搐，但我依然高興地穿上——洋裝是別人的，已經得到別人的認可，無需由我評斷，解除了我的心理壓力。

「很好，」蘇珊邊說、邊仔細打量我。康妮也曾這樣打量我，但康妮的審視絕對比不上蘇珊，意義也大不相同。蘇珊的目光帶著一絲不情願，感覺更是彌足珍貴。「我幫妳編辮子，」她說。「過來這裡。如果妳披散著頭髮跳舞，頭髮會纏在一起。」

我在蘇珊前面的泥地坐下，她雙腿跨在我身側，兩人忽然變得好親密。我試著享受這種突如其來、毫不掩飾的親密。我爸媽都不太表露感情，這會兒有個人隨時可能摸摸我，把她的手像口香糖一樣想都不想就送到我眼前，實在令人驚訝。那是一種難以解釋的福分。她把我的頭髮撥到一側，溫熱的鼻息拂過我頸際，手指沿著我的頭皮移動，幫我把頭髮中分。就連她下巴那幾顆青春痘都隱隱帶著美感，彷彿心中的放肆點亮了玫瑰色的火苗。

她幫我編辮子時，我們兩人都默不作聲。鏡子底下有一排微紅的小石頭，石頭排成一列，好像異種生物的蛋卵。我拾起其中一顆。

「我們在沙漠裡住了一段時間，」蘇珊說。「在沙漠裡撿到的石頭。」

她跟我說他們在舊金山租了一棟維多利亞式的房子，唐娜不小心讓臥室著了火，所以大家不得不離開。她還說他們在死亡谷待了一陣子，大家全都嚴重曬傷，甚至好多天沒辦法睡覺。還有那棟尤加登的製鹽工廠，工廠沒有屋頂，內部拆得乾乾淨淨，他們在斷瓦殘垣之間住了六個月。還有那個混濁的礁湖，尼可在湖裡學會游泳。同一段期間，我做了些什麼？從學校的飲水機喝幾口微溫、帶點金屬味的開水？騎腳踏車到康妮家？仰躺在牙醫的椅子上，雙手擱在膝上，乖乖讓洛普斯醫生幫我看牙，他的手套被我愚蠢的口水沾得滑溜溜？想到這裡，我心裡不禁一陣刺痛。

⁂

夜晚氣候溫煦，派對早早登場。我們大約四十人，吵吵嚷嚷地群聚在泥地上，熱風吹過刻痕累累的木桌，一盞煤油燈投下粼粼的光影。派對感覺上似乎比實際上盛大多了——屋子高高聳立在我們身後，周遭沾染了戲劇色彩，好像在拍電影，感覺有點怪異，我也因而產生錯覺。樂聲喧囂，甜美的旋律隆隆作響，佔據了我的心房，令我神采飛揚。人人手舞足蹈，伸手抓住對方，勾住彼此的手腕，輕快地繞圈子，一下子加入，一下子退下。當蘿絲重重坐在泥地上放聲大笑，這個醉醺醺、鬧哄哄的隊伍才分散。幾個孩童像小狗似地躲在桌邊，小肚子吃撐了，嘴唇摳得結疤，渴望像大人們一樣開心。

「羅素在哪裡？」我問蘇珊。她跟我一樣哈草哈得飄飄然，黑髮散落在肩頭。有人給她一朵灌木玫瑰，她試著把半凋的花朵繫在髮間。

「他會來，」她說。「直到他出現，派對才真的開始。」

她拂去我洋裝上的煙灰，這個舉動令我心神蕩漾。

「啊，我們的小洋娃娃在這裡，」唐娜一看到我就嘰嘰喳喳地說。她戴了一頂鋁箔皇冠，皇冠不停從頭上滑落。她在雙手畫上埃及圖案，還把眼影蜜粉撒在手臂上，但顯然灑到一半就失去興趣，手指沾滿了粉末，洋裝和下巴也全是汙點。蓋伊猛一轉身，避開她的雙手。

「她是我們的祭品，」唐娜告訴他，她的話語已經含糊不清，「我們的夏至祭品。」

蓋伊對我微微一笑，牙齒沾了酒漬。

❊

那天晚上，他們燒了一部車子當作慶祝，火焰灼熱，火舌跳動，我放聲大笑，毫無緣由——夜空中的山坡如此黝黑，沒人知道我在哪裡，而且今晚是**夏至**。誰在乎今晚是否真是夏至？我一時想到媽媽，有點擔心她，但她八成以為我在康妮家。我還會在哪裡？她無法理解世間竟有這處所在，就算她可以想像、甚至奇蹟似地找到這裡，她也認不出我。蘇珊的洋裝太大，不停從我肩膀滑下，但我已不再急著把袖子往上拉。我喜歡那種暴露的感覺，可以假裝我不在乎，而我果真漸漸不在乎。即使當我拉高衣袖、不留意露出大半個乳房，我也不在乎。某個臉上畫著新月的男孩目瞪口呆、欣喜若狂地對我咧齒一笑，好像我始終是他們當中一員。

所謂的大餐根本不是那麼一回事。鼓脹的泡芙堆疊在一個大碗裡，不斷冒出水氣，直到有人把它們拿去餵狗。一盒植物性鮮奶油，煮得黏糊糊的青豆，佐以某些垃圾箱尋獲的戰利品。十二把叉子散置在一個大罐子裡，罐裡盛放著番茄醬和洋蔥湯調味包烹煮的馬鈴薯泥，大家輪流舀食這道湯湯水水的素食。還有一個西瓜，果皮的紋路有如一條黑蛇，但沒有人找得到刀子，最後蓋伊拿起西瓜，猛然摔向桌角，瓜果應聲破裂，孩子們蜂擁而上，爭食果肉，好像一隻隻小老鼠。

這跟我想像中的大餐完全不一樣，兩者的差距讓我有點難過，但我提醒自己，只有在舊社會裡，人們才會因為這種狀況而難過——在那個舊社會，人們屈服於生活的愁苦，人人成為金錢的奴隸，扣起襯衫的鈕扣，一直扣到領口，扼殺了心中僅存的愛。

蘇珊用手肘推我，讓我知道走向營火的那名男子就是羅素——日後我在腦海中再三播放這一刻，直到覺得真有這麼一回事，意義非同小可。我的第一印象是震驚——他朝著我們走來，乍看相當年輕，然後我看他最起碼大蘇珊十歲。說不定比我媽年紀還大。他穿著髒兮兮的牛仔褲和鹿皮襯衫，但光著雙腳——他們全都赤腳踏過雜草和狗屎，好像地上沒有這些東西，實在非常奇怪。一個女孩跪到他旁邊，摸摸他的腿。我花了一點時間才想起女孩叫什麼——我依然因為吸了大麻而思緒迷亂——但我想起來了：她是海倫，我在巴士上看過她，她綁了馬尾辮，聲音像個小寶寶。海倫抬頭對他微微一笑，上演某齣我不了解的例行戲碼。

我知道海倫跟這個男人上床。蘇珊也是。我試想那個情景，想像羅素湊向蘇珊乳白的身軀，一隻手摸向她的胸乳。我只接觸過彼得之類的男孩子，他們的肢體仍在發育，下巴冒出一簇簇他們細心料理的鬍渣，我只當他們是作白日夢的對象。說不定我會跟羅素上床。我試著想像一下。關於性愛這部分我依然深受我爸那些雜誌的影響，想到雜誌裡的女孩，一切都是那麼亮晶晶、假兮兮，好像期待人們的注視。牧場上的人們似乎不是如此，他們心懷孩童般的純真與樂觀，不分彼此，全心全意地付出愛意。

男人舉起雙手，手臂一伸，以示問候：大夥一陣騷動，有如希臘唱詩班似地歡欣鼓舞。在那種時刻，我真的相信羅素享有盛名。他的周遭似乎瀰漫著一股比較凝重的氛圍，他浮行而過，跟我們其他人都不一樣。他遊走於眾人間，摸摸這人的肩膀，跟那人說聲悄悄話，祝福每一個人。派對照常進行，但這會兒大夥只注意到他，每一個人都滿臉企盼地轉頭，好像追隨著太陽的弧光。當羅素走到蘇珊和我跟前，他停下腳步，凝視我的雙眼。

「妳來了，」他說，好像他始終等著我、而我姍姍來遲。

❊

我從來沒有聽過像他那樣的嗓音——渾厚、緩慢、毫不遲疑。他的手指緊緊掐入我背脊，但不至於令人不悅。他只比我高一點，但強壯結實，咄咄逼人，閃亮的髮絲抹上髮油，沾了灰塵後，變成一團硬梆梆的亂髮。他的目光似乎絕不動搖、絕不退卻。我終於明瞭女孩們為什麼一提到他就露出那副模樣。他緊盯著我，像要深深看透我的內心。

「Eve，」當蘇珊為我介紹，羅素開口說道。「上帝創造的第一個女人。」

我好緊張，生怕自己說錯話，暴露出我是個外人。「其實是『伊芙琳』。」

「名字很重要，不是嗎？」羅素說。「況且我在妳身上也沒看到蛇。」

這麼一句輕微的認可就讓我卸下心防。

「伊薇，妳覺得我們的夏至慶典還好嗎？」他說。「喜歡我們這裡嗎？」

他的手一直輕撫我的背脊，傳達著我無法解讀的訊息。我偷瞄蘇珊一眼，意識到天空已經不知不覺變得漆黑，夜色也已漸漸深沉。營火和大麻讓我昏昏欲睡。我久未進食，空腹陣陣抽痛。他是不是一直說著我的名字？我搞不清楚。蘇珊整個人靠向羅素，一隻手緊張地摸摸頭髮。

我跟羅素說我喜歡這裡，還說了一些無關緊要的廢話，即使如此，他依然從我身上看出其他事情。我始終甩不掉那種感覺。即使事過境遷，我依然感覺羅素輕易就能看出我的思緒，好像從架上拿取一本書一樣不費吹灰之力。

當我微微一笑，他伸手輕輕抬起我的下巴。「妳是個演員，」他說。他的雙眼有如滾燙的熱油，我放任想像自己是蘇珊，相信自己是那種令男人大感震懾、忍不住想要撫摸的女人。「沒錯，就是這樣，我看到了，妳站在懸崖邊、遙望著大海。」

我跟他說我不是演員，但我外婆是。

「一點都沒錯，」他說。我一告訴他我外婆的名字，他變得更加專注。「我一下子就看出來了。妳長得很像她。」

日後我讀到羅素如何追逐名人、B級名人、以及依附名人的馬屁精，他可以奉承這些人，榨取他們的資源，借用他們的車子，借住他們的屋宅。他看到我自己上門，甚至無需誘騙，想必開心極了。羅素伸手拉近蘇珊。當我迎上她的目光，她似乎有些退卻。直到那一刻，我才意識到她說不定擔心我和羅素在一起。我忽然覺得自己也有點分量，不禁心頭一緊。這種感覺如此陌生，我幾乎無法言喻。

「妳會負責照顧我們的伊薇，」羅素對蘇珊說。「是嗎？」

他們看都沒看我一眼，種種訊息流竄於兩人之間，無需言語。羅素牽起我的手，目光傾注在我身上，持續了好一會兒。

「待會見，伊薇，」他說。

然後他跟蘇珊說了幾句悄悄話，她重現活力，輕快地走回我身邊。

「羅素說如果妳願意，妳可以待下來，」她說。

我可以感覺羅素的出現令她精神大振，思緒變得清晰，重新展現權威，講話時細細端詳我。我不知道心中的顫動是因為恐懼還是關注。外婆曾提過她在演電影時，如何迅速地從眾人之中脫穎而出。「不同之處在於，」她告訴我，「其他女孩以為選擇權操之於導演，其實是我以自己獨特的方式悄悄知會導演、那個角色非我莫屬。」

這就是我要的——我要讓一股沒有源頭、沒有音調的波濤，從我身上傳達給羅素、蘇珊、他們每一個人知道。我要世間的事事物物非我莫屬。

☼

夜色逐漸缺蝕。蘿絲袒露上身，豐腴的乳房熱烘烘、紅通通。話聲間歇，眾人陷入漫長的沉默。一隻黑狗匆匆踏入黑暗中。蘇珊不見人影，不曉得跑到哪裡討大麻煙。我一直找她，但一個個陌生人在我身邊手舞足蹈，人人面帶微笑，流露出真摯的善意，燈光閃爍，人影晃蕩，令我分神。

我大可因為一些小事而光火。某個女孩灼傷自己，手臂浮現一道波紋般的傷痕，她低頭凝視，帶著無所事事的神情，好奇地看著燒焦的肌膚。屋外的廁所糞臭沖天，牆上貼著色情雜誌撕下來的殘頁，佈滿意義含混的塗鴉。蓋伊描述他在他爸媽堪薩斯州的農場上宰殺豬隻、開膛剖腹、豬隻的內臟依然溫熱。

「豬曉得接下來會發生什麼事，」他朝著一群出神的聽眾說。「我帶食物來的時候，它們笑嘻嘻，我拿起刀子的時候，它們全都發狂。」

他調整一下他那個巨大的皮帶扣環，嘰嘰喳喳地說了一些我聽不到的話。但今晚是夏至，我跟自己解釋，眾人的喃喃低語、或是我所感覺的騷動，全因為我不了解這個地方。更何況還有好多事情值得注意——點唱機播放的愚蠢歌曲，閃閃爍爍的銀吉他，某人手指頭滴落的黏融鮮奶油。其他人虔敬而狂熱的神情。

牧場上的時間令人困惑：這裡沒有時鐘、沒有手錶，時辰分秒似乎自訂，全天陷入一片虛無。我不知道過了多久。我不知道等了多久才聽到蘇珊在耳邊輕輕呼喚我的名字。

「伊薇。」

我轉頭，他出現在眼前。我開心地輕輕顫抖：羅素記得我，他在人群中找到了我。甚至說不定他一直在找我。他牽起我的手，握住我的掌心，輕撫我的手指。我神采飛揚，心中漲滿無窮的愛；我要愛盡世間一切。

※

他把我帶進一個拖車屋，拖車屋比其他房間都大，床上蓋著一張蓬鬆的毛毯，後來我才意識到那是一件毛皮大衣，而且屋裡只有這個東西最像樣。地上到處都是衣服，汽水和啤酒空罐散置在種種廢物之間，閃閃發光。四下瀰漫著一股特別的氣味，好像是發酵的腥臭。我想我是故作天真，假裝不曉得怎麼回事。但我真的也是半知半解，或者說不願多想。忽然之間，我不記得自己怎麼來到這裡。顛簸的車程，廉價的紅酒，一切全都模模糊糊。我把腳踏車留在哪裡？

羅素專注地看著我。我移開目光，他跟著頭一斜，迫使我接收他的注視。他把我的頭髮撥到耳後，手指貼上我頸背，他沒剪指甲，所以我感覺得到他指甲表面一道道豎紋。

我笑笑，但笑聲不太自在。「蘇珊等一下就會過來？」我說。

他先前在營火邊跟我說蘇珊也會過來，但那說不定只是我癡心妄想。

「蘇珊很好，」羅素說。「此時此刻，伊薇，我想聊一聊關於妳的事情。」

我的思緒慢了下來，有如飄落的雪花一樣遲緩。羅素慢慢地、嚴肅地說話，但他讓我覺得他好像整晚都等著找機會聽我抒發。我想到我和康妮在她的臥室裡聽唱片，那些歌曲訴說著一個我們從未參與的世界，聽了只是加深心中的哀傷，跟現在的狀況簡直是天壤之別。彼得的身影似乎也漸漸淡去。彼得只是一個吃吐司麵包夾人造奶油當晚餐的男孩，羅素的凝視才是真切。我受寵若驚，滿心歡愉，幾乎承受不了這種令人暈眩的快樂。

「害羞的伊薇，」他笑笑說。「妳是個聰明的女孩。很多事情都被妳看在眼裡，是嗎？」

他覺得我很聰明。我緊緊抓住這句話，好像那是一紙憑證。我沒有迷失。我可以聽到外面在開派對。一隻蒼蠅在角落嗡嗡叫，撞上拖車屋的牆。

「我跟妳一樣，」羅素繼續說。「年輕的時候非常聰明，聰明到他們說我是個笨蛋。」他發出粗嘎的笑聲。「他們告訴我『笨蛋』是什麼意思，他們教我諸如此類的字彙，然後說那就是我。」羅素微笑時，他的臉龐沉浸在我不瞭解的喜悅之中，我知道我從未感受過同樣的喜悅，即使年幼之時，我已是個不快樂的孩子——忽然之間，一切全都顯而易見。

他說話的時候，我張開手臂抱住自己。我逐漸覺得羅素言之成理，就像妳覺得自己懵懵懂懂地了解某些事情。大麻居然能夠把種種簡單、陳腐的想法拼湊成似乎充滿意義的語句。我那青春無知、一時失序的心緒急需因果論、陰謀論，好讓我為每個字眼、每個手勢加諸無限的涵義。我希望羅素是個天才。

「妳有些心緒，」他說。「某些非常悲傷的心緒。妳知道嗎？我看了也很難過。它們試著摧毀這麼一個美麗、特別的女孩。它們令妳悲傷，只因它們是悲傷的心緒。」

我感覺自己熱淚盈眶。

「但是它們沒有毀了妳，伊薇。因為妳來到了這裡。我們與眾不同的伊薇。妳可以讓那些鬼扯蛋的過去全都飄散。」

他坐回床墊上，髒兮兮的腳底板踩著毛皮大衣，神情異常平靜。等得再久他都願意。

我不記得自己當時說了什麼，說不定只是喋喋不休，胡言亂語。學校，康妮，少女空洞的廢話。我悄悄環顧拖車屋，手指捏著蘇珊的棉布洋裝，匆匆一瞥床罩上髒兮兮的鳶尾花紋。我記得羅素面帶微笑、耐著性子、靜靜等候我失去活力。而我確實累了。拖車屋一片沉靜，只聽見我的呼吸聲和羅素在床墊上動來動去。

「我可以幫妳，」他說。「但必須是妳想要。」

他緊盯著我的雙眼。

「伊薇，妳想要我幫妳嗎？」

他的話語帶著探索的意味，好像想要進行科學實驗。

「妳會喜歡的，」羅素喃喃自語，對我張開雙臂。「過來。」

我坐在床墊上，慢慢移向他，拼命想要弄清楚前因後果。我曉得接下來會如何，但真正發生之時，我依然感到驚訝。他脫下他的長褲，露出他的內褲和毛茸茸的雙腿，一隻手握住陰莖。他瞧見我看著他，捕捉到我眼神中的猶豫。

「看著我，」他說。他一邊說話、一邊使勁地搓揉陰莖，但是他的聲調依然平穩。「伊薇，」他說。「伊薇。」

他緊抓著他的陰莖，那話兒看起來依然軟趴趴：我不知道蘇珊在哪裡。我的喉嚨一陣緊縮。難道羅素只想自慰？這就是他想要的嗎？我起先不知所措，我坐在那裡，試圖搞清楚怎麼回事。我美化羅素的行徑，一廂情願地以為他想要表示善意。羅素只是試著接近我，幫我丟開舊社會的包袱。

「我們可以讓彼此開心，」他說。「妳不必非得悲傷。」

當他把我的頭推向他胯下，我不禁退縮。我覺得自己笨手笨腳，一股懼意在心中悶燒。當我猛然脫身，他掩飾得很好，似乎沒有生氣。他看看我，那種縱容的神情，好像我是一隻容易驚嚇的小馬。

「我不是想要傷害妳，伊薇。」他再度對我伸出他的手。我的心開始狂跳。「我只想接近妳。妳不想開心嗎？我要妳開心。」

達到高潮時，他倒抽一口氣，一片黏糊。精液嘗起來鹹鹹的，我心中的憂慮更加高漲。他彎下腰，按著我不動。我怎麼跑到這種地方、置身這種拖車屋之中、眼見自己深入陰暗的林間、卻沒有一丁點麵包屑可讓我循跡返家？然而，羅素輕撫我的頭髮，手臂環抱著我，拉我站起來。他蓄意地、熱切地呼喊我的名字，聽來奇怪，卻也順耳，好像他在呼喊著另一個比較搶眼、比較出眾的伊薇。我應該啜泣嗎？我不知道。我心中充滿各種愚蠢的枝微末節。我借給康妮一件紅毛衣，而她始終沒有歸還。蘇珊有沒有在找我？不知怎麼地，我的眼眸深處一陣顫動。

羅素遞給我一瓶可樂。汽水微溫，沒有泡泡，但我整瓶喝下，好像那是令人心醉的香檳。

※

我以為這整個晚上都是命中注定，整晚只有一齣戲碼，由我領銜演出，殊不知羅素已經運用一套例行把戲試探我。羅素長久以來在尤凱亞的一個宗教團體服務，已將這套把戲練得爐火純青。該團體提供餐點，協助安排住處和求職，吸引了一群瘦弱、苦惱的女孩。這些女孩大學沒畢業，父母不疼愛，老闆惡毒刻薄，成天幻想著整形隆鼻，恰是他的基本信徒。該團體在舊金山的一個消防局設立分處，羅素轉至分處服務，繼續招募追隨者。這些年來，他練就一身本事，擅長解讀女性的哀傷：她們垂頭喪氣的神情，她們緊張焦躁的語氣，她們講話講到最後始終聲調上揚、期盼得到對方的認可，她們哭得眼睫毛溼答答，這些羅素全都看在眼裡，他在我身上施展同樣伎倆，先是一些小小的試探，比方說摸摸我的背脊、按按我的手心，藉此打破我們之間的界線，接下來驟然加快手腳，把長褲褪到膝蓋。我覺得這個舉動經過慎思，目的在於安撫我們這些年輕女孩，因為這樣一來，我們會慶幸自己最起碼沒有跟人發生性關係。我們從頭到尾都無需寬衣解帶，好像一切如常，全無異狀。

但奇怪的是，我也開心。

☼

我悶悶地、呆呆地遊走於眾人之間，暑氣蒙上肌膚，揮之不去，腋下汗水直流，濕滑黏膩。我真的做了——我必須不斷告訴自己。我覺得自己散發出一股性愛的氣息，人人都能一眼看出來。我不再焦慮、不再滿心急切、不再擔心哪裡有個我不准進入的房間——這些憂慮全都消失，我輕飄飄地四處晃蕩，轉頭望著一張張擦身而過的臉孔，微微一笑，再無所求。

當我看到蓋伊輕扣一包香煙，我毫不猶豫地停下來。

「我可以來一支嗎？」

他對我咧嘴一笑。「小姐要一支煙，在下當然從命。」他把香煙遞到我嘴邊，我希望大家都在看。

我終於在營火旁的人群中找到蘇珊。她迎上我的目光，冷冷地、懶懶地對我微笑。我確定她看得出我的轉變，有時妳可以從甫經性事的年輕女孩身上看出這種轉變，我覺得那是一股發自內心、令人肅然的傲氣。我想要跟她分享。蘇珊不曉得為什麼格格輕笑，我看得出來她沒有喝醉，另有其他原因。她睜大眼睛，瞳孔似乎吞噬了虹膜，一抹紅暈漫過她頸背，宛若七彩的維多利亞式衣領。

說不定稍早當她看著我隨同羅素離開、他的把戲終究得逞，她隱隱感到失望。說不定她早知道會有這樣的結果。車子依然悶燒，派對的噪音劃破夜空。我感覺暗夜有如車輪般在我心中翻滾。

「車子的火什麼時候才會熄滅？」我說。

我看不到她的臉，但我可以感覺到我們之間的氣氛漸趨緩和。

「我哪知道？」她說。「明天早上？」

我伸出手臂，在微弱的火光中，我的臂膀和雙手似乎覆上鱗片，宛若爬蟲。我看了看，欣然接受這個歪七扭八的自己。我聽到一部摩托車轟隆地啟動，某人扯著嗓門厲聲喊叫——他們剛才把一副彈簧床座丟到營火中，火焰直衝天際，火勢更加熾烈。

「如果妳願意，妳可以借住在我的房間，」蘇珊說。她的聲調平緩，沒有流露出任何情緒。「我無所謂。但如果妳打算待下來，就得真的待下來，了解嗎？」

蘇珊要求我做出某種承諾，好像童話故事裡的小鬼，只有屋主相邀，小鬼才可入內。她小心翼翼地措辭，翹首以待跨過門檻的那一刻——她要我自己說出口。我點點頭，跟她說我了解，即使我不怎麼明白。我置身一個從未造訪的地方，穿上一件不屬於我的洋裝，除此之外，我什麼都不明白。我說不定徘徊在人生另一個閘口，只要跨出一步，我就永遠快樂無憂。我想到康妮，心中忽然充滿柔情與縱容——她是個甜美的女孩，不是嗎？——我甚至抱持寬宏的心態看待我的爸媽，其實他們人還不壞，只不過受制於某種奇怪的心病，黯然神傷。摩托車的車燈投射出一道道光束，枝幹染上一片銀白，光影之中，屋子的地基一覽無遺，黑狗蹲伏在地，守護一個看不見的戰利品。有人反覆彈奏同一首歌，**嗨**、**寶貝**，歌曲如此開頭，一再重複，到後來我滿腦子都是**嗨**、**寶貝**。我漫不經心地思索著一句句歌詞，沒有特別花精神，好像只是含著一顆檸檬糖果，喀啦喀啦地嚼。

第二部

PART.2

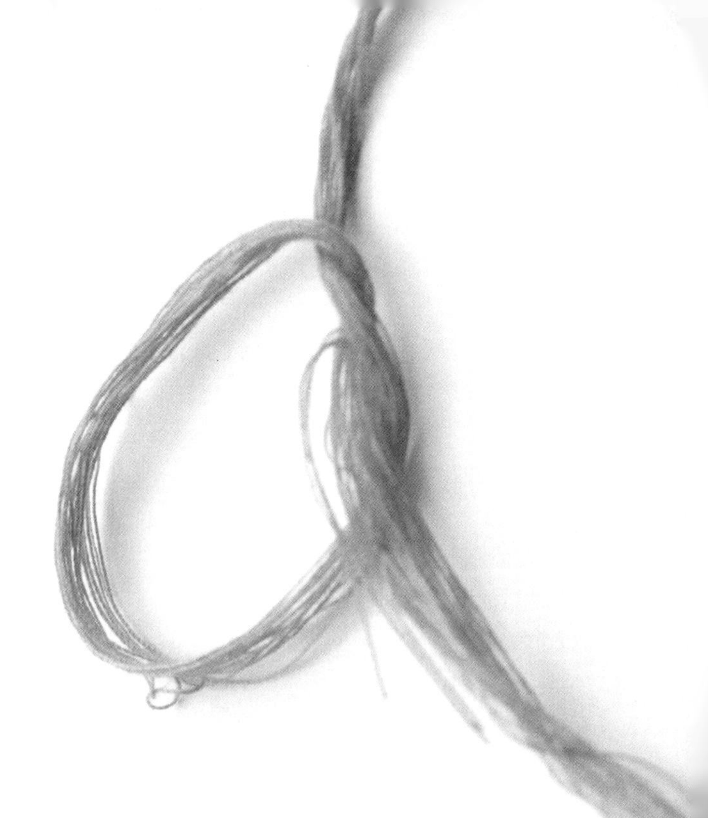

我一覺醒來，望見一抹霧氣貼緊門窗，臥室蒙上迷濛的白光。我花了一會兒才又想起種種熟悉而令人失望的事實：我借住在丹尼家，角落是他的五斗櫃，那張玻璃桌面的床頭小桌屬於他，那條緞紋織邊、蓋在我身上的毯子也屬於他。我想起朱利安、莎夏、我們之間的薄牆。我不願想起昨晚莎夏嗚嗚叫春，那種模模糊糊、近似偏執的低語。「幹我、幹我、幹我幹我幹我幹我幹我，」一而再，再而三，到後來甚至不具任何意義。

我瞪著色彩單調的天花板。他們自私輕率，思慮不周，任何青少年都一樣，如此昨天晚上，沒有其他意義。話是這麼說，但我依然待在房裡，靜待他們前往洪堡郡，這樣才有禮數。且讓他們逕自離去，省略那些一早起來不得不說的客套話。

※

一聽到車子倒車駛離車庫，我馬上起床。屋裡又只剩下我一個人，我應當感到心安，卻也有點難過。莎夏和朱利安正踏上另一段充滿冒險的旅程，重新投入外面那個遼闊的世界。我會漸漸遭到淡忘，在他們的記憶中，我如同一個註腳，他們一開始認真過日子，我的身影就愈來愈小，誰會記得一棟被遺忘的屋宅和屋裡的中年女子？直到那一刻，我才意識到自己多寂寞。或不像寂寞那麼絕望，而是另一種難以言喻的心情，姑且說是缺乏他人的關注吧。如果我消失了，誰會在乎？我想起那些羅素說過的蠢話——揚棄自我，他殷殷敦促，讓自我消失。我們全都像黃金獵犬似地頻頻點頭，既已活在世間，我們就得如同騎士，賣力破除種種似乎行之有年的積習。

我動手燒水。打開窗戶讓冷風吹入，保持室內空氣暢通。我收拾啤酒空瓶，數量似乎相當多——難道他們趁我睡覺的時候又喝了幾瓶？

我把壓疊成一堆的塑膠製品和垃圾拿到屋外，倒了垃圾之後，我發覺自己盯著枝葉肥厚、沿著車道兩側伸展的冰花。再過去就是海灘。霧氣已經漸漸消散，我看得見滾滾的浪花和荒涼乾枯的懸崖。幾位民眾外出散步，他們穿著塑身運動衣，相當醒目，而且大多牽著小狗——附近只有這個海灘准許人們解開鍊繩，讓小狗自由奔跑。好幾次看到同一隻羅威納犬，毛色墨黑，氣喘吁吁地奔馳。最近舊金山有個女人被牛頭犬咬死。人們寵愛這些可能傷害自己的牲畜，不是很奇怪嗎？但話又說回來，或許不難理解——如果牲畜能夠克制自己的衝動，讓我們無需擔心受到攻擊，賜予我們短暫的安全感，說不定因為如此，所以更是寵愛有加。

我匆匆回到屋裡。我不能永遠待在丹尼家。我應該很快就會找到另一份照護的工作。但是扶著某人緩緩躺進溫水暢流、深具療效的浴池，坐在診所的候診室、閱讀關於大豆與抗癌功效的文章，殷殷告誡食用五顏六色蔬果的重要性，這些不都是我做慣了的事情嗎？同一套一廂情願的謊言，實則成效不彰，想來可悲。誰會相信這些謊言？難不成只要勤加努力、妳就可以轉移死神的注意力、讓他不要衝著妳來？難不成妳可以牽制蠻牛般的死神、讓他無意傷害妳、只是呼哧呼哧地追著鮮紅的旗幟奔跑？

茶壺的水開了，哨聲大作，因此沒聽到莎夏走進廚房。忽然看到她，我嚇了一跳。

「早，」她說。她臉上沾了一道乾涸的口水，穿著運動服布料的熱褲，腳上的襪子印著一個個鮮紅的小圓點，我看出那是一顆顆小骷髏頭。她吞吞口水，口齒不清，一臉睡意。「朱利安在哪裡？」她問。

我試圖隱藏我的訝異。「我聽到車子開走，已經好一陣子了。」她瞇起眼睛。「妳說什麼？」她問。

「他沒跟妳說他走了？」

莎夏看出我的同情，板起臉來。

「他當然跟我說了，」她過了一會兒之後說。「沒錯、他當然說了。他明天回來。」

嗯，他拋下她走了。我頭先感到氣惱——我又不是褓姆——然後鬆了一口氣。莎夏還是個孩子，她不該跟他去洪堡郡，兩人開一輛越野沙灘車，通過架了鐵絲網的哨站，來到加柏維爾附近某個鳥不生蛋、以帳篷為家的牧場，只為了拿取一個帆布袋的大麻。我甚至有點高興她跟我作伴。

「反正我不喜歡那段車程，」莎夏說，勇敢地因應目前的局面。「那些小路讓我暈車，而且他開超快，超瘋狂。」她靠著流理台，打了個呵欠。

「累了嗎？」我說。

她跟我說她最近嘗試多階段睡眠，但已經放棄。「太怪異，」她說。她的乳頭在薄薄的襯衫下顯而易見。

「多階段睡眠？」我問，我忽然像個老小姐似地拉緊自己的袍子。

「湯瑪斯．傑佛遜也曾嘗試。妳分散睡眠時間，每次睡幾小時，比方說，妳可以把一天分成六個睡眠周期。」

「其他時候都醒著？」

莎夏點點頭。「頭幾天感覺很棒，結果卻非常糟糕，我好像永遠無法再恢復正常睡眠。」

我沒辦法把那個我昨晚偷聽她叫春的女孩、跟眼前這個暢談睡眠實驗的女孩聯想在一起。

「如果妳想喝水，茶壺裡還有不少開水，」我說，但莎夏搖搖頭。

「我早上不吃東西，跟芭蕾舞伶一樣。」她瞄了一眼窗外，大海一片青藍，平靜無波。

「妳到海裡游過泳嗎？」

「海水非常冷。」我只有偶爾看到幾個衝浪者裹著潛水防寒衣、頭戴衝浪帽、勇敢地下水一試。

「妳到底有沒有下過水？」她問。

「沒有。」

莎夏一臉同情，好像我顯然錯過某種樂趣。但是我心想，沒有人下水游泳。我忽然想要為自己的生活辯護。「海裡有鯊魚，」我補了一句。

「鯊魚不會真的攻擊人類，」莎夏聳聳肩說。她很漂亮，好像感染了肺結核，帶著病弱的嬌美。我試著從她身上找出昨晚那個如A片明星一般的女孩，但看不出一絲痕跡。她臉色蒼白，無可責難，猶如一輪小小的明月。

※

莎夏就在附近，雖然只待一天，我也不得不遵循某些規範。身邊多了一個人，不免有所顧忌，這表示我不可以放縱本性，比方說，我不能把橘子皮留在廚房水槽裡，早餐後也得馬上更衣，不能成天披著睡袍晃來晃去。我甚至試圖刷上一層幾乎乾硬的睫毛膏。人們藉由這些每天不斷進行的小事，逃避更深沉的恐慌與憂慮，但是獨居之時，我不必遵循任何習慣——我心裡不夠踏實，花不了這種心思。

我最近一次跟人同居已是很多年前的事。對方在一個虛有其名的大專院校教英文，這些學店在公車站刊登招生廣告，學生大多是家境富裕、想要設計電玩的外國學生，我有點訝異自己居然想起那個名叫大衛的男人和那段過去。那段日子裡，我幻想著跟另一個人共度一生，倒不是因為愛情，而是懶得尋覓、足可取代愛情的惰性——靜靜坐在車裡，交換著令人心安的沉默；一起走過停車場、我望見他看著我的神情。

但事態漸漸露出敗象——一個女人在不尋常的時刻敲門造訪。我外婆的象牙髮梳從浴室裡失去蹤影。有些事情我始終沒有跟大衛分享，因此，不管我們之間存有多少親密感，全都不知不覺地消蝕。我的祕密深埋在內心，但是確實存在。說不定正因如此，所以會冒出另一個女人。為了這些祕密，我始終跟人保持距離。但是話又說回來，誰究竟能夠多麼了解另一個人？

我原本以為莎夏和我或許能靜靜地、客氣地共度一日，說不定她會像隻小老鼠一樣躲躲藏藏。她確實客客氣氣，但我很快注意到家裡顯然多了她。我發覺她忘了關上冰箱門，整個廚房充滿陌生的嗡嗡聲。她的運動衫丟在桌上，一本關於九型人格的書攤放在椅子上。她房裡那對小小的筆電音箱傳出轟轟隆隆的樂聲，她正在聆聽的那個歌手聲調哀傷，我很訝異她喜歡這種音樂，因為這種音樂始終讓我想起大學裡某種類型的女孩，她們雖然年紀還輕，卻已沉溺於懷舊之情，點著蠟燭，穿著緊身衣，光著腳丫，連夜揉捏麵團。

我已習慣碰見社會邊緣人——加州這一帶到處都看得到六〇年代的餘興。懸掛在橡樹間、噗噗作響的嘛呢旗。始終停放在田裡、缺了車輪的小貨車，身穿花襯衫的老先生和他們的同居人。但那些都是六〇年代的鬼影。莎夏為什麼會感興趣？

當莎夏播放另一個歌手的歌曲，我總算能放鬆心情。一個女人在陰森森的電子鋼琴聲中引吭高歌，我聽在耳裡，感覺完全陌生。

那天下午，我試著午睡，但睡不著。我躺在床上，盯著一張張加了框、掛在五斗櫃上方的照片：一座沙丘，沙丘上薄荷草叢生，有如波紋。角落的蛛網，形若渦旋，陰森詭異。我在被單下移動身子，深感不耐。我無法忽視莎夏就在隔壁房裡。她的筆電整個下午播放音樂，有時我從樂聲中辨識出支離破碎、嗶嗶噹噹的數位雜音。她在做什麼？用她的手機玩電動？跟朱利安傳簡訊？她想必被迫藉由種種方式打理心中的孤寂，我忽然為她感到難過。

我敲敲她房門，但音樂太大聲。我又敲了一次。依然沒有反應。我擺明了努力示好，真難為情，當我正想跑回我的房間時，莎夏出現在門口，依然神情木然，一臉睡意，但是頭髮被枕頭弄得亂七八糟——說不定她也試著午睡。

「妳要不要喝杯茶？」我問。

她花了一會兒才點點頭，好像已經忘了我是誰。

⁂

莎夏靜靜地坐在桌旁，仔細端詳她的指甲，極度無聊地嘆口氣。我記得少女時候的我也擺出同樣姿態——下巴微揚，凝視窗外，好像是個蒙上不白之冤的罪人，自始至終殷切盼望我媽媽說幾句話。莎夏等我打破她的矜持，問她幾個問題。倒茶時，我可以感覺她目光停在我身上。被人注視的感覺真好，即使對方的目光帶著猜忌。我端出漂亮的茶杯，沿著小碟陳列擺設的喬麥餅乾也還算酥脆。我把碟子輕輕放在她面前，意識到自己想要取悅她。

茶太燙；好一陣子我們只是靜靜地捧著茶杯，裊裊上升的熱氣沾濕了我的臉頰。當我問莎夏來自何處，她扮個鬼臉。

「康柯德，」她說。「爛透了。」

「妳是朱利安的大學同學？」

「朱利安不是大學生。」

我不確定丹尼是否知情。我試著回想上次聽到他說了什麼。當丹尼提到兒子，神情始終無奈，帶點誇張，好像扮演一個摸不著頭緒的老爸。一提到兒子闖了什麼禍，他就像情境喜劇明星一樣嘆口氣，意思說：男孩子就是這樣。朱利安高中的時候被診斷出行為障礙，儘管丹尼說得像小事一樁。

「你們交往很久了嗎？」我問。

莎夏啜飲熱茶。「幾個月了，」她說。她的臉龐綻放出光彩，好像光是提到朱利安就令她精神大振。她想必已經原諒他不告而別。女孩們擅長拿起彩筆，為那些令人失望、空洞無謂的藉口上色。我想起昨晚她一聲聲誇張的呻吟。可憐的莎夏。

說不定她為了朱利安傷心、為了朱利安煩憂，都只是因為不擅長自我調適。在那個年紀，悲傷是妳加諸在自己身上的樊籠，但不失趣味：妳悶悶不樂，抱怨父母和學校聯手設限，讓妳沒辦法做一些等妳參與的樂事。大二的時候，我交了一個男朋友，他興奮地提到離家出走、一起私奔到墨西哥，殊不知我們已經過了離家出走的年紀，更何況我也無法想像除了氣候溫煦、一天到晚做愛，幹嘛私奔到墨西哥。如今我年事稍長，我再也無法一廂情願地以為未來會更好，說不定我心中始終存在著一股絕望，絕望之情並未隨著年歲消逝，反而愈來愈密實、愈來愈熟悉，終究佔據了心房一角，好像旅館裡的三不管地帶。

「喂，」我說，「我希望朱利安沒有虧待妳。」我擅自扮演起父母的角色，可笑極了。

「他怎麼可能虧待我？」她說。「他是我的男朋友。我們住在一起。」

我想都不想就猜得出所謂的「住在一起」是什麼德性：按月支付租金的公寓，室內瀰漫著冷凍食品和清潔劑的味道，床墊上擱著朱利安小時候的被毯，床邊擺著女孩子氣的馨香蠟燭。雖然我自己也好不到哪裡去。

「我們說不定會租一棟附帶洗衣機的公寓，」莎夏說。一講到他們清寒的家居生活，她的語氣多了一絲叛逆。「大概這幾個月。」

「妳爸媽贊成妳跟朱利安住在一起嗎？」

「我高興做什麼都行。」她雙手塞進朱利安運動衫的衣袖。「我十八歲了。」

「妳不可能十八歲。」

「況且，」她說，「妳在我這個年紀的時候、不是已經加入那個邪教嗎？」

她的聲調平緩，但我想像其中帶著一絲指控。

我還來不及說什麼，莎夏已從桌旁站起，歪著身子走向冰箱。看著她擺出大搖大擺的架式，從容自在地從冰箱裡拿出一瓶他們買來的啤酒，商標上的山嶽圖案閃閃發光。她發現我在看。

「妳要一瓶嗎？」她問。

我知道她在試探我。我要嘛是個可被忽視、可被同情的大人，要嘛是個可以跟她聊聊的對象。我點點頭，莎夏鬆了一口氣。

「接住，」她邊說、邊丟給我一瓶啤酒。

✽

夜色很快籠罩大地，濱海地區總是如此：放眼望去沒有任何建築物，阻擋不了黑夜的腳步。太陽低垂到可以直視，看著它緩緩消失在視線之外。我們都喝了幾瓶啤酒，廚房愈來愈暗，但我們都不想起身開燈。事事物物蒙上藍色的光影，感覺柔和而隆重，傢俱只見朦朧的輪廓。莎夏問說我們要不要在壁爐裡生火。

「那是瓦斯壁爐，」我說。「而且壞了。」

屋裡很多東西都已失修、或是遭到遺忘：廚房那個停擺的時鐘，衣櫃那個掉落在我手中的把手，屋角那群我揮手驅趕的蒼蠅。屋子必須有人住、善加維護，才不至於淪為廢墟。即使過去幾星期屋裡多了我，依然起不了什麼作用。

「但我們可以試著在院子裡生火，」我說。

✽

車庫後面的沙地背風，塑膠椅上覆滿潮濕的樹葉。地上散置著一堆石塊，可能曾經是個火坑，四處可見遭到棄置的玩具，還有一個鋸齒狀的飛盤，一件件沒什麼意義的物品猶如考古遺物，記載著過去的家居生活。我們都因繁瑣的前置工作而分神，各自忙著手邊的事，雖然一語不發，倒也不至於不自在。我在車庫裡找到一疊三年前的報紙，還有一捆從鎮上商店買來的柴火。莎夏把石塊踢成一個圓圈。

「我始終不會生火，」我說。「我們得做些什麼，對不對？把柴火堆成特別的形狀？」

「像棟房屋，」莎夏說。「妳得把柴火堆得像是一棟木屋。」她又踢踢石塊，調整一下圓圈。「我小時候經常到優勝美地露營。」

結果是莎夏成功地升起營火：她蹲到沙地上，持續對著柴火堆吹氣，慢慢誘出火苗，直到冒出像樣的火光。

我們坐在塑膠椅上，椅面飽經風霜，點點沙印。我把我的椅子拉近火坑——我想要感受熱氣，流點汗。莎夏沉默不語，凝視著躍動的火苗，但我可以感覺她的思緒咻咻迴旋，已經隱匿於一個遙不可及之處。說不定她正想像朱利安在加柏維爾做些什麼，諸如那張飄著怪味、供他安睡的沙發床墊，那條權充被毯的毛巾，種種冒險探奇。唉，二十歲的年輕小夥子，年輕真好。

「朱利安提到的那些事情，」莎夏說，她清清嗓子，好像有點不好意思，但顯然相當感興趣。「妳……妳真的愛上那個傢伙嗎？」

「羅素？」我邊說、邊拿著木棍撥弄營火。「我對他不是那種感覺。」

我說的是真話：其他女孩繞著羅素團團轉，追蹤他的一舉一動和情緒起伏，好像觀測天氣，但我多半把他擺在腦海中偏遠的一角，好像他是一個備受愛戴、學生們卻從未料想他在家裡是什麼模樣的老師。

「這麼說來，妳為何要跟他們鬼混？」

我直覺地想迴避這個話題。我必須壓下種種情緒，裝出道貌岸然的模樣，跟她說我多麼懊悔、規勸她不要重蹈覆轍等等。我試著就事論事，不要拖泥帶水。

「當年人們經常受到那類事情的蠱惑，」我說。「山達基教會、流程末日派教會、空椅療法等等，現在還流行這一套嗎？」我瞄了她一眼，她等著我繼續說下去。「我猜我那個時候的運氣不太好。我的意思是，我碰到了那一群人。」

「但妳待了下來。」

我可以感覺到莎夏頭一次對我投注百分百的注意力。

「他們之中有個女孩。我之所以待下來，多半是因為她，而不是羅素。」我略為遲疑。「她叫做蘇珊。」說出她的名字、讓她的名字流傳在世間，感覺很奇怪。「她年紀比我大，」我說。「其實只大我幾歲，但感覺大很多。」

「蘇珊．帕克？」

我隔著營火瞪視莎夏。

「我今天看了一些資料，」她說。「上網查看。」

我曾經為了這一類的廢話浪費好多時間。粉絲團、或是諸如此類的網頁，陌生人的社群，專為蘇珊在獄中的藝術創作而設立的網站，網頁上一幅幅水彩彩繪的山脈和蓬鬆的雲朵，圖文解說錯字連篇。我想像蘇珊非常專注地畫畫，心中不禁一陣刺痛，但一看到她的照片，我馬上關閉網站，照片中的蘇珊身穿藍色牛仔褲和白色運動衫，牛仔褲裡緊緊一圈中年女子的肥肉，神情有如空白的紗幕。

一想到莎夏貪婪地吸收那些病態的資訊，我頓時感到不自在。我想像她滿腦子都是種種怪異的細節——驗屍報告、女孩們針對那天晚上所作出的證詞，有如抄錄一場惡夢。

「沒什麼好說嘴，」我說。我回想人們通常提起的那些事情，全都令人不寒而慄，一點都不光彩，沒什麼好羨慕。

「網路上根本沒有提到妳，」莎夏說。「找不到任何關於妳的報導。」

我忽然感到挫敗。我想要告訴她某些獨特的細節，連帶提起我的名字，這樣一來，我就不會受到忽略。

「這樣倒好，」我說。「那些神經病才找不到我。」

「但是當時妳在那裡？」

「我住在那裡。嗯，差不多算是，而且住了一陣子。但我可沒屠殺任何人。」我自嘲地笑了笑，但是效果不如預期。「顯然沒有。」

她整個人縮進運動衫裡。「妳就這麼離開妳爸媽？」她的語調帶著仰慕。

「那個時代跟現在不一樣，」我說。「大家都沒有定性。我爸媽離婚了。」

「我爸媽也是，」莎夏說，忘了她的矜持。「妳當時跟我一樣大？」

「比妳小一點。」

「我敢打賭妳一定很漂亮，我的意思是，這還用說嗎？妳現在也很漂亮，」她說。

我聽得出她因為自己的慷慨奉承而得意洋洋。

「妳到底怎麼碰見她們？」莎夏問。

我花了一會兒才回過神來，想起事情的始末。「重訪」——每逢那樁謀殺案的週年紀念，媒體總是採用這兩個字。「重訪艾基瓦特路的恐怖現場」，好像那是一樁偶發事件、一個妳可以彌封的盒子，也彷彿我不曾屢屢以為自己在街上或是在電影院裡看到蘇珊，而滿心驚愕，動彈不得。

莎夏問起他們私底下如何，我試著做出令人滿意的答案。這些人已經成為一種象徵，猶如眾人崇拜的圖騰。媒體對蓋伊比較不感興趣，他只是一派服膺男性的作為，不足為奇，但女孩們被塑造成迷思。唐娜長相不起眼，遲緩魯鈍，一臉嚴肅，經常被歸類為值得同情的弱女子。海倫曾是美國營火少女團團員，紮著馬尾辮，膚色古銅，嬌美大方——她是眾人迷戀的對象，性感嬌媚的女殺手。但是媒體對蘇珊最不留情。墮落，頹廢，邪惡。她陰森森的美感不上相，看起來野蠻粗陋，好像她活著只為了殺人。

一談到蘇珊，我就會情緒激動，胸中滾滾翻騰，而我確定莎夏看得出來。這股不由自主的激奮似乎令人羞愧，尤其有鑑於先前發生的種種事故。管理員躺臥在沙發上，腸子盤結，暴露在外。小男孩面目全非，警方甚至不確定他的性別。他媽媽倒臥在地，頭髮漂浮在鮮血之中。莎夏當然也讀到那些事情。

「妳覺得妳做得出那些事情嗎？」她問。

「當然做不出。」我不經思索地說。

這些年來，就算我曾跟任何人提起牧場，他們也很少問我這個問題。我是否做得出同樣的事情？我是否幾乎動手？人們大多假設基本的道德感分隔了我和那些女孩，好像她們是一群截然不同的生物。

莎夏沉默不語。她的靜默猶如某種情意。

「有時我的確想過，」我說。「我沒有動手，似乎有點意外。」

「意外？」

火光漸趨微弱，閃爍跳動。「我和那些女孩沒什麼不同。」

這些年來，我始終懷藏著這個憂慮，如今大聲說出來，即使說得含混，感覺依然怪異。莎夏似乎並不反感，甚至不覺得警惕。她只是看著我，神情專注，好像她可以收下我的話語，幫它們找個家。

❊

我們打算到鎮上一間提供餐點的酒吧坐坐。吃點東西，走動走動，兩人有共同的目標，聽起來似乎不賴。我們一直聊到營火漸熄、斑駁的舊報紙冒出餘燼，莎夏踢踢沙子，蓋住亂糟糟的火堆，表現出女童軍般的勤勉，令我忍俊不已。我很高興有人作伴，即使只是暫時脫離寂寞的桎梏——朱利安終究會回來，莎夏終究會離去，我終究會再度落單。雖說如此，有個人仰慕妳，感覺還真不賴。因為啊，我果真成了被仰慕的對象，嗯，或許吧：莎夏似乎敬仰當年那個十四歲的女孩，在她的眼中，當年的我很有意思，甚至稱得上勇敢。我試圖糾正她的看法，但我仍感到欣慰，心中盈滿快意，好像吃了安眠藥之後一覺醒來，渾身飄飄然。

我們並排走在路肩，沿著溝渠前進。林木高聳，濃密漆黑，但我不覺得畏懼。說來奇怪，夜色似乎蒙上了歡欣的氣息，不曉得為什麼，莎夏開始叫我「小薇」。

「小薇媽媽，」她說。

她像隻小貓，友善溫馴，溫暖的肩膀拂過我的肩頭。當我轉頭一望，我看到她緊咬下唇，仰望天空。但夜霧遮掩了繁星，沒什麼好看的。

酒吧裡擺了幾張高腳椅，除此之外乏善可陳。門口懸掛著那種常見的霓虹招牌：粗製濫造，鏽跡斑斑，嗡嗡作響，好像一雙螢光閃閃的眼睛。有人在廚房抽煙——三明治麵包被香煙薰得軟趴趴。用餐之後，我們又待了一會兒。酒保是個五十多歲的女人，似乎只求顧客上門，誰要點酒都無所謂。她看起來過勞，頭髮因為藥妝行的染髮劑而變得粗硬。我們幾乎同樣年紀，但我可不願瞄一瞄鏡子、確認我們有何相同之處，尤其是莎夏在我身旁，這個女孩的五官光滑潔淨，好像宗教紀念幣上的純潔聖徒。

莎夏坐在高腳椅上轉圈，好像一個小孩子。

「瞧瞧我們，」她大笑。「瘋狂跑趴。」她先喝一口啤酒，再喝一口水，我已經注意到她這個謹防自己喝醉的習慣，但如此依然無法預防她露出醉態。「我有點慶幸朱利安不在這裡，」她說。

這話似乎讓她相當興奮。到了那時，我已經曉得不要嚇到她，而是給她空間，讓她拖拖拉拉地說出想說的話。莎夏心不在焉地踢踢吧台的圍桿，鼻息帶著酒味，離我好近。

「他沒跟我說他要離開，」她說。「他沒說要去洪堡郡。」我假裝訝異。她無精打采地笑笑。「今天早上找不到他，以為他只是出去一下。他就這樣走了，很奇怪，不是嗎？」

「沒錯，很奇怪。」我的口氣說不定過於謹慎，但我擔心我會激得她義正詞嚴地為朱利安辯護。

「他傳簡訊過來，拼命道歉。他說他以為我們討論過了。」

她啜飲她的啤酒，沾濕手指，在吧台的木頭桌面畫個笑臉。「妳知道他為什麼被加大爾灣分校退學嗎？」她格格傻笑，但也略有戒心。「等等，」她說，「妳不會告訴他爸爸吧？」

我搖搖頭；我是個願意幫青少年保守祕密的大人。

「好吧，」莎夏吸口氣。「有個作文老師很討厭他。我猜這傢伙是個混蛋，我是說作文老師。他不准朱利安遲交報告，即使他知道缺了報告成績、朱利安會被當。

「所以朱利安去這傢伙家裡，修理他的狗，好像餵它吃了什麼害它生病的東西，說不定是漂白水或是老鼠藥，我不太清楚。」莎夏注意到我瞪著她。「狗死了。那是一隻老狗。」

我拼命保持神色自若。她平鋪直敘地覆述，口氣雲淡風輕，不帶一絲感情，聽來更讓人心寒。

「校方知道是他，但是無法證實，」莎夏說。「所以他們找了別的理由叫他休學，他沒辦法再回學校上課，真糟糕。」她看著我。「妳說是不是？」

我不知道該說什麼。

「他說他不打算殺狗，只想害牠生病。」莎夏帶著試探的口氣，好像在衡量這個念頭。

「他沒那麼惡毒，對不對？」

「我不知道，」我說。「聽起來很惡毒。」

「但我跟他同居，妳知道，」莎夏說。「房租和其他雜七雜八的費用都是他掏腰包耶。」

「妳總有其他地方可去，」我說。

可憐的莎夏。可憐的女孩們。這世界一再提出愛情的承諾，她們聽了又聽，養大了胃口。她們如此渴望愛情，但她們之中又有多少人找到真愛？一首首甜甜蜜蜜的流行歌曲，一件件目錄中加註「日落」、「巴黎」等字眼的洋裝。然而，當他的大手猛擰妳牛仔褲的鈕扣，他扯著嗓門對妳大喊大叫，沒有人會多看一眼在公車上怒斥女友的男人。女孩們憧憬嚮往的美夢，就這麼惡狠狠地遭到褫奪。莎夏真可憐，悲憫之情堵住喉頭，我難以言喻。

她肯定察覺到我的猶豫。

「反正啊，」她說。「那是一陣子以前的事。」

我看著莎夏喝乾啤酒、跟男孩一樣抹抹嘴，我心想，身為母親說不定就是這種感覺：妳感覺自己對一個人充滿憐愛，這股柔情蜜意超乎預期、無窮無盡，而且似乎突如其來。當一個打撞球的傢伙大搖大擺地走過來，我已經準備好厲聲斥退。但莎夏咧嘴微笑，露出一排尖細的牙齒。

「嗨，」她說，然後他請我們兩人喝一杯。

莎夏慢慢啜飲，一下子心不在焉，滿臉無聊，一下子神情專注，饒富趣味，不管是不是裝裝樣子，她看來對男人說的話很感興趣。

「妳們兩個是外地人嗎？」他問。他一頭灰白的長髮，大拇指上戴了一只青綠色的戒指——顯然又是一個六〇年代的老屁股。說不定我們甚至曾擦肩而過，出沒在同一條陳舊平庸的人生路徑。他拉高他的長褲。「妳們是姐妹？」

他試圖阿諛，但奉承的對象顯然不包括我，他也不加掩飾，我聽了幾乎大笑。即使如此，光是坐在莎夏旁邊，我就能意識到人們的目光飄到我身上。有人注意妳、有人渴望妳，我回想那種震撼，心中不禁一驚，即使我只是次選。說不定莎夏非常熟悉這種目光，甚至沒有察覺。她只是專注在生活中的紛擾忙碌，堅持追求更美好的未來。

「她是我媽媽，」莎夏說，眼中閃過一絲緊張，等著我接招。

我照辦。我伸出手攬住她。「我們母女出門旅行，」我說。「沿著一號公路，一路開到尤瑞卡。」

「探險喔，」男人驚呼，用力拍了一下桌子。我們得知他叫做維克特，他手機桌布是個阿茲特克人的圖像，他跟我們說，圖像蘊藏著無比的力量，光是專注凝視，妳就會變得更聰明。他堅信世間一切都是陰謀份子的精心策畫，而且手法複雜，持續不懈。他掏出一張美金一塊錢的紙鈔，為我們示範光明會教徒如何跟彼此溝通。

「一個祕密團體為什麼要把計畫明明白白地寫在通用的貨幣上？」我問。

他點點頭，好像已經知道我會提出這個問題。「因為他們想要展現他們的勢力無遠弗屆。」

我忌妒維克特的決然與武斷，自以為是的白癡才講得出這種話，他們堅信世間有一套顯而易見的次序，好像只需要找出符號，一切即可迎刃而解，也好像邪惡是個可被破解的密碼。他講個不停。他喝酒喝得牙齒濕淋淋，一顆灰黑的壞牙隱見腥紅。他知道好多陰謀論可以跟我們詳細解釋，他得悉好多內幕消息可以讓我們深入了解。他提到「齊頭並進」、「隱匿的頻道」、「影子政府」。

「哇，」莎夏面無表情地說。「媽，妳曉得這些事情嗎？」

她一直叫我「媽媽」，聲調誇張，帶點喜劇效果，但我花了一會兒才看出她醉得多麼厲害。我意識到自己也喝醉了。夜晚已經航向未知之境。霓虹店招閃閃爍爍，酒保站在門口抽煙，我看著酒保踏熄煙蒂，腳上的薄底涼鞋滑來滑去。維克特說他很高興看到莎夏和我相處得這麼融洽。

「這種事情現在已經很罕見。」他慎思地點點頭。「母女一道出遊，像妳們一樣相親相愛。」

「喔，她很棒，」莎夏說。「我愛我媽。」

她突然對我露出狡詐的微笑，然後湊向我臉頰，緊緊吻上我的雙唇。她的嘴唇乾乾的，唇舌之間帶著醃黃瓜的鹹味，味道刺鼻。雖是純潔的一吻，但維克特大感震驚，一如她的預期。

「他媽的，」維克特說，既是不屑，卻也受到撩撥。他挺直笨重的上身，重新塞好寬鬆的襯衫。他四下觀望，想要確定其他人也看到這一幕，說不定跟他站在同一陣線，突然之間，他似乎對我們心生警戒。我想要跟他解釋莎夏不是我女兒，但我再也不在乎。夜幕撩撥我的心弦，激起愚蠢的錯覺，不知怎麼地，我覺得自己返回了這個我離開了一陣子的世界，重新進駐生氣蓬勃的世間。

一九六九年

6

泳池的維修一向由我爸負責，比方說拿網子打撈池面、把潮濕的樹葉堆成一堆，他還用彩色的試管測試池水的氯含量。雖然稱不上勤於維修，但自從他離開之後，泳池的狀況愈來愈糟。蠑螈繞著濾網游來游去，當我沿著池邊划水前進，我感覺有股拖拖拉拉的阻力，所經之處沉澱物四散紛飛。我媽出去參加講習。她先前答應幫我買泳衣，但她忘了，所以我穿了那件有如哈密瓜般橘黃的舊泳衣，泳衣太小，大腿周圍的縫線蹦開斷裂，上身也太緊，但擠出成人標準的乳溝，倒是令我欣喜。

夏至派對才過了一星期，我卻已重返牧場，也已開始幫蘇珊一張張地偷錢。我喜歡想像他們花了幾個月的時間說服我，慢慢突破我的心防，好像追求女朋友似地小心拉攏我，而不是才過一星期、自己就主動上門。但我是個急驚風，迫不及待獻身。

我繼續在水中浮沉，綠藻的細毛沾黏著大腿，好像受到磁鐵吸引。一本平裝本小說被棄置在池畔的躺椅上，微風一吹，書頁颼颼作響。樹葉銀白閃爍，有如亮晶晶的鱗片，周遭沉浸在六月慵懶的暑氣之中，附近的樹木看起來總是這麼怪異、宛如水生植物嗎？或者周遭已經為我轉化、世間種種乏味而尋常的雜物也已蛻變為人生另一個舞台的華美佈景？

✲

夏至派對隔天早上，蘇珊開車載我回家，我的腳踏車塞在車子後座。昨晚抽了太多煙，嘴巴沙沙的，感覺新奇，衣服沾染了自己的體味，一身酸臭，聞起來帶著灰燼的煙味。我不斷從頭髮裡掏出稻草屑——這些碎屑證明昨晚確實有個令人興奮的派對，好像一本蓋了出入境章的護照。一切終究發生了，我不斷點數一個個愉悅的細節，比方說這會兒我坐在蘇珊身旁，兩人不說話也無所謂，宛如知交。還有我跟羅素「在一起了」，心中興起一股有悖常理的自傲。我在腦海中重新播放整個過程，甚至連那些雜亂無聊的部分也不放過，愈想愈開心。羅素動手讓自己勃起之際，我似乎變得麻木，感覺怪異。人類的生理功能坦率直接，蘊含著某種力量，誠如羅素為我所做的解說：如果妳放得開，妳的肉體可以幫助妳甩開心中的包袱。

開車時，蘇珊煙不離手，偶爾一臉肅穆地遞煙給我，好像是個儀式。我們一語不發，但氣氛不至於沉悶，也不會不自在。車窗外，一株株橄欖樹飛快閃過，夏日炎炎，大地飽受豔陽燒灼，遠方的河道幾乎陷入海平面。蘇珊一直變換收音機頻道，最後啪地一聲關掉。

「我們需要加油，」她大聲說。

我們，我靜靜覆誦，**我們**需要加油。

蘇珊把車子慢慢停到加油站，裡頭只有一部淡藍和銀白相間、拖掛著一艘拖船的小貨車，除此之外空空蕩蕩。

「給我一張信用卡，」蘇珊邊說、邊朝著前座的置物箱點點頭。

我手忙腳亂地打開置物箱，鬆開一疊信用卡，每張卡片的姓名都不同。

「藍色那張，」她說，似乎不耐煩。我把卡片遞給她，她看出我的困惑。

「有些是別人送的，」她說。「有些是我們自己拿的。」她指指藍色的卡片。「比方說這一張，這張是唐娜的信用卡，她從她媽媽那裡拿來的。」

「她媽媽的加油站信用卡？」

「這張卡片是我們的救星——不然大家就得挨餓，」蘇珊說。她瞧了我一眼。「就像妳偷了那包衛生紙，對不對？」

我一聽就臉紅。說不定她曉得我撒謊，但她臉上不帶任何表情，我難以解讀——說不定她不曉得。

「更何況，」她繼續說，「人們只會用這些卡片買更多用不到的廢物，開口閉口**我**、**我**、**我**、**我**，一切以自己為出發點，不如給我們使用。羅素試圖協助眾生，他不會評斷妳。他不是那種人。他不在乎妳有沒有錢。」

蘇珊說的滿有道理。他們只是試圖平衡世間的貧富差距。

「自我，」她繼續說，她倚著車子，但密切注意油表：他們每回頂多把油箱加到四分之一滿。「金錢是自我，大家都不肯放棄。人們只想保護自我，緊緊抓住金錢，好像那是一條毛毯，卻沒有意識到自己受到金錢奴役，真是可悲。」

她大笑。

「有趣的是，一旦妳棄絕一切，一旦妳說：來、全都拿走——在那一刻，妳就真的擁有一切了。」

他們其中一人因為翻尋垃圾箱而遭到拘留，蘇珊非常氣憤，一邊覆述此事，一邊把車子開回路上。

「愈來愈多商店提高警覺。他媽的，」她說。「他們丟掉東西，卻又不願放手，這就是美國。」

「他媽的。」我跟著咒罵，這幾個字講起來怪怪的。

「我們想得出辦法。用不了多少時間。」她瞄了一眼後視鏡。「我們缺錢，但不面對也不行。妳大概不曉得那是什麼感覺。」

她並不是嘲笑我，最起碼不完全是——她的口氣似乎只是陳述事實。她溫文地聳聳肩，坦承事實就是如此。就在那一刻，我心中冒出那個點子，而且設想周全，好像之前就想到過。沒錯，這樣確實可以解決問題，想來輕而易舉，猶如一個閃閃發亮、垂手可得的小玩意。

「我可以弄到一些錢，」我說，口氣非常急切，連自己都嚇了一跳。「我媽媽總是亂放皮包。」

我是說真的。我到處都看得到鈔票：抽屜裡、桌子上、或是擺在浴室水槽邊忘了收起來。我有零用錢，但我媽經常一不注意就塞錢給我，或是隨便朝皮包一指。「妳需要多少就拿多少，」她常說。我從來沒有多拿，而且總會把找來的零錢放回去。

「喔、不，」蘇珊邊說、邊把最後一根香煙彈到窗外。「妳不必這麼做。但妳真是一個貼心的女孩，」她說。「謝謝妳主動提議。」

「我想要這麼做。」

她噘起嘴，裝出不確定的模樣，勾動了我的膽量。

「我不想讓妳做妳不想做的事，」她輕笑幾聲。「我不是那種人。」

「但我想要這麼做，」我說。「我想要幫忙。」

蘇珊沉默了一分鐘，然後看都沒看我，逕自露出微笑。「好吧，」她說。我聽出她聲音中的試探。「妳想要幫忙。妳就可以幫忙。」

這個差事讓我成了家中的間諜，我媽媽也成了茫然無知的目標。那天晚上、當我在冷冷清清的走廊上碰到她，我甚至跟她道歉，跟她說我不該跟她吵架。我媽媽微微聳肩，但接受我的道歉，放膽對我笑笑。她那副猶豫不決、佯裝勇敢的模樣通常令我不悅，但這個全新的「我」只是懊惱地低頭。我正模仿為人子女的模樣，表現出女兒應該表現的行為。我感覺自己脫離她的掌握，每次看著她、或是跟她說話，我都將滿口謊言，想到這裡，我多少感到興奮。跟羅素在一起的那晚，牧場，我悉心藏匿的私人空間，這些她全都不知情。她可以擁有昔日的我褪下的空殼、種種乾涸的殘渣。

「妳好早就回來，」她說。「我以為妳說不定又會在康妮家過夜。」

「我不想在她家過夜。」

聽我媽提到康妮、又被套入尋常世界的框框，感覺好奇怪。我甚至訝異自己還有某些尋常的渴求，比方說肚子餓了、想要吃東西。我希望我的變化是個看得見的記號，讓世界繞著它重新排序，好像一塊補丁標示出哪裡需要縫補。

我媽讓步。「我只是很開心，因為我也想花點時間跟妳相處。只有我們母女兩人。我們好久沒有單獨相處了，對不對？不如我燉一鍋羅宋湯燴牛肉，」她說。「或是肉丸。妳覺得如何？」

她主動提議，令我起疑，因為除非是我留下紙條、提醒她上完諮商團體的課程之後去一趟超市，不然她不會買食物回家。況且我們已經好久沒吃肉。莎兒跟我媽說吃肉等於吞食恐懼，而吞食恐懼會讓妳的體重增加。

「那就肉丸吧，」我應允。我不想注意到這話讓她多開心。

※

我媽在廚房裡聽收音機，播放那些輕快、柔和、我小時候喜歡聽的歌曲。鑽石戒指，冰涼的溪流，蘋果樹，如果蘇珊、甚至康妮逮到我聽這種溫和、愉快、老派的音樂，我肯定會覺得丟臉。雖然不願承認，其實我私底下相當喜愛這些歌曲。我喜歡看著我媽跟著她熟知的部分哼唱，好像歌星似地引吭高歌，神采飛揚，臉頰紅通通，輕而易舉就能感染她的輕佻與喜悅。她少女時代參加了無數馬展，站在油亮的阿拉伯駿馬後方微笑，衣領上的水鑽在會場的燈光下閃閃發亮，練就出她的儀態。我小時候覺得她好神祕。我看她穿著拖鞋、慢吞吞地在家裡走來走去，那種畏怯的心情，實在難以形容。我還纏著她解釋抽屜裡那些珠寶的由來，她一件接著一件描述，好像吟誦一首詩。

家裡乾乾淨淨，門窗將暗夜阻隔在外。我光著雙腳，踏著蓬鬆柔軟的地毯。我意識到這裡跟牧場有天壤之別，我應該心存罪惡感——舒舒服服過日子，等著跟媽媽在清爽整潔的小廚房裡進餐，這樣對嗎？在同一時刻，蘇珊和其他人在做什麼？忽然之間，我想像不到。

「康妮最近還好嗎？」她邊問、邊翻閱她那疊手寫的食譜卡片。

「還好。」她說不定真的還好，這會兒正看著小梅．羅佩茲的牙套沾上殘渣。

「妳知道吧，」她說，「我隨時歡迎她來我們家。妳們兩個最近花了好多時間在她家。」

「她爸爸不在乎。」

「我滿想念她的，」她說，即使我媽大概永遠搞不懂康妮，不過是個有一點耐性的老處女姑媽。「我們應該開車到棕櫚泉逛逛。」顯然她一直等著提出這個建議。「如果妳想要，妳可以邀請康妮一起來。」

「我不知道。」這趟公路之旅可能滿有趣。我想像康妮和我在曬得硬梆梆的後座打打鬧鬧，啜飲印迪歐附近蜜棗農場買來的奶昔。

「嗯，」她喃喃說。「我們可以過幾個星期就上路。但是，甜心」——她稍微停頓。「法蘭克說不定也跟我們一起去。」

「我才不要跟妳和妳的男朋友一起旅行。」

她試圖微笑，但我看得出她欲言又止。收音機太大聲。「甜心，」她開口。「我們怎麼可能住在一起，如果——」

「什麼？」我一發火聽起來就像個寵壞的小孩，完全抹煞了權威感，令人氣餒。

「不是馬上。絕對不是。」她噘起嘴。「但是如果法蘭克搬進來——」

「我也住在這裡，」我說。「妳就這樣讓他搬進來、完全不知會我一聲？」

「妳才十四歲。」

「他媽的。」

「喂，注意你的用辭！」她說，雙手叉到腋下。「我不知道妳怎麼變得這麼沒禮貌，但妳得改掉這個壞習慣，而且愈快愈好。」她靠得好近，臉上流露赤裸裸的憤怒，我看在眼裡，心中不由自主地感到嫌惡，那是一種本能的反應，好像我聞到浴室裡濃濃的鐵腥味，馬上知道她經期來了。「我試著表達善意，」她說。「邀請妳的朋友同行。妳可以讓我喘口氣嗎？」

我大笑，但笑聲中夾雜著遭人背叛的心痛。這就是為什麼她打算好好燒一頓晚餐。這下我更難過，因為我居然如此容易被取悅。「法蘭克是個混蛋。」

她滿臉通紅，但她強迫自己冷靜。「妳態度好一點。這是我的人生，了解嗎？我只是想要活得開心一點，」她說。「妳不能阻止我。妳可以讓我活得開心一點嗎？」

她活該過著渾沌、貧乏、幼稚、充滿變數的日子。「好，」我說。「隨便妳。祝妳和法蘭克活得開心。」

她瞇起眼睛。「妳這話什麼意思？」

「當我沒說。」我可以聞到生肉漸漸解凍，飄散出冰冷刺鼻的鐵腥味。我的腹胃一陣緊縮。

「我不餓了，」我說，掉頭離開，留下她一個人站在廚房裡。收音機的歌曲依然吟唱著初戀、在河邊翩翩起舞，絞肉差不多解凍，所以我媽不得不煮，即使沒有人會吃。

⁂

在那之後，我不難說服自己拿錢。羅素說人們大多自私自利、無法愛人，看來我媽就是如此，我爸跟泰瑪一起窩在帕羅奧圖的波托菲諾公寓大廈，似乎也好不到哪裡去，所以囉，若是這麼想，我的作為等於是小規模的交易，就像我偷來的鈔票，一張張加起來，說不定足夠換到某些已經失去的東西。但我可曾擁有那些東西？比方說康妮的友情，還有彼得，說不定他自始至終把我當成一個崇拜他的小女孩，除了感到不耐，他對我根本沒有其他感情。想來真是令人沮喪。

我媽把皮包到處亂放，一如往常，這讓皮包裡的錢更加沒有價值，好像她不怎麼在乎，不把錢當錢。儘管如此，亂翻她的皮包，感覺像是窺伺她喋喋不休的腦袋，依然令人不自在。皮包裡的雜物太私密——一顆奶油糖果的包裝紙，一張梵咒卡，一面小鏡子，一管顏色像是ＯＫ繃、她輕輕拍打在眼下的乳液。我捏了一張十元美金的紙鈔，折起來塞進短褲口袋。就算她看到，我大可宣稱只是拿錢買日用品——她幹嘛懷疑我？她的女兒難道不是一向行為端莊？即使行為端莊遠不如優異出眾，也更令人失望。

我訝異自己居然不心虛。其實正好相反——我偷拿我媽的錢，拿得理直氣壯。我感染了牧場那股虛張聲勢的氣焰，確定我可以拿取任何一樣自己想要的東西。隔天早上，一想到那些我私藏的紙鈔，我容許自己對我媽媽微笑，假裝我們都沒說出昨晚那番話。當她二話不說地輕拂我的瀏海，我也耐心地站在原處。

「別遮住妳的眼睛，」媽說，手指耙過我的頭髮，離我好近，鼻息溫熱。

我想要甩開她的手、往後一退，但我動也不動。

「這就對了，」她說，露出滿意的神情。「這才是我的乖女兒。」

※

我在游泳池漂浮，肩膀浮在水面上，一邊打水，一邊想著錢。積攢一張張紙鈔，放進我的小皮包裡，這項差事帶給我單純的愉悅。獨處時，我喜歡數鈔票，每張新到手的五元或是十元鈔票都別有用途。我把新鈔擺在最上頭，好讓整疊鈔票看起來比較美觀。我想像當我把錢交給蘇珊和羅素、他們會多麼開心，愈想愈飄飄然，逐漸陷入迷濛的白日夢之中。

我閉著眼睛漂浮，聽到林木線另一端噗噗啪啪才睜開眼睛。說不定是一隻鹿。我全身緊繃，不安地在水裡動了動。我沒想過可能有人闖入：我們不擔心那種事情，最起碼日後才需要掛慮。更何況那只是一隻大麥町犬。它從樹林裡跑出來，直接衝到游泳池畔，先是冷靜地盯著我，然後開始吠叫。

這隻狗渾身斑點，長相奇怪，而且吠聲高亢，好像驚慌的人們。我知道它是我家左邊那戶人家的狗。那家人姓達頓，男主人寫過某首電影主題曲，我在派對上聽過我媽媽對著一群賓客嘲弄似地哼唱。他們的兒子比我年輕——他經常在院子裡玩ＢＢ槍，大麥町犬在旁緊張地吠叫，一人一狗似乎一唱一和。我不記得小狗叫做什麼。

「走開、趕快走開。」

「走開，」我邊說、邊懶懶地潑水。我不想拖著身子爬出泳池。

小狗繼續吠叫。

「走開，」我再試一次，但小狗只是叫得更大聲。

⁂

等我勉強走到達頓家，我的熱褲已經被我的泳裝沾濕。我套上那雙被我的腳底板踩得髒兮兮的夾腳涼鞋，抓住項圈拖著小狗，髮梢滴著水珠，泰迪．達頓應門，他十一、二歲，雙腿佈滿刮痕和抓痕，他去年夏天從樹上跌下來，摔斷了腿，開車送他上醫院的就是我媽；她早已一臉不悅地喃喃抱怨他爸媽太常丟下他一個人。我和泰迪在社區的派對上碰過面，在這些派對上，八歲以下的小毛頭全被趕在一起，不得不跟對方打交道，除此之外，我們沒什麼來往。有時我看到他跟一個戴眼鏡的男孩一起沿著防火小徑騎腳踏車：他有一次讓我摸摸一隻他們找到的貓咪，那個小東西躲在他的襯衫裡，雙眼流著膿水，但是泰迪對它非常溫柔，像是個小母親。在那之後，我就沒有跟他講過話。

「嗨，」泰迪出來開門，我打聲招呼。「你的狗。」

泰迪張口結舌地看著我，好像我們這輩子從沒當過鄰居。他的沉默令我稍微不耐煩。

「他剛才跑到我家院子裡，」我繼續說。小狗在我的掌握中動來動去。

泰迪花了一秒鐘才開口，但他開口前，我看到他不由自主、飛快地瞄了瞄我被泳裝擠出的乳溝。泰迪看到我察覺到他的目光，更是結結巴巴。他怒斥小狗，抓住項圈。「提奇壞壞，」他邊說、邊把小狗趕進屋裡。「壞狗狗。」

上回見到泰迪．達頓時，我還不到穿泳裝的年齡，現在我的胸部豐滿多了，連自己看了都開心，雖說如此，泰迪．達頓在我面前居然慌張失措，我依然有點訝異。我覺得他的瞪視幾乎滑稽。一個陌生人曾在戲院的洗手間朝著我和康妮露鳥——我們花了一會兒才了解他為什麼像一隻張口吸氣的小魚似地急速喘息，然後我看到他的陰莖暴露在拉鍊外，好像一隻垂在衣袖外的手臂。他盯著我們，好像我們是兩隻他正想釘在圖板上的蝴蝶。康妮抓住我的手臂，我們轉身飛奔，邊跑邊笑，我緊抓在手中的葡萄乾牛奶巧克力逐漸融化。我們吱吱喳喳跟彼此詳述心中的憎惡，但也略感得意，就像有次下課之後，派翠西亞．貝爾問我有沒有看到葛瑞森老師一直盯著她、我難道不覺得這樣**好奇怪**，說著說著露出一副滿意的神情。

「小狗的爪子都濕了，」我說。「會弄髒地板。」

「沒關係，我爸媽不在家。」泰迪依然站在門口，一臉期盼，彆彆扭扭；他以為我們打算一起消磨時間嗎？

他站在那裡，悶悶不樂，看起來就像那個呆立在黑板前、居然無緣無故地勃起的男孩。他顯然受到某種力量的箝制。說不定人們已經看出我不再是個不解性事的女孩。

「好吧，」我說。我擔心自己說不定會笑出聲——泰迪看起來非常不自在。「再見。」

泰迪清清嗓子，試著擠出比較低沉的聲音。「對不起，」他說。「如果剛才提奇打擾到妳。」

我怎麼曉得我可以耍弄泰迪？我為什麼立刻察覺自己辦得到？夏至派對之後，我只去過牧場兩次，但我已經漸漸能用不同的方式觀看世界，也已習慣獨特的邏輯。社會上充斥著正經八百的人，羅素告訴我們，這些人受制於企業利益，無法自拔，好像實驗室裡打了麻藥的猩猩一樣溫馴。我們這群人對抗悲慘的嚎啕，層次完全不同，就算我們必須耍弄那些正經八百的人、藉此打造更宏偉的目標和更浩大的世界，那又怎麼樣？如果妳讓妳自己擺脫那套舊有的契約，羅素告訴我們，悍然抗拒平民百姓、祈禱書冊、頂頭上司種種鬼話連篇的恫嚇伎倆，妳就看得出世間沒有所謂的是非對錯。根據他這套縱容人生的方程式，是非對錯等概念全都空洞過時，好像一個失勢的政府所頒發的獎盃。

我請泰迪幫我倒杯飲料。我以為是檸檬汁、或是蘇打水，怎樣都沒想到他居然幫我倒了一杯那種玩意。他把玻璃杯遞給我，一隻手緊張得發抖。

「妳要一張餐巾紙嗎？」他說。

「不了。」他緊盯著我，目光熾熱，讓我覺得自己好像赤身裸體，於是我輕輕笑了幾聲。我才剛開始學習如何承受別人的注視。我喝了一大口。玻璃杯裡盛滿伏特加，酒裡只加了幾滴橘子汁，看來混濁。我大聲咳嗽。

「你爸媽准你喝酒？」我邊說、邊擦擦嘴巴。

「我想幹嘛就幹嘛，」他說，既是得意，也帶點不確定。他雙眼閃閃發光；我冷眼觀察他盤算接下來該說些什麼。靜觀別人盤算、為了一舉一動而煩心，自己反倒無需操煩，感覺真奇怪。沒什麼耐心，有辦法操控對方，感覺陶陶然，卻也略為不安——彼得跟我在一起時，就是這種感覺嗎？泰迪長滿了雀斑的臉頰紅通通，神情迫切——他只比我小兩歲，但這個差距似乎極為明確。我從杯中喝了一大口，泰迪清清嗓子。

「如果妳要的話，我有一些大麻，」他說。

※

泰迪帶我走到他房間，一臉企盼地等待我欣賞他那些男孩子的新奇玩意。一個指針停擺的船長鐘，一座破爛發霉、早被遺忘的螞蟻農場，一支殘缺不全、箭尖光滑透明的箭頭，一罐鏽跡斑斑、骯髒不堪、有如塵封寶藏的一分錢銅板，種種物品一字排開，似乎為了方便大家觀賞，即使全都是些廢物。通常我會跟泰迪開開玩笑，問他從哪裡找到那支箭頭，或是跟他說有次我找到一支完好的箭頭，黑曜石的箭尖非常銳利，一刺就會流血。但我感到一股壓力，我覺得自己必須保持一副桀驁不遜的酷模樣。就像遊樂園裡的蘇珊。我已經漸漸了解眾人的仰慕是個請願，妳必須按照他們的想像塑造自己，回應他們的羨慕眼光。泰迪從床墊下翻出來的大麻焦黃粉碎，幾乎沒辦法抽，但他帶著粗魯的傲氣把塑膠袋遞過來。

我大笑。「這簡直像泥巴。不了，謝謝。」

這話似乎刺傷了他的心，他猛然把大麻塞進口袋裡。我意識到他原本以為自己握有一張王牌，想不到竟然不管用。那袋大麻已經在床墊下壓藏了多久、等著派上用場？他那件條紋襯衫的領口沾了一圈汙垢，軟趴趴地貼著脖子。我忽然覺得他很可憐。我告訴自己現在離開還不遲，我大可放下喝乾的玻璃杯，若無其事地說聲再見，轉身走回我自己家。還有其他方法可以弄到錢。但我沒走。他在床上坐下，雙眼緊盯著我，眼神之中帶著困惑與專注，好像一移開視線就會脫離我施展的神奇魔咒。

「如果你要的話，我可以幫你弄來一些好東西，」我說。「貨色極佳。我認識一個傢伙。」

他那副感激萬分的模樣令人難為情。「真的？」

「沒錯。」我調整一下泳裝肩帶，我察覺到他的盯視。「你手邊有錢嗎？」我問。

他口袋裡只有三張皺巴巴、軟趴趴的一元紙鈔，他毫不猶豫就交給我，我公事公辦地把錢收好。即使這麼一點錢也煽動了我心中那股執迷不悟的渴望，我非得知道自己的身價，這種算計帶給我無上的快樂，妳說不定面貌姣好，妳說不定是個萬人迷，這些可能是妳的籌碼，讓妳身價非凡。我欣賞這種乾脆的交易。說不定我已隱約察覺男女交往就是這麼一回事——略施小技，衡量算計，或許隱隱感到歉疚，但最起碼這樣一來，兩人可以繼續走下去。

「妳爸媽呢？」我說。「他們沒有把錢收在其他地方嗎？」

他飛快地瞄了我一眼。

「他們出門了，不是嗎？」我不耐煩地嘆了一口氣。「所以囉，誰在乎？」

泰迪咳了一聲，整頓一下神色。「沒錯，」他說。「讓我找找看。」

※

我跟著泰迪上樓時，小狗劈劈啪啪地緊跟在我們身後。他爸媽的臥房幽暗，床頭小桌擱著一杯放了好久的開水，幾瓶香水擺在瓷漆托盤上，他爸爸的長褲堆疊在角落，一張裝了椅套的長凳端立在床角，整個房間感覺既熟悉，又陌生。我很緊張，我看得出泰迪也是。大白天待在他爸媽的臥室裡，似乎有點不正當。百葉窗外艷陽高照，葉片鑲上閃爍的金邊。

泰迪走進最角落的衣帽間，我跟著進去。我若緊跟著他，感覺就比較不像闖空門。他踮起腳尖，憑感覺搜尋一個硬紙盒，我趁他搜尋之時翻弄一件件掛在絲布衣架上的衣物。菱格蝴蝶結的真絲襯衫，醜陋的粗呢外套，一件件掛在俗麗的圓頭衣架上，全都像是戲服，沒有什麼個人色彩，看起來假假的，直到我捏捏一件象牙色襯衫的衣袖，才赫然感覺真實。我媽也有一件同樣款式的襯衫，金色的百貨公司標籤看來眼熟，好像在斥責我，讓我相當不自在。我把襯衫掛回衣架。「你手腳不能快一點嗎？」我催促泰迪，他悶悶地回了一句，加把勁翻尋，最後終於掏出一疊看起來簇新的鈔票。

「六十五元美金，」我整理一下，把鈔票疊成比較厚實的一疊。

「這樣不夠嗎？」

從他的神情和他急促的呼吸，我看得出如果我說這樣不夠，他會想辦法弄到更多。我多多少少想要這麼說，放肆自己享受這種剛剛發覺的氣勢，看看自己能夠張揚多久。後來提奇從門口跑進來，把我們嚇了一跳。小狗一邊喘氣，一邊輕輕摩擦泰迪的雙腿。我看到小狗連舌頭都有斑點，粉紅色的皺摺之間散佈著小黑點。

「夠了，」我邊說、邊把錢放進口袋裡。我的短褲濕濕的，飄散著刺鼻的氯氣味。

「好。什麼時候可以取貨？」泰迪說。

我花了一秒鐘才意識到他為什麼正經八百地看著我：我已承諾幫他弄到大麻。我幾乎忘了我不光是跟他拿錢。當他看到我的表情，他趕緊改口。「我的意思是說，不急，如果妳得花點時間，那也無所謂。」

「我不確定。」提奇嗅聞著我的胯下；我用力推開小狗的鼻子，沒想到自己這麼粗手粗腳，掌心被他的鼻子沾得濕濕的。忽然之間，我一心只想離開這裡。「說不定很快就得手，」我邊說、邊慢慢退向門口。「貨一到手，我就拿過來給你。」

「嗯，好，」泰迪說。「好，OK。」

※

我們站在大門口，我感覺泰迪好像是客人、我自己才是主人，氣氛相當不自在。門廊上方的風鈴叮噹作響，輕聲吟唱。陽光、林木、遠方黃褐的山丘，看似自由自在，無拘無束。我已經開始淡忘自己剛才做了什麼，心中充滿其他的掛慮。口袋裡那疊厚厚的鈔票，摸起來感覺真好。當我看著泰迪那張點點雀斑的臉，心中不由自主地閃過一股純真的愛憐——他像是小弟弟，他細心照拂那隻瞉倉的貓咪。

「拜拜，」我邊說、邊靠過去在他的臉頰輕輕印上一吻。

我稱許自己這個親切、和善的舉動，但是泰迪扭一扭屁股，弓起脊背，似乎想要隱藏什麼；我退到一旁，瞥見他已經勃起，陰莖頑強地頂著牛仔褲。

7

我幾乎可以一路騎到牧場。除了偶爾幾輛摩托車或是運馬的拖車，亞多比路沒什麼車子。就算有部車子經過，通常也是駛向牧場。他們多半讓我搭便車，我的腳踏車也跟著上車，半露在車窗外。車裡的女孩們穿著短褲，足蹬木紋涼鞋，配戴從連鎖藥房買來的塑膠戒指。男孩們迷失在自己的思緒中，一會兒回過神來，訝異地微笑，好像剛從太空旅遊返家。我們彼此點頭示意，舉止微乎其微，幾乎察覺不出點了頭，但我們心有靈犀，始終明瞭彼此的心意。

☼

我並非不記得蘇珊和其他女孩尚未出現之前、我的生活是什麼光景。但結識她們之前，我過得綁手綁腳，索然無味。我媽幫我烤的生日蛋糕，顏色鮮黃，口感濃郁；學校裡的女孩們把書包翻過來當作椅墊，坐在柏油路上吃午餐——人事景物皆是生命中短暫的過客，無足輕重。結識蘇珊之後，我的生命漸漸聚焦，豁然開朗，我看到現實社會之外的另一個世界，也看到隱藏在書本之後的條條通道。我時常發覺自己啃著蘋果，即使只是嚥下香甜的汁液，也足以激發心中的感恩。頭頂上的橡樹凝結出一滴滴清澈的水珠，宛如一條條線索，為了一個我甚至不知道可以拆解的謎團釋疑。

※

我跟著蘇珊走過一部部停放在主屋前面的摩托車，車子龐大笨重，看起來像隻牛。幾個穿著牛仔布背心的男人坐在附近的大圓石上抽煙。畜欄裡的駱馬臭味沖天，乾草、汗水、再加上飽經陽光曝曬的糞便，聞起來怪怪的，氣味刺鼻。

「嗨，可愛的小美眉，」其中一個男人大喊，他伸伸懶腰，鮪魚肚貼著襯衫，好像懷了身孕。

蘇珊也對他笑笑，但拉著我往前走。「如果妳太常在那裡閒晃，他們會撲過來，」她說，但她依然把肩膀往後一縮，凸顯她的胸部。當我轉頭匆匆一瞥，男人朝著我吐吐舌頭，舌頭飛快一閃，好像一條蛇。

「但羅素幫助各式各樣的人，」蘇珊說。「而且妳知道的，條子們不會招惹那些騎摩托車的傢伙，這點很重要。」

「為什麼？」

「因為啊，」她那種口氣好像大家都知道為什麼。「條子們討厭羅素，他們討厭任何試圖幫助大家擺脫制度的人，如果那些傢伙待在牧場，條子們就會離得遠遠的。」她搖搖頭。「條子們也受困於制度，幹！他們還他媽的穿著亮晶晶的黑皮鞋。」

我點頭贊同，深覺自己與真理同一國，心中理直氣壯的氣焰慢慢醞釀。我跟著她走到屋子另一側的空地，朝營火旁邊輕聲頌唱的人們前進。鈔票緊緊綑成一團，擱在我的口袋裡，我一直想要告訴蘇珊我帶了錢過來，但始終鼓不起勇氣，生怕這筆奉獻太微薄。最後我終於碰碰她肩膀，趁其他人加入之前攔住她。

「我可以弄到更多，」我結結巴巴地說。我只想讓她知道財源不成問題。我想像自己親手把錢交給羅素，但蘇珊很快就打破我的幻想。她一把從我手中拿走鈔票，目測點數，我試圖告訴自己不要在意。她似乎被這個金額嚇了一跳。

「妳真是個乖女孩。」

☼

陽光曝曬鐵皮搭蓋的外屋，劃穿空中的煙霧。先前有人點了一支香，馨香依然裊裊。眾人圍坐在羅素腳邊，他的目光移過每一張臉孔，當他的視線迎上我，我不禁臉紅——他似乎不訝異我回到牧場。蘇珊輕撫我的背脊，好像把我占為己有，我的心中頓時盈滿靜穆與安寧，好像置身電影院或是教堂。她的觸摸幾乎令我癱麻。唐娜把玩她那頭橘色的長髮，挽成一條條絲帶般的麻花辮，用磨損過的指甲梳理分叉的髮尾。

羅素唱起歌來顯得比較年輕，亂糟糟的頭髮往後梳，以一種逗趣、嘲弄的方式彈奏吉他，好像電視上的牛仔。他的歌聲稱不上頂尖，我聽過其他人唱得更好聽，但是那一天，陽光暖洋洋地囈著我的大腿，粗短的麥梗金黃璀璨，他的聲音似乎盈滿空中，令我沉浸，緩緩將我圍繞。我似乎被固著在原地，即使想要動一動，即使想像自己還有其他地方可去，我依然無法動彈。

羅素的歌聲歇止，四下隨之一片沉寂，蘇珊緩緩起身，洋裝已沾滿塵土，她慢慢走到他身邊，在他耳邊講些悄悄話，他神情一變，點了點頭，捏捏她肩膀。我看到她把我那疊紙鈔悄悄遞給他，他的手指停駐在紙鈔上，彷彿賜福，然後放進口袋。

羅素瞇起眼睛。「有個好消息跟大家分享。我們獲得一些資助，因為我們之中有人敞開胸懷，對我們敞開心門。」

我微微發顫。忽然之間，翻尋我媽媽的皮包、潛入泰迪爸媽沉靜的臥室、教唆泰迪偷他爸媽的錢，似乎都值得了。我心中的擔憂就這麼一口氣轉變為歸屬感。蘇珊匆匆回到我身邊坐下，神情相當欣慰。

「小伊薇為我們展現了她寬廣的胸懷，」羅素說。「她為我們展現了她的愛，不是嗎？」其他人全都回頭看著我，友好的善意有如潮水般朝我湧來。

⁂

剩下的午後時光在昏昏欲睡中消逝。瘦得皮包骨的狗兒們躲到屋下，舌頭一伸一吐，氣喘吁吁。我們兩人單獨坐在台階——蘇珊頭靠在我膝上，講述她夢境的零星片段，一邊說話，一邊撕咬一截法國麵包。

「我堅信我懂手語，但顯然我不懂，只是雙手亂揮，但那個男人完全了解我說些什麼，好像我真的懂。後來才發現他只是假裝耳聾，」她說。「所以囉，到頭來啊，他、我、整部火車，一切都是假的。」

她想了想，笑了笑，笑聲有如銀鈴高昂。我聆聽她內心的思緒、她只願與我分享的祕密，真的好開心。我不曉得在那裡坐了多久，兩人暫且脫離平凡的生活軌跡，優遊於另一個境界。但這就是我要的——我要追求那種連時間都煥然一新的感覺，好像事事充滿特殊的意義、好像她和我出現在同一首歌曲的歌詞中。

羅素告訴大家，我們正在開創一個沒有種族歧視、沒有階級意識、絕不排拒任何人的新社會。我們服膺深深的愛，他就是這麼說：深深的愛。他的聲音迴盪在加州牧場那棟搖搖欲墜的木屋中，我們翻翻筋斗，齜牙咧嘴，好像一群小狗般一同嬉戲，被豔陽曬得氣喘吁吁。我們大多剛剛成年，依然一口潔白的好牙。哽在喉嚨的黏糊麥片，塗上番茄醬的麵包，零零碎碎的罐頭牛肉，沾了噴霧式食用油而溼答答的馬鈴薯——不管什麼東西擺在面前，我們照單全收。

「一九六九年風雲女郎，」蘇珊這麼稱呼我。「我們牧場的年度女郎。」

而他們也當我是年度女郎，好像我是他們的新玩具，大夥輪流勾著我的手臂，爭相幫我編辮子，拿我提過的寄宿學校、我乾淨的白襪子、我的外婆逗弄我——他們有些人曉得我外婆是誰。牧場上其他人已經追隨羅素好幾個月，甚至好幾年，而頭先那段日子裡，我最擔心的正是這一點。蘇珊之類的女孩，她們的家人在哪裡？或是那個講話嗲聲嗲氣的海倫，她有時提到尤金的一棟屋宅、她爸爸、她爸爸種種似是而非的保健習慣，比方說他每個月幫她浣腸，或是她上了網球課之後、他用薄荷軟膏幫她揉揉小腿。但他人在哪裡？如果他們的家庭滿足了他們的心靈需要，他們為什麼來到牧場、日復一日、永不離去？

＊

蘇珊晚起，很少中午前起床。她睡眼惺忪，拖拖拉拉，動作比平常慢了一倍，好像從來不必擔心時間不夠用。那時候，我已經每隔幾晚就與蘇珊同床共寢。她的床墊夾雜著沙礫，不太舒服，但我不在乎。有些時候，她睡得迷迷糊糊，伸出手臂抱住我，軀體散發出一股暖意，像是烤過的麵包。我經常躺在床上，警覺到她離得這麼近，心煩意亂。她晚上翻來覆去，因而踢翻了被單，露出赤裸的乳房。

她房間陰暗，早上像是熱帶叢林一樣悶熱，陽光曝曬，外屋的瀝青屋頂幾乎冒泡。我已經穿好衣服，但我曉得要再等一小時才會跟其他人一起上路。蘇珊總是花好多時間準備，倒不是更衣打扮，而只慢慢融入自己的心神，神情冷漠淡然。我喜歡坐在床墊上看她端詳鏡中的倒影，她懶懶地、心不在焉地盯視，好像隨意觀覽一幅肖像畫，她翻尋垃圾袋裡的衣物，身體彎成一個不怎麼美觀的角度。在那些時刻，她赤裸的軀體看來並不招搖，甚至帶著孩子氣。我注意到她腳踝上粗硬的細毛、她青春痘的黑頭，她終究是個平常人，想了令人自在。

蘇珊曾在舊金山跳脫衣舞。俱樂部外懸掛著閃閃發亮的霓虹巨蛇，鮮紅的大蘋果在路人身上投下怪異的燈影。其中一個舞孃在後台用硝酸銀棒燒除蘇珊的黑痣。

「有些女孩討厭上台，」她邊說、邊套上一件洋裝，遮住赤裸的身軀。「跳舞、表演，她們全都不喜歡。但我覺得沒那麼糟。」

她對著鏡子檢視一下洋裝，托高棉布裡的乳房。「有些人就是假道學，」她說，然後擺個淫蕩的表情，自個兒笑了幾聲，放手讓乳房垂下。她跟我說，羅素有時溫柔地跟她做愛，有時粗魯地操她，都能享受到快感。「那樣沒什麼不對，」她說，「那些表現得一本正經、好像性愛非常邪惡的人？他們才是真正的變態狂。比方說有些到俱樂部看我們跳舞的男人，他們把氣出在我們身上，好像我們把他們騙到那裡。」

蘇珊很少提到她的家鄉或是家庭，我也沒問。她手腕上有一道平滑淺白的傷疤，我看過她帶著哀傷而自傲的神情輕撫傷疤，有次她說溜嘴，提到雷德布拉夫附近一條悶熱的街道，不過她馬上留意到自己說溜嘴，不再多說。「那個臭婊子，」她如此稱呼她媽媽，一派氣定神閒。她的語調帶著一絲懶散，好像說的都是公道話，我感同身受，深覺自己與她心意相通，感動得不知如何是好；當時我以為我們了解寂寞的感受，現在想想，覺得自己愚蠢。我以為我們非常相似，但我有爸媽、管家陪著我長大，而蘇珊跟我說她曾以汽車為家，她媽媽睡在駕駛座，她把乘客座放低，當作床鋪。況且我餓了就有東西吃，衣食無虞。不過，蘇珊和我確實有相似之處，我們都心懷一股不同於他人的渴求。有時我好想有個人摸摸我、抱抱我，想得幾乎心痛。我看得出來蘇珊也是如此——羅素一走近，她馬上精神一振，好像一隻聞到食物的小獸。

※

蘇珊跟羅素去一趟聖拉斐爾看一部卡車。我留在牧場——有些雜務待辦，我全心投入，賣力工作，其實這股熱誠是出自恐懼，我不想讓他們找到任何理由把我趕走。我餵駱馬，拔除花園的雜草，用漂白水洗刷廚房地板。工作只是另一種表達愛的方式，算是自我奉獻。

水龍頭頂多間歇地滴水，所以我花了好久才注滿駱馬的飲水槽，但在外面曬曬太陽很舒服。蚊子繞著我光裸的肌膚飛來飛去，我不停揮手驅趕，駱馬倒是不以為意，它們只是站在那裡，好像螢光幕上的女妖似地眨著深邃的雙眼，姿態撩人。

我可以看到蓋伊在主屋的另一側，他瞎搞巴士引擎，做些無傷大雅的測試，好像當它是科展作品。他抽根香煙休息一下，彎個腰做做瑜珈，偶爾進去主屋再拿一瓶羅素私藏的啤酒，查看一下狀況，確定每個人都在幹活。他和蘇珊像是營區的首席顧問，隨意說句話、或是使個眼色，約束唐娜和其他人。他們也像是繞著羅素運轉的衛星，但蓋伊和蘇珊對羅素的依從並不相同。我覺得他之所以跟在羅素身旁，原因在於蓋伊可以藉機得到他想要的東西，比方說女孩、大麻、暫時的棲身之地。他沒有愛上羅素，在羅素面前也不會退縮、或是臉紅心跳——蓋伊比較像個小跟班，而他緊張刺激的冒險故事和他承受的苦難，始終以自己為主角。

他走向圍籬，啤酒和香煙在手，牛仔褲低低地搭著臀部。我曉得他在看我，我專心盯著水管和緩緩注入飲水槽的溫水。

「煙霧會防止它們接近，」蓋伊說，我轉頭，好像這下才注意到他的存在。「我是說蚊子，」他邊說、邊把他的香煙遞過來。

「喔，」我說。「沒錯。謝謝，」我把手伸到圍籬那一邊，接下香煙，小心翼翼地把水管對準飲水槽。

「妳知道蘇珊在哪裡嗎？」

蓋伊彷彿認定我知道蘇珊的動向。他居然以為我看管蘇珊的行蹤，我不禁受寵若驚。

「聖拉斐爾有個傢伙打算賣他的卡車，」我說。「她跟羅素過去看看。」

「嗯，」蓋伊邊說、邊把香煙拿回去。他似乎覺得我就事論事的模樣很有趣，即使我確定他也看得出來，我一提到蘇珊就不由自主地露出崇拜的神情，而且經常蹦蹦跳跳地飛奔到她身邊。說不定他想不通我迷戀的對象為什麼不是他，畢竟他是個英俊的男孩，習慣受到女孩們的注目——他的手一搭上她們的牛仔褲，她們就縮起小腹，她們也堅信他之所以佩戴首飾，足證他內心蘊含著豐富的情感，宛如一塊尚待開發的處女地。

「他們說不定順道去一趟免費診所，」蓋伊說。他作勢搔搔胯下，手裡的香煙揮來揮去。他試圖要我跟他一鼻子出氣，一起取笑蘇珊，我只是陰沉地笑笑，除此之外沒有反應。他稍微往後一仰，重心放在牛仔靴的靴跟，仔細端詳我。

「妳等一下可以幫幫蘿絲，」他邊說、邊喝乾最後幾口啤酒。「她在廚房裡。」

我已經做完當天的雜活，況且跟蘿絲在悶熱的廚房工作肯定相當乏味，但我猶如烈士赴義般點點頭。

蘇珊曾告訴我，蘿絲以前嫁給一個科珀斯克里斯蒂的警察[2]，聽來似乎不算離譜。她遊走於美墨邊境，神情飄忽多慮，猶如受到家暴的太太，連我開口說要幫她洗碗，她都露出畏怯的神情。我用力刷洗那個最大的湯鍋，刷掉黏答答的殘渣，海綿上沾滿異色的食物碎屑。蓋伊用這種小家子氣的方式懲罰我，但我不介意。蘇珊一回來，所有煩擾都隨之緩和。她一陣風地衝進廚房，上氣不接下氣。

「那個傢伙把卡車送給羅素，」蘇珊說，她神采飛揚，四下環顧，看看哪個人想要聽她說話。她打開一個櫥櫃，東翻西找。「實在太棒了，」她說。「因為啊，那傢伙本來索價兩百美金，羅素鎮定得很，他說：你不如把卡車送給我們。」

她大笑，興奮之情尚未消退。她坐到流理台上，劈劈啪啪地剝食一袋看起來骯髒的花生。「那傢伙起先非常生氣，因為羅素居然直接開口，叫他免費贈送車子。」

蘿絲漫不經心地聽，邊聽邊翻揀晚餐所需的食材，但我關掉水龍頭，全神貫注地盯著蘇珊。

「羅素說，我們聊聊，一分鐘就好，讓我跟你說說我的想法。」蘇珊把花生殼吐回袋中。「我們在那傢伙古怪的小木屋裡跟他喝茶，待了一小時左右，羅素跟他灌輸整套想法，一一跟他解釋。那傢伙非常感興趣，跟牧場上的我們一樣。他把以前當兵的舊照片拿給羅素看，然後說我們可以把車子開走。」

我在短褲上擦擦手，她那副輕狂的模樣讓我好想閃躲，甚至不得不把頭轉開。我在她剝花生的聲響中把碗盤洗乾淨，劈啪、劈啪，她高坐在流理台上一顆接著一顆剝食，濕軟的外殼亂七八糟地堆成一落，直到整袋花生吃得一乾二淨、她立刻找其他對象、把事情始末再覆述一次。

※

女孩們經常在小溪旁遊蕩，因為溪邊微風徐徐，比較清涼，即使蒼蠅成群，惹人厭惡。藻類覆蓋著岩石，有如鬆垂的遮陽簾。羅素開著剛得手的卡車回到牧場，從鎮上帶回糖果和漫畫，我們爭相翻閱，書頁在我們手中日漸鬆脫，海倫馬上吃光她的糖果，帶著熾熱的妒意環顧其他人，雖然她也來自一個富裕的家庭，但我跟她並不親。我覺得她遲鈍乏味，只有在羅素身邊才不太一樣。她似乎找到了撒嬌的對象，他一邊撫摸她，她一邊梳理儀容，好像一隻小貓，表現得比實際年齡年輕，看起來甚至比我還小，日後想想，她這副故作幼齒的模樣真是變態。

「天啊，妳不要再盯著我，」蘇珊邊說、邊護著她的糖果，以免被海倫搶走。「妳已經吃了妳自己的那一份。」她的影子映照在我的身旁，腳趾陷入岸邊的泥土裡，身軀猛然抽動，揮趕一隻襲擊她耳邊的蒼蠅。

「一口就好，」海倫嗚嗚哀求。「我只咬邊邊。」

蘿絲擱下膝上那團格子花紋的衣物，抬頭一望。她正在幫蓋伊縫補一件工作衫，神情漫不

---

2 譯註：Corpus Chrisiti，科珀斯克里斯蒂，德州南部的濱海城市。

經心，但縫線精準細密。

「如果妳安靜不說話，」唐娜說。「我就讓妳吃幾口。」她慢慢走向海倫，手上那條巧克力棒加了花生，凹凸不平。

海倫咬了一口，格格輕笑，牙齒上沾滿巧克力。

「糖果瑜珈，」她高聲宣布。任何事情都可以是一種瑜珈術：洗碗、幫駱馬剪毛、為羅素準備吃食，不管做些什麼，妳都應當樂在其中，融入事情的韻律，從中得到啟發。瓦解自我，把自己如同塵埃般獻給宇宙。

※

所有書籍都讓人以為女孩們受到男人們脅迫，做出那些事情。事實卻非如此，最起碼並不盡然。蘇珊手執她的拍立得相機，好像揮舞著武器，慫恿男人們脫下長褲，暴露出他們柔軟的陰莖。陰莖軟趴趴、毫無遮掩地暴露在一團漆黑的體毛之中，男人們對著鏡頭怯怯微笑，鎂光燈一閃，有如明亮的探照燈，男人們面色蒼白，神情羞愧，目光濡濕，好像多毛的小獸。「相機裡沒有底片，」蘇珊經常跟他們說，即使她已從店裡偷得一箱底片。男人們假裝相信她，就像假裝相信其他許多事情。

我追隨蘇珊，追隨她們每一人。羅素懶懶地撥弄吉他、裝腔作勢地反覆彈奏同一段旋律時，蘇珊讓我拿著助曬油在她光裸的脊背畫上太陽和月亮，海倫還是老樣子，像隻害了相思病的貓咪似地輕聲嘆氣，蘿絲帶著恍惚的微笑加入我們，某個我不認識的小夥子一臉敬畏地看著我們，而我們甚至什麼都不用說——穿梭在我們之間的沉默已道盡一切。

⁂

我悄悄做好準備，等著面對羅素的挑逗，但他過一陣子才找我。他神神祕祕地對我點點頭，讓我知道跟著他走。

當時我正在跟蘇珊洗刷主屋的窗戶——地上到處都是揉成一團的報紙和白醋，收音機播放歌曲，連日常雜事都帶著怠惰的趣味。蘇珊跟著哼唱，開開心心、心不在焉地跟我閒聊。我們一起工作的那些時候，看起來跟平常不太一樣，她似乎忘卻自我，鬆懈下來，流露出少女的神態。畢竟那時她才十九歲，日後回想，簡直難以置信。當羅素對我點點頭，我不經思索就轉頭看她，說不定是徵求她的允許，也可能是請求她的諒解。她神情一變，原本的輕鬆自若消失殆盡，蒙上冷峻的陰影，忽然用力洗刷破舊的窗戶。我離開之時，她聳聳肩跟我道別，好像一點都不在乎，即使我可以感覺她一直緊盯著我的背影。

每次羅素那樣跟我點點頭，即使覺得怪怪的，我心中依然一陣緊縮。我熱切期盼與他相會，急著鞏固自己在女孩們之間的地位，好像我若照做蘇珊做過的事情，等於就是跟她在一起。羅素從來沒有操我——他對我做別的事情，比方說把手指伸進我體內，不帶感情地抽動，我把這種冷冷的疏離感歸因於他心性純良，我告訴自己，他設定的目標非常崇高，不帶肉慾的色彩。

「看看妳自已，」一察覺我害羞或是猶豫，他就指指拖車屋裡霧氣濛濛的鏡子。「看看妳的身體。那不是某個陌生人的身體，」他淡然地說。當我閃閃躲躲、笑笑鬧鬧、試圖找個藉口躲開，他按住我的肩膀，叫我再看著鏡子。「那是妳，」他說。「那是美麗的伊薇，裡裡外外都是妳。」

這些話語對我發揮了功效，即使效果只持續了一會兒。我看著自己的倒影，不禁心神恍惚——渾圓的乳房，柔軟的小腹，就連被蚊子叮得紅通通的小腿都令人著迷。沒什麼事情尚待理解，沒什麼複雜的謎團尚待解析——只有當下這一刻、眼前這一切、唯一真正存在著愛的處所。

事後他會遞給我一條毛巾，讓我擦拭自己，在我眼中，這個舉動顯得好親切、好和善。

當我回到蘇珊跟前，她總有一會兒對我相當冷淡，甚至舉止僵硬，宛如被緊緊綑綁，眼神一片木然，好像開車開到一半睡著了。我很快就學會怎麼奉承她、纏著她，直到她忘了她疏離我、紆尊降貴般地把香煙遞給我。直至日後，我才想到我不在的時候，蘇珊說不定惦記著我、她那副正經八百的模樣不過是個笨拙的掩飾，殊不知那也可能只是我一廂情願的辯解。

❊

牧場的其他光景縱然浮現，縱然消逝。蓋伊那隻大家輪流幫它取名字的黑狗。一個個行經牧場的旅人，人人迷迷糊糊，昏昏沉沉，隨時都可能肩負手織背包、開著他們爸媽的車子來到牧場，借住一、兩天之後再上路。羅素很快就說服他們捐出私人物品，迫使他們在眾目睽睽下慷慨解囊。他們交出汽車和支票簿，其中一人甚至奉上黃金婚戒，神情中混雜著驚愕、疲憊、鬆懈，好像一個溺水的人終於放棄掙扎，任憑浪濤把他捲入。我看在眼裡，一切顯得如此新奇。他們的境遇既是悲傷，卻也乏味，聽了令人心神不寧。惡毒的父親，冷酷的母親，種種怨言耳熟能詳，讓我們全都覺得自己是同一個陰謀的犧牲者。

✼

外面下著雨，那年夏天只有幾個這樣的雨天；我們大多待在屋裡，陳舊的起居室聞起來潮濕陰鬱，跟戶外的氣味差不多。毯子七橫八豎擱置在地。我可以聽到廚房裡的收音機轉播棒球，雨水滴滴答答地落入一個接水的塑膠桶。蘿絲按摩蘇珊的手，兩人的指頭沾了乳液滑溜溜，我在一旁閱讀一本去年的雜誌，翻閱一九六七年三月的星座運勢。慍怒之氣瀰漫在我們之間，人人變得暴躁易怒；我們不習慣受到限制，侷限於任何一處。

孩童們比較習慣待在屋裡。他們從我們眼前一晃而過，各懷任務，忙得團團轉。隔壁房間一張椅子砰地倒下，但是沒有人起身過去查看。除了尼可之外，我不知道其他孩童的父母是誰——他們全都手腕細瘦，好像未老先衰，嘴唇沾了一圈白花花的奶粉。我幫蘿絲帶過幾次尼可，他小小的身子汗水淋漓，抱在懷裡暖烘烘，感覺還不賴。我用手指幫他梳理頭髮，解開他那條纏成一團的鯊魚牙齒項鍊，諸如此類的差事讓我自覺像個小母親，讓我比尼可更開心，也讓我想像只有自己安撫得了他。在那些溫馨時刻，尼可通常不肯合作，毫不留情地打破魔咒般的氛圍，好像他察覺我內心的喜悅，見不得我高興。他朝著我拉扯他的小雞雞，好像花腔女高音似地索求橘子汁，有一次甚至把我打得瘀青。我看著他蹲下來，在游泳池邊的水泥地上拉了一團大便——我們有時拿起水管沖刷，有時放著不管。

海倫穿了一件史努比運動衫和一雙襪子晃到樓下，襪子太大，紅色的襪底擠成一團，環繞著腳踝。

「有人想玩『步步高升』嗎？」

「沒有，」蘇珊大聲說。不消說，她代表我們發言。

海倫頹然坐到一張墊褥全被剝光、布料幾乎磨得光禿禿的扶手椅上，抬頭看看天花板。「還在漏水，」她說。無人理會。「哪個人捲支大麻煙，好嗎？」她說。「拜託？」看大家都沒反應，她跑過去跟蘿絲和蘇珊一起坐到地上。「拜託、拜託、拜託？」她邊說、邊鑽進蘿絲懷裡，像隻小狗似地整個人窩在她膝上。

「哎喲，妳自己動手吧，」蘇珊說。海倫一躍而起，跑過去拿那個大家儲存補給品的假象牙盒，蘇珊一臉不耐地對我翻白眼，我也對她微微一笑。我心想，待在屋裡也不賴。大夥窩在同一棟屋子裡，好像受到紅十字會援助的倖存者，爐子上燒著水準備泡茶，蘿絲在窗邊幹活，光線透過胡亂拼湊的蕾絲窗簾照進來，一片花白。

尼可忽然嗚嗚哭訴，打破了寧靜，他重重踱步，追著一個剪了西瓜頭的小女孩跑進屋裡——她拿走尼可的鯊魚牙齒項鍊，兩人大吵大鬧，你爭我奪。一邊大哭，一邊扭打。

「喂，」蘇珊頭抬也不抬地喊了一聲，小孩們安靜了下來，但依然氣沖沖地瞪著對方，不停喘氣，好像喝醉酒。事情似乎很快處理妥當，一切恢復平靜，直到尼可伸手，過長的指甲狠狠抓了一下小女孩的臉。赫然間，尖叫聲加倍，小女孩捧住臉頰，嚎啕大哭，哭得連乳牙都露了出來，而且不肯放低音量，不停哀號。

蘿絲奮力起身。

「小寶貝，」她邊說、邊伸出手臂。「小寶貝，沒事、沒事。」她朝著尼可走了幾步，尼可也開始尖叫，包著尿片的小屁股重重坐到地上。「起來，」蘿絲說，「來，站起來，小寶貝。」她試著抓住他的肩膀，但他已經癱在地上，不肯移動。他掙脫他媽媽的懷抱，腦袋猛撞地板，其他女孩冷眼旁觀，靜靜看著尼可耍花招。「小寶貝，」蘿絲嘮嘮叨叨、稍微大聲一點，「不要這樣、不要這樣，」但他繼續猛撞地板，一雙黑眼睛愈睜愈大，似乎流露出喜悅。

「老天爺啊。」海倫大笑，笑聲怪異，而且笑個不停。我不知道該怎麼辦。我想起以前幫人帶小孩的時候，有時不免意識到這個小孩不屬於我、遠非我所能理解，心中升起一股無助與恐慌；但就連蘿絲似乎也有同樣的憂慮，不知如何是好，她好像等著尼可真正的母親回到家中，搞定一切。尼可的小腦袋敲撞地板，撞得滿臉通紅。他拼命尖叫，直到察覺門廊傳來腳步聲——羅素來了，我看到人人煥發出重生般的神采。

「怎麼回事？」羅素說。他穿了一件米契捐出來的襯衫，抵肩繡著一排大朵的紅玫瑰。他赤腳，全身上下被雨水淋得濕搭搭。

「你問問蘿絲啊，」海倫嘰嘰喳喳地說。「那是她的小孩。」蘿絲喃喃說了幾句，愈說愈激動，羅素的反應卻跟她不同，他的聲音平靜輕緩，好像畫了一個圓圈，罩住哭哭啼啼的小孩和結結巴巴的母親。

「放輕鬆，」羅素緩言相勸。他不會讓任何人的怒氣進駐到心中。他凝視眾人，焦躁的氣氛隨之平緩。在羅素面前，連尼可都變得小心翼翼，似乎剛才只是作作樣子鬧脾氣，好像無理取鬧的是他的替身，而不是他自己。

「小傢伙，」羅素說，「來、過來跟我說說話。」

尼可怒視他媽媽，目光卻不由自主地移向羅素。他噘起胖胖的小嘴，仔細盤算。

羅素繼續站在門口，不像某些大人神情急切、笑容滿面地呼攏小孩，尼可終於安靜下來，多半只是啜泣。他狠狠地又瞪了他媽媽一眼，然後再看看羅素，最後終於急急衝向羅素，讓羅素把他抱起來。

「啊，我的小傢伙，」羅素說，尼可緊緊摟住他的脖子，羅素跟小男孩說話時，神情起了變化，我記得當時看在眼裡，覺得好奇怪。他五官一皺，整張臉變得古怪而愚蠢，幾乎像個小丑，但聲音依然平靜輕緩。他辦得到。他可以為了迎合對方而變換面貌，就像清水可以隨著注入的容器改變形狀。他可以是個彎起手指、伸進我體內的男人；他可以是個免費獲得一切的男人；他可以是個有時蠻幹蘇珊、有時跟她溫柔歡愛的男人；他可以是個跟小男孩講悄悄話、話語掠過小男孩耳際的男人；他可以同時兼具這些面貌。

我聽不到羅素說了什麼，但尼可噤下哭聲，小臉濡濕，興高采烈，好像只要被人抱在懷裡就開心。

❊

海倫十一歲大的表妹卡洛琳逃家，在牧場待一陣子。她之前暫居舊金山的嬉皮區，但最近警方掃盪，所以她帶著一個牛皮皮夾，披著一件狐皮大衣，搭便車來到牧場，她不時怯怯地、溺愛地輕拍那件破爛的大衣，好像不想讓大家看出來她多麼喜歡它。

牧場離舊金山不遠，但我們不常造訪市區。我只跟著蘇珊去過一次，到一棟她戲稱「蘇俄使館」的房子去取一磅大麻。我猜想那些人八成是蓋伊的朋友，屋子像是撒旦教徒的聚會場所，大門塗了厚厚一層黑漆，她看出我的遲疑，挽住我的胳臂。

「死氣沉沉，是吧？」她說。「我起先也覺得如此。」

當她把我拉近一點，我感覺她的臀骨與我碰撞。這種親暱和善的時刻總能令我神馳。取貨之後，我們步行走向嬉皮丘。天空灰濛濛，飄著小雨，公園裡空空蕩蕩，只有幾個嗑藥嗑得昏昏沉沉、走路歪七扭八的毒蟲。我盡力營造愉悅的氣氛，但周遭死氣沉沉——當蘇珊放聲大笑、再也不想搞懂著這個地方，我也鬆了一口氣。「天啊，」她說。「這是什麼鬼地方？」結果我們又走回公園，霧氣滲過尤加利樹的枝葉，妳幾乎聽得到霧水滴滴答答的聲響。

我幾乎每天都待在牧場，偶爾回家換件衣服、或是留張紙條在廚房桌上給我媽媽。我通常在紙條上署名「妳親愛的女兒」——既然我們母女不常見面，我大可縱容自己濫情，藉此彌補我感情的空白。

我知道我的容貌慢慢起了變化，在牧場待了幾星期之後，我整個人邋邋遢遢，帶點粗鄙之氣。我的髮色因為陽光曝曬而變淺，髮梢也變得粗硬，即使洗了頭，髮間依然縈繞著一絲煙味。我的衣服大多成為牧場公產，而且變了模樣，我常認不出那是我自己的衣物，比方說那件我曾視為至寶的圓兜式襯衫，這會兒海倫穿在身上四處晃蕩，襯衫不但破損，而且沾了點點桃子汁。我仿效蘇珊的穿著，從一堆堆共享的衣物中東挑西揀，拼湊出一副不修邊幅、隨興所至的模樣，好像藉此與外面廣大的世界作對。我跟蘇珊有次走進一個家飾店，她身穿比基尼上衣和熱褲，我們看著其他顧客怒目而視，原本只是隨便瞄一眼，後來毫不掩飾地瞪著我們，怒氣不斷高漲。我們輕蔑地哼了一聲，不可遏止地狂笑，好像私藏某些瘋狂的祕密，而我們確實如此。一個女人緊緊抓住她女兒的手臂，臉上露出困惑與輕蔑的神情，好像被我們嚇得快要哭了出來；她哪知道她的恨意只會讓我們更強勢。

我像教徒似地沐浴淨身，以防說不定碰到我媽媽：我淋浴，頭髮沾了潤髮乳滑溜溜，站在熱氣騰騰的蓮蓬頭下，直到皮膚冒出點點紅斑。我穿上式樣簡單的運動衫和白色的棉短褲——我小時候說不定就是這副打扮——試著讓自己看起來夠乾淨、夠中性，讓我媽看了安心。或許我根本不必如此費心，因為她只是隨便瞧我一眼，我何必大費周章？就算果真一起吃晚餐，我們幾乎沉默不語，她多半像個挑食的小孩翻揀盤中的食物，找些理由提起法蘭克，述說她自己生活的陰晴圓缺，聽來空虛乏味。我是誰都無所謂。有天晚上，我懶得換衣服，穿了一件露出肚臍的薄紗無袖上衣直接上桌，她什麼都沒說，只是心不在焉、拿著湯匙翻攪米飯，直到似乎終於想起我坐在桌邊，忽然斜斜地瞪我一眼。「妳愈來愈瘦，」她邊說、邊抓住我的手腕，一臉忌妒地捏了捏，然後鬆手。我聳聳肩，她也沒有再提起。

☼

當我終於碰見米契．路易斯，他的模樣跟我想像中的名人有些差距：他比較富泰，整個人腫腫的，好像皮膚底下有層奶油，一頭輕飄飄的金髮，臉頰兩側各有一道毛絨絨的鬢角。他幫女孩們帶來一箱麥根沙士、六網袋的橘子、過期的布朗尼，布朗尼覆上德國巧克力糖霜，分裝在花邊紙杯裡，好像清教徒的小圓帽。他還帶來牛軋糖和一條香煙，牛軋糖裝在亮粉紅色的錫罐裡，我猜可能是禮盒的剩餘品。

「他知道我喜歡抽這種煙，」蘇珊把香煙摟在胸前。「他記得。」

她們全都帶著充滿佔有慾的口吻提及米契，好像他是個理念，而不是一個真人。她們梳妝打扮，帶著小女孩般的急切迎接米契的造訪。

「妳從他的熱水浴缸可以看到海，」蘇珊告訴我。「米契把燈打開，水面閃閃發亮。」

「他的陰莖好大，」唐娜加了一句。「而且是紫色喔。」

唐娜在水槽裡清洗腋下，蘇珊不屑地翻翻白眼。「她啊，婊子洗澡，隨便擦一擦胯下、腋下等等骯髒的地方，」她喃喃說，但她先前已經換上一件洋裝。連羅素都用清水把頭髮往後一抹，看起來油亮光滑，多了一絲彬彬有禮之氣。

羅素一隻手搭在我背上，為我引介米契：「這位是我們的小女明星。」

米契好奇地打量我，臉上露出自命不凡的微笑。男人們總是馬上估算妳的身價，而且似乎希望妳跟他們聯手評量妳自己，他們真的非常擅長此道。

「我是米契，」他說。他以為我不曉得他是誰嗎？他的皮膚油亮緊繃，柔滑細緻，有錢有閒、飲食超量的人就是這副模樣。

「來、抱抱米契，」羅素邊說、邊用手肘推推我。「米契需要擁抱，就像我們其他人一樣。他應該得到小小的關愛。」

米契一臉期盼，好像動手拆開一件他已經搖了搖、知道是什麼東西的禮物。我通常早被羞怯所吞噬，要嘛過分注意自己的舉止，要嘛意識到自己可能犯下哪些錯誤。但這會兒我已經感覺自己有所不同。我是她們其中之一，這表示我能夠微笑回應米契，而且往前一步，讓他整個人貼在我身上。

接下來那個漫長的下午，米契和羅素輪流彈吉他，海倫身穿比基尼，坐在米契的大腿上，她一直格格傻笑，綁了小辮子的腦袋瓜不停鑽進他頸窩。米契的音樂素養比羅素好多了，但我試著不予理會。我被一股全新而強烈的專注沖昏了頭，早將羞怯拋在腦後，陷入恍惚之境。我幾乎不知不覺地微笑，笑得臉頰隱隱發痛。蘇珊盤腿坐在我旁邊的地上，手指輕輕掠過我的手指。我們托著臉頰，神情專注，宛如一朵鬱金香。

※

那種混混沌沌的日子交織為共享的夢境，抗拒外面的現實世界；我們的嫌惡帶著暴戾之氣，即使我們告訴自己，一切都是為了探索與契合。米契留下一些迷幻藥，貨源是一個史丹福大學實驗室的技術人員。唐娜把迷幻藥混柳橙汁，盛裝在紙杯裡，我們當作早餐飲用，結果樹木看起來竟微微顫動，活力十足，陰影色如青紫，幾似波光粼粼。日後回想，我真不知道自己怎麼如此輕易地身陷其中。若有毒品，我就吸食。妳活在當下——那個事事都新鮮的時刻。我們連著好幾個小時討論何謂「當下」，將之納入我們的對話：光影如何游移、某人為什麼沉默、某人的目光蘊含著什麼意義。我們細細解析，層層拆解，希冀描述緩緩流逝的每一秒鐘，揪出躲藏在背後的一切，一說再說，直到興致索然。

蘇珊和我編織手環，女孩子喜歡交換這種孩子氣的手環，我們一個個收集，把它們戴在手臂上，如同三、四年級的小學生。我們練習V字繡和濃淡相間的條紋圖案，我正幫蘇珊編織一個又厚又寬的手環，我在桃色的繩片縫上如同罌粟花般鮮紅的人字紋，五顏六色在我的手指下歡欣躍動，匯集成漂亮的圖形，看起來心曠神怡。我只站起來一次，幫蘇珊倒杯水，舉止之間傳達出家居生活的閒適。我只想滿足心中的願念，把水送到她嘴邊。她一邊喝水、一邊抬頭對我微笑，她喝得好急，我甚至看得到她的喉頭上下滾動。

海倫的表妹卡洛琳在附近閒晃。我自己十一歲的時候，似乎怎麼樣都不像她如此通曉世事。她戴著一個個廉價的金屬手鐲，輕輕一晃就叮噹作響。她那件厚厚的棉襯杉宛如檸檬冰沙般淡黃，而且露出平坦的小肚子，但她的膝蓋刮痕累累，蒼白粗糙，像個小男孩似地。

「遜斃了，」當蓋伊把一紙杯的柳橙汁湊到她嘴邊，她興奮地說。等到迷幻藥漸漸發生作用，她更是像個發條玩具，不停地說了又說。我自己也開始察覺到迷幻藥的功效，頭先的徵兆是嘴巴裡充滿唾液，我想到小時候看過溪流氾濫，冰冷的雨水刷刷刷而下，急急漫過河中的岩石。

我可以聽到蓋伊在門廊胡言亂語，喋喋不休地講述他那些沒什麼意義的經歷。他也嗑了藥，講起話來幾近咆哮，回聲隆隆。他的長髮紮成一個黑色的髮髻，緊貼著後腦杓。

「那傢伙用力敲門，」他說道，「扯著嗓門說要過來拿走他的東西，我心想，他媽的，有什麼大不了的，」他壓低嗓門說，「我是貓王耶。」蘿絲跟著點頭，瞇起眼睛看看太陽。屋裡傳來迷幻搖滾樂團「Country Joe」的歌聲，白雲緩緩飄過藍天，朵朵鑲上霓彩的細邊。

「妳瞧瞧孤女安妮，」蘇珊邊說、邊朝著卡洛琳翻翻白眼。

卡洛琳起先假裝跌跌撞撞、昏昏沉沉，表現得過分誇張，但迷幻藥很快就起了作用，她果真受到影響，雙眼圓睜，神情激奮，看起來有點嚇人。她非常瘦，我甚至可以看見她喉頭的淋巴腺砰砰跳動。蘇珊也看著她，我等她說些什麼，但她沉默不語。儘管海倫是卡洛琳的表姊，但她也什麼都沒說。她被太陽曬著頭昏腦脹，神情呆滯，癱躺在一張舊地毯上，一隻手遮住眼睛，不知道對著誰格格傻笑。最後我終於走到卡洛琳身邊，摸摸她瘦小的肩膀。

「妳還好嗎？」我說。

她聽到我叫她的名字才抬頭一望。我問她是哪裡人；她緊緊地閉上眼睛。我說錯話了——沒錯，我當然不該這麼說，因為這個問題讓人想起外在世界的種種鳥事，不管往事多麼悽慘，這下可能感覺加倍辛酸。我不知道如何將她拉出泥沼。

「妳要這個嗎？」我邊說、邊把手環遞過去。她瞥了一眼。「我快做好了，」我說。「但這是幫妳做的。」

卡洛琳微微一笑。

「妳戴起來會很漂亮，」我繼續說。「手鐲跟妳的襯衫相當搭配。」

她眼神中的激奮緩和了下來。她拉起自己的襯衫，比對一下我的手環，臉色漸漸柔和。

「我繡的，」她指指襯衫上一個鑲了邊的和平標誌，我看得出她花了好多時間刺繡，說不定借用她媽媽的針線盒。我和顏悅色地對待她，把做好了的手環繫在她手腕上，點支火柴撚燒繩結，方便她自己剪掉——一切似乎輕而易舉。我沒有注意到蘇珊看著我們，她把她自己的手環擱在膝上，看也不看。

「好漂亮，」我邊說、邊拉起卡洛琳的手腕。「漂亮極了。」

我表現得好像自己也入駐蘇珊的那個世界，好像我也能夠指引他人。我感覺自己的仁心之中夾雜著一絲自大；我逐漸感染了牧場眾人的確切與自信，將之用來填補內心的空白。我們貪婪地吸收羅素的告誡：拋棄自我、屏除雜念、隨著宇宙的微風飄浮。種種信念猶如我們從索薩利托一家糕餅店搶來的甜麵包和蛋糕，口味清淡，容易消化，我們囫圇吞棗，吃下一肚子鬆軟的澱粉。

✲

接下來幾天，卡洛琳像隻迷路的小狗似地跟著我。她徘徊在蘇珊的房門口，問我要不要抽一支她跟摩托車騎士們討來的香煙。蘇珊站起來，雙手扣在背後，伸伸懶腰。

「他們就這樣送妳？」蘇珊調皮地說。「不收妳錢？」

卡洛琳瞄了我一眼。「妳是說香煙？」

蘇珊大笑，其他什麼都沒說。在那些時刻，我也不知道蘇珊為什麼陰陽怪氣，但我解釋為蘇珊容易動怒，因為他們不像我一樣了解她。

我跟蘇珊怎麼走下去？我沒有對自己大聲說出，甚至沒有多想。當她隨同羅素一起消失，我心中總是一陣刺痛。少了她，我不知道自己該做什麼，只好四處搜尋唐娜或是蘿絲，像個迷路的孩童。回返之時，她身上的汗水已乾，拿著一條小毛巾粗魯地擦拭雙腿之間，好像她根本不在乎我的目光。

看到卡洛琳緊張地輕撫我給她的手環，我站了起來。

「我想抽支煙，」我邊說、邊對卡洛琳微笑。

蘇珊勾住我的手臂。

「但我們正打算過去餵駱馬，」蘇珊說。「妳不想讓駱馬挨餓，愈來愈瘦，對不對？」

我猶豫了一下，蘇珊伸手把玩我的頭髮。她總是如此：挑除我襯衫上的毛球，有次甚至把手指伸進我的嘴裡，幫我剔除夾在兩顆門牙之間的菜屑。她打破這些界線，讓我知道它們並不存在。

卡洛琳期盼我們開口相邀，她一臉赤裸裸的渴求，讓我幾乎為她感到羞愧。但我依然跟著蘇珊走向室外，朝著卡洛琳聳聳肩，以示歉意。我可以感覺她看著我們離開。孩童偷偷摸摸地專注觀察，沉默不語地接受現況，我看得出來卡洛琳對這種失望的心情已不陌生。

⁂

我檢查我媽的冰箱裡有些什麼：裝得滿滿的玻璃瓶，瓶裡的東西溢了出來，繞著瓶口結了一層乾疤；裹在塑膠袋裡、散發出一股臭味的甘藍菜。沒東西可吃，一如往常。諸如此類的小事讓我想起自己為什麼寧願待在其他地方。當我聽到我媽匆匆走進大門、沉重的首飾叮噹作響，我試著不要跟她打照面，悄悄走開。

「伊薇，」她大喊一聲，走進廚房。「等等，別走。」

我剛從牧場騎腳踏車回家，已經上氣不接下氣，更別說大麻的功效尚未完全消散。我試圖跟平常一樣眨眨眼睛，對她擺出茫然的神情，讓她看不出任何異狀。

「妳最近曬得好黑，」她邊說、邊拉高我的臂膀，我聳聳肩，她懶懶地撥弄我手臂上的細毛，然後停手。一時之間，我們母女都不自在。我忽然心想，她終於察覺家裡的錢一點一點地消失。我不怕她生氣。偷錢這個舉動是如此荒唐，甚至保證讓人覺得不真實。我幾乎開始相信我從未真的住在這裡，我心中的疏離感是如此強烈，當我偷偷在家中各處東翻西找、為了蘇珊竊取金錢，我甚至感覺這裡不是我的家。我翻我媽收放內衣的抽屜，仔細檢視茶色的絲巾和絨球蕾絲，直到我逐漸摸到一捲被髮圈綁起來的鈔票。

我媽媽皺起眉頭。「妳聽好，」她說。「莎兒今天早上看到妳一個人在亞多比路閒晃。」

我試著保持茫然的神情，但鬆了一口氣——那只是莎兒呆頭呆腦的觀察。我最近始終跟我媽媽說我在康妮家，而且有些晚上依然回家，試圖維持目前的均勢。

「莎兒說那裡有些非常奇怪的人，」我媽媽說。「某個神祕兮兮的人，但他似乎——」她的神情緊繃。

還用說嗎？——如果羅素住在馬林郡的豪宅，家中的泳池漂浮著梔子花，索價五十美金幫富婆們解讀星象，我媽媽八成會喜歡他。她是多麼容易讓人看透！她總是提防每一個社會地位不如她的人，即使誰對她微微一笑、她就對誰敞開家門，比方說法蘭克和他那些鈕扣亮晶晶的襯衫。

「我沒碰見這樣的人，」我冷冷地說。這下我媽八成知道我在說謊。沒錯，我說謊，事實擺在眼前，我看著她，等著她做出反應。

「我只想警告妳，」她說。「好吧，妳曉得這些傢伙在那一帶出沒。我想妳和康妮應該知道要彼此關照，對不對？」

我看得出她多麼想要迴避爭執、多麼努力地說出這番妥協的話語。她警告我了，因此，她已經做了她應當做的事，意味著她依然是我的母親。姑且讓她相信果真如此——我點點頭，她鬆了一口氣。我媽的頭髮留長了。她穿了一件針織肩帶的無袖上衣，肩膀的肌膚鬆弛，露出泳衣的曬痕——我完全不知道我媽最近何時、或是到哪裡游泳。我們怎麼這麼快就變得如此陌生、猶如兩個緊緊張張、在走廊上打照面的室友？

「好吧，」她說。

一時之間，她的神情之中浮現出焦慮和關愛，我似乎看見了昔日的媽媽，但她的手鐲順著手臂滑下，發出輕微的叮噹聲，那一刻隨之銷聲匿跡。

「冰箱裡有米飯和味噌，」她說，我咕嚕咕嚕，嘟囔一聲，好像我說不定會吃，但我們都知道不會。

8

在警方照片中，米契的屋子看起來擁擠而陰森，好像命中注定沒有好下場。天花板一根根粗重龜裂的樑柱，石砌的壁爐，眾多樓層與通道，整棟屋子猶如魔幻藝術大師艾雪的畫作，像是那些米契收購自索薩利托一家畫廊的石版畫。頭一次看到這棟屋子時，我記得自己心想，這裡陳設極簡，感覺空空蕩蕩，有如一座濱海的教堂。屋內沒什麼傢俱，形似人字花紋的大窗，拼花地板，階梯寬長低淺，妳從大門就可以看到屋後漆黑崎嶇、延伸至遠方的海岸。船屋平靜地相互碰撞，好像一方方冰塊。

蘇珊打開他的冰箱時，米契幫我們倒飲料。她一邊輕輕哼歌，一邊窺視冰箱的櫥架，一下子發出稱許、或是不以為然的聲響，一下子掀起一個大碗的鋁箔紙嗅聞某個東西。在那樣的時刻，我對蘇珊充滿敬畏。她怎麼可能在這個世間、在另一個人的家中，表現得如此無畏無懼？門窗一片漆黑，我看著我們在窗面的倒影，兩人的頭髮鬆鬆地垂在肩頭。我居然站在這位名人的廚房裡——我甚至在收音機裡聽過他的歌曲。屋外的海灣有如漆皮般閃亮，這一切似乎因應蘇珊而生，我置身此地，與她同處一室，心中又是多麼喜悅。

※

那天下午稍早，米契跟羅素開了會——我記得我注意到米契來遲了，頗不尋常。兩點多了，我們還在等。我沉默不語，其他人也默不作聲，靜默在眾人之間逐漸漫開。一隻馬蠅叮咬我的腳踝。我不想揮手驅趕，因為我意識到羅素就在咫尺之外，窩在椅子上閉目養神。我可以聽到他壓低嗓門哼歌。羅素早就盤算好讓米契不經意地看到他坐在那裡，他的女孩們簇擁著他、蓋伊站在他的身側，好像吟唱詩人和他的一群聽眾。他的吉他橫置膝上，一隻未著鞋襪的腳輕輕晃動，已經準備粉墨登場。

羅素默默地按壓琴弦，撥弄吉他，看起來怪怪的——他有點緊張，我解讀不到。當海倫開口跟唐娜講悄悄話，羅素沒有抬頭。海倫只是輕聲細語地提及米契，或是覆述某些蓋伊講過的蠢事，但當海倫說個不停，羅素站了起來，慢條斯理地把吉他靠在椅子上，停頓一下，確定吉他穩穩靠立後，然後飛快地走到海倫身邊，狠狠刮她一巴掌。

她抽抽搭搭地哭喊，咿咿呀呀，聽起來很奇怪。她原本雙眼圓睜，忿忿不平，但是怒氣很快就消褪為歉意，而且拼命眨眼，遏制淚珠滾落。

那是我頭一次看到羅素做出這種反應、衝著我們其中一人突然發脾氣。他怎麼可能動手打她？肯定是下午的陽光搞鬼，強烈的日光讓人看走了眼。他怎麼可能打人？真是荒謬至極。我四下環顧，看看大家是否注意到羅素的暴力行徑，但大家要嘛直接把頭轉開，要嘛擺出一副不滿的神情，好像這是海倫自找的。蓋伊搔搔耳後，嘆了口氣。連蘇珊也似乎覺得此事非常無趣，跟握握手沒什麼兩樣。那股梗在喉嚨的酸楚、那股突然湧上心頭的哀傷與震驚，似乎是我自己的問題。

況且羅素很快就輕撫海倫的頭髮，束緊她歪斜的髮辮，在她耳邊說些悄悄話，她聽了點頭微笑，像個眼睛水汪汪的洋娃娃

米契遲了一小時，終於出現在牧場上，他為大家帶來急需的補給品：整箱罐裝青豆，一些無花果乾，巧克力抹醬，堅硬如石、一顆顆包在粉紅皺紋紙裡的西洋梨。他任由孩童們爬到大腿上，即使他通常把他們趕開。

「嗨，羅素，」米契說，臉上一層薄薄的汗水。

「兄弟，好久不見，」羅素說。他始終咧嘴輕笑，但沒有從椅子上起身。「偉大的美國夢進展如何？」

「還不賴，」他說。「抱歉遲到了。」

「好一陣子沒聽到你的消息，」羅素說。「米契，你讓我很傷心喔。」

「最近很忙，」米契說。「事情太多。」

「事情總是太多，」羅素說。他四下環顧，看看我們，直視蓋伊，盯了好一會兒。「你說

是不是啊？我們總是忙不完，這就是人生，直到翹辮子，事情才會歇止。」

米契大笑，一副萬事ＯＫ的模樣。他分發他帶來的香煙和吃食，好像一個大汗淋漓的聖誕老人。日後的論述確認這一天是個轉折點，羅素和米契的關係自此改觀，但那時的我毫不知情，羅素以平靜、縱容的面貌掩飾灼灼的怒氣，我甚至察覺不出兩人之間情勢緊繃。米契過來告訴羅素一個壞消息：羅素終究拿不到那紙唱片合約。香煙，吃食，全都只是安慰。羅素已經糾纏米契好一陣子，追問那紙據說已成定局的唱片合約。他一再逼迫，令米契不堪其擾。羅素甚至派遣蓋伊遞送口信，信息意義含混，時而威脅恫嚇，時而溫言婉語。羅素想要拿到他堅信自己應得的回報。

我們抽了一些大麻。唐娜做了花生醬三明治。我坐在一株橡樹投注的圓弧陰影下。尼可跟另一個孩童跑來跑去，下巴沾滿了早餐的殘屑。他拿起小棍子劈劈啪啪地拍打一袋垃圾，垃圾散落各處，但除了我之外，沒有人察覺。蓋伊的黑狗跑到草地上，駱馬們一陣騷動，跨著高步來回奔走。我偷看海倫一眼，她似乎還好，頂多只是執意擺出高高興興的模樣，好像剛才的事端履行了她和羅素之間的某種儀式。

那一巴掌應該是個警訊。但我希望羅素是個好人，所以他就是個好人。我想要接近蘇珊，所以我相信那些讓我留在牧場的事情。我告訴自己，有些事情不是我所能了解。我回收羅素講過的話語，重新再製，編造出一套解釋。有時他必須懲罰我們，藉此表達他對我們的愛。他不想這麼做，但是他必須為了我們的福祉著想、他必須敦促大家前進。先前的事也讓他難過。

尼可和另一個小孩已經放棄拍打垃圾，兩人蹲在草地上，厚厚的尿片鬆垮下垂。他們一臉嚴肅、正經八百地交談，講得又急又快，聲調抑揚頓挫，好像兩個小小的東方哲人，有時忽然爆出歇斯底里的笑聲。

※

時候已晚。我們喝著鎮上一加侖一加侖販售的葡萄酒，酒質混濁，我們的舌頭沾染了沉渣，渾身發燙，有點反胃。米契已經站起來，準備回家。

「妳們何不跟米契一起走？」羅素主動提議，他捏捏我的手，像打暗號。

他和米契是否互看一眼？說不定是我自己想像他們交換了眼神。那天的種種覆著一層迷惘的薄紗，因此，不知怎麼地，薄暮之時，蘇珊和我竟然開車載米契回家，開著他的車子沿著馬林郡的小路飛馳。

米契坐在後座，蘇珊開車，我坐在前座。我一直從後視鏡偷瞄米契，他似乎迷失在漫天的白霧之中，而後忽然回過神來，饒富趣味地盯著我們。我不太明白我們為什麼被指派開車送米契回家，信息的傳遞有其選擇性，我只知道自己有機會跟蘇珊同行。狹窄的小路穿梭於塔瑪佩斯山的陰影之間，車窗全都敞開，泥土的氣息隨著夏天的微風飄進車內，旁人的車道、旁人的生活，一一掠過窗外，纏繞成圈的軟膠水管、嬌美的木蘭花，一一閃逝而過。有時蘇珊開錯了車道，我們既是興奮，又是困惑，放聲尖叫，但我的吶喊不怎麼響亮，因為我不相信自己可能碰上什麼壞事，最起碼沒有多想。

※

米契換上一套狀似睡衣的白色長衫，那是他在印度聖地瓦拉那西旅居三星期的紀念品。他遞給我們每人一杯酒——我聞到一股琴酒的味道，還有別的，稍微苦苦的。我輕鬆自在地喝下；我嗑藥嗑得極度昏沉，不停吞嚥口水，開始覺得鼻塞。我暗自輕笑。我竟然待在米契．路易斯的屋子裡，置身他那些胡亂堆放的寶貝和看來簇新的傢俱之間，感覺真是奇怪。

「『傑佛遜飛船』在這裡住了幾個月，」他說。他使勁地眨眨眼。「還有他們那隻狗，」他環顧屋內，繼續說下去。「那種白色的大狗叫什麼來著？紐芬蘭犬？它把草坪搞得亂七八糟。」

他似乎不介意我們不理他。他神情呆滯，恍惚失神，靜默不語。突然之間，他站了起來，放了一張唱片。他調高音量，把我嚇了一跳，但蘇珊大笑，催他把音量調得更大聲。他放自己的歌，讓我覺得有點肉麻。他的鮪魚肚緊貼長衫，長衫飄來飄去，好像一件洋裝。

「妳們兩個真有意思，」他鬱鬱地說。他看著蘇珊翩翩起舞，她骯髒的雙腳踩踏白色的地毯，她剛才在冰箱裡找到雞肉，用手指撕成一片一片，這會兒一邊嚼，一邊扭腰擺臀。

「可納燉雞，」米契說。「『偉克商人餐廳』的名菜。」這話真是庸俗無趣——蘇珊和我互看一眼。

「怎麼了？」米契說。當我們笑個不停，他也跟著大笑。「真有意思、真有意思，」他在樂聲中不停重覆。他一直說他認識的某個演員多麼喜歡這首歌。「他真的聽懂了，」他說。「而且放個不停。這傢伙真是上道。」

妳可以把某個知名人士當作普通人看待，妳可以看到他每一個令人失望、平凡無奇之處，妳可以注意到他的廚房聞起來像是還沒有拿出去倒的垃圾，對我而言，這些全都相當新奇。牆上一個個微白的方印，照片曾經懸掛在此；白金唱片堆放在床頭，依然尚未拆封。蘇珊表現得好像我和她才是要角，只不過跟米契玩些小把戲。我們是主角，米契是配角，我們同情他、可憐他，但也謝謝他為了我們的快樂而犧牲了自己。

米契有些古柯鹼，他小心翼翼地把粉末灑在一本超覺靜坐的書本上，帶著詭異而疏離的神情瞪著自己的雙手，好像不相信那兩隻手屬於他，那副模樣幾乎讓人看不下去。他把古柯鹼分成三份，緊盯三道白白的粉末。他不厭其煩地一再劃分，直到其中一道比其他兩道粗長，然後很快地吸進去，重重喘口氣。

「啊，」他長嘆一聲，往後一靠，喉頭紅通通，冒出一根根金黃粗硬的細毛。他把書本遞給蘇珊，蘇珊踏著舞步走過來，吸進一道白粉，我吸進最後一道。

古柯鹼讓我想要跳舞，所以我手舞足蹈。蘇珊抓住我的手，對我微微一笑。那一刻真奇怪：我們為了米契翩翩起舞，我卻被她的目光沖昏了頭，眼裡只見她的催促。她一臉愉悅，看著我手舞足蹈。

米契想要講話，跟我們說一說他的女朋友。他告訴我們，她氣沖沖地說她需要一點空間，拋下他跑到馬拉喀什，從那之後他就非常寂寞。

「鬼扯，」他一直說。「鬼扯，鬼扯。」

我們縱容他；我讓蘇珊帶頭，她點點頭聽他說話，但時而朝著我不屑地翻白眼，時而鼓舞他再說兩句。那天晚上他提到琳達，但這個名字對我不具任何意義。我幾乎沒有聽他說話：我先前拾起一個小木盒，盒裡裝了小銀珠，嘎嘎作響，我把盒子傾向一側，想要讓珠子滾進彩繪上色、形似龍嘴的小洞。

等到事發之時，琳達已是他的前女友，而且年僅二十六歲，但對當年的我而言，「二十六歲」似乎是個模糊的概念，猶如遠遠的敲門聲。她的兒子克里斯多福五歲大，但已造訪十個國家，好像他媽媽那一小袋聖甲蟲首飾，被她帶著四處旅遊。她把雜誌捲起來塞進鴕鳥皮的靴子裡，這樣靴子才不會變形。琳達面貌姣好，但我確定她的容貌會隨著歲月而變得低俗或是可鄙。她跟她金髮的小男孩睡在床上，像隻泰迪熊。

☼

我深深陷入錯覺，誤以為世界繞著我跟蘇珊旋轉、米契不過是個填補我們空缺的丑角，甚至沒有考慮其他可能性。我走進洗手間，使用米契奇怪的黑色香皂，偷窺他的浴室鏡櫃，看到櫃裡擺滿了一瓶瓶嗎啡類止痛藥錠。浴缸發出琺瑯般的光澤，空中瀰漫著一股刺鼻的漂白水氣味，因此我看得出他雇了清潔婦。

我剛上完洗手間，這時，有人門也不敲，直接把門推開。我嚇了一跳，直覺地試圖遮掩自己。我看到那個男人匆匆朝著我赤裸的大腿瞄了一眼，然後低頭退回走廊。

「對不起，」我聽到他隔著門說。懸掛在水槽旁的那一串布偶小鳥輕輕晃動。

「真的非常抱歉，」男人說。「我在找米契。抱歉打擾了妳。」

我感覺他隔著門稍作猶豫，然後輕輕敲了幾下門框，轉身離去。我穿上短褲，先前腎上腺素激增，流竄全身，此刻心情仍未完全平復。那人說不定只是米契的朋友。我吸了古柯鹼，情緒極為浮躁，但我並不害怕。想來倒也合情合理，因為那個時候，沒有人想過陌生人說不定根本不是朋友，我們相親相愛，情意綿長，無止無盡，整個宇宙都是免費暫住的處所——直到日後，我們才發覺並非如此。

⁂

幾個月之後，我意識到那個男人肯定是史卡提・韋克斯勒。他是米契的管理員，住在主屋後方的一棟小木屋裡，木屋狹小，鋪了白色的護牆板，備有一個小電爐和一個手提式電暖器，他清理熱水浴缸的濾網，幫草坪澆水，晚上過去看看米契，確定米契沒有嗑藥過量。他年紀輕輕就禿頭，戴著一副細框眼鏡，曾經就讀賓州一所軍校，後來休學遷往西部。他始終心懷軍校生的理想主義：他寫信給他媽媽，用了「宏偉」、「莊嚴」等字眼描述紅木森林和太平洋。

他將是頭一個送命——那個想要反擊、試圖逃脫的受害者。

我但願自己能夠從我們的短暫相逢之中多探究出一些意義。我真的想要相信在他開門的那一刻、我能依稀察覺其後的種種事端。但我什麼都看不出來，只見到一個一閃而過的陌生人。我完全沒有多想，甚至沒問蘇珊那個人是誰。

※

當我回到客廳，四下無人。音樂震天響，煙灰缸裡一支香煙飄送著煙霧。通往灣邊的玻璃門敞開，我走到露臺，赫然發現眼前就是大海，光影濛濛，宛如屏障，遠處即是霧中的舊金山。

岸邊不見人影。然後我聽到水聲中夾雜著變調的回音。啊，他們在那裡，兩人都在海中戲水，一朵朵白沫般的浪花圍繞在他們腳邊。米契揮舞雙手，身上那件白色長衫已如一條濕透的床單，蘇珊身穿那件她稱之為頑皮兔寶寶的洋裝，我胸口一緊——我想加入他們，但不知怎麼地，我被某種力量牽制住，一直站在通往沙灘的階梯上，嗅聞被海水浸泡的原木。我可曾預見接下來會發生什麼事？我看著蘇珊脫下洋裝，醉意濛濛、動作遲緩地甩到一旁，米契隨即湊到她身旁，低頭舔舐她赤裸的乳房，兩人立足水中，東搖西擺。明知不該，但我依然盯著看，過了一會兒才移開視線。等到我轉身、慢慢晃回屋裡時，我已經六神無主，茫然孤寂。

我調低音樂的音量，關上冰箱。蘇珊先前讓冰箱開著，那盤米契堅稱是「可納燉雞」的雞肉被剝食得只剩骨架，粉嫩的雞骨泛著寒光，看了令人反胃。我心想，我永遠只是那一個關上冰箱的人；蘇珊任憑米契予取予求時，我也只能像個幽靈似地站在階梯上觀看。沒錯，我始終只是這種人。一股妒意逐漸在我心中翻騰。當我想像他的手指伸進她體內、她嚐起來八成帶點海水的鹹味，我感到異常苦惱，也有點困惑——情勢怎麼轉變得如此迅速，轉眼之間，我又成了局外人。

古柯鹼引發的快感已經消退，因此我只感覺到藥癮過後的空虛。我不累，但我不想坐在沙發上，等候他們走進屋裡。我找到一間沒有上鎖、看似客房的房間：櫃子裡沒有衣服，床鋪稍微凌亂，床單聞起來陌生，床頭小桌擱著一只金耳環。我想到自己的家、我自己那床毯子，忽然之間，我好想在康妮家過夜。我好想蜷起身子靠著她的背，擺出一如往昔的睡姿，蓋上她那件印著粗粗胖胖、卡通彩虹圖樣的被單。

我躺在床上，等著聆聽蘇珊和米契在另一個房間發出聲響，好像我是蘇珊的大老粗男友，心中同樣充滿殺氣騰騰、理直氣壯的憤怒。我氣的不是她，或說不全然是她——我對米契的恨意如此強烈，甚至令我難以入眠。我想要讓他知道她先前一直嘲笑他，我想要明確地表達我先前多麼同情他。滿腔怒意卻無處發洩，怒火中燒又有什麼用？萬般情緒在內心遭到扼殺，我像個半大不小的孩子，尖酸刻薄，暴躁易怒，這種感覺多麼熟悉。

❊

日後回想，我幾乎可以確定琳達和她的小兒子就是睡在那個房間，即使我知道還有其他房間、其他可能。等到兇案發生的那一晚，琳達和米契已經分手，但兩人還是朋友，一星期之前，米契還送了一隻超大的長頸鹿玩偶當作克里斯多福的生日禮物。琳達之所以待在米契家，純粹是因為她在舊金山的公寓四處長霉——她打算在米契家住兩晚，然後帶著克里斯多福搬到伍德賽德，跟她那個開了好幾家海鮮餐廳的男朋友同住。

案發之後，我在電視的脫口秀節目看過那個男人，他滿臉通紅，拿著手帕按按眼睛。我心想，他是不是修過指甲？他告訴主持人，他打算跟琳達求婚，但誰知道這話是否屬實。

❊

清晨三點左右，有人敲敲我的房門。原來是蘇珊。我還沒回應，她就跌跌撞撞地走進來。她渾身赤裸，香煙的煙味和海水的鹹味隨著她湧入房裡。

「嗨，」她邊說、邊拉拉我的被子。

我先前盯著一成不變、陰暗灰黑的天花板，半睡半醒。昏昏沉沉，她旋風似地衝入房裡，猶如來自夢中，但聞起來依然像她。她爬進被子裡，在我身邊坐下，被單愈來愈濕熱。我相信她為了我而來；她過來找我，對我表達歉意。但當我看到她迫切的神情、她嗑藥嗑得迷濛失焦的雙眼，我馬上知道我想錯了——她不是為了我而來，而是為了他。

「來吧，」蘇珊說，她放聲大笑，在怪異的藍光中，她的臉孔感覺陌生。「很棒喔，」她說，「妳馬上就曉得。他很溫柔。」

她說的好像我頂多也只能指望如此。我往後一靠，抓緊床單。

「米契是個怪胎，」我說。我終於意識到我們置身在陌生人家中、這間客房太大、太空蕩、散發著其他人的體臭。

「伊薇，」她說。「別這樣。」

她靠得好近，黑暗之中，她目光灼灼，眼神銳利。她好整以暇、不急不徐地在我唇上印上一吻，舌頭滑進我嘴裡，舌尖沿著我的牙齒游移。她在我的唇邊微微一笑，說些我聽不到的話。

我可以嚐到古柯鹼在她嘴裡的餘味，有如大海般幽冥。我往前一傾，想要再親吻她，但她已經悄悄挪開身子，露出微笑，好像這只是一場遊戲。她柔柔地把玩我的頭髮。

我心甘情願地曲解她的意思，誤讀種種跡象。我能做的只是遵循她的要求，讓她解開心結，回應我的感情。她跟我一樣受到桎梏，但我始終看不出來，我只是輕易地任她擺佈，好像玩具木盒裡嘩啦作響的小銀珠，順著她的操控變動方向，盼望著水到渠成，滾入彩繪上色的小洞。

✲

米契的臥房好大，瓷磚地板好冷。床鋪架在一個墊高的平臺上，刻著峇里雕像。當他看到我跟著蘇珊走進來，他咧嘴一笑，一口白牙飛快閃過我的眼前。他朝著我們張開手臂，赤裸的胸膛覆著一叢胸毛。蘇珊直接走向他，但我坐在床邊，雙手交握，擱在膝上。米契往後一躺，手肘撐著身子。

「別坐在那裡，」他拍拍床鋪。「來，過來這裡。」

我靠過去，在他身邊躺下。蘇珊像隻小狗似地挨近他，我可以感覺她漸漸失去耐性。

「我還不想要妳，」他對她說。我看不到蘇珊的臉，但我可以想像這話肯定傷了她的心。

「妳可以把這東西脫掉嗎？」米契伸手輕拍我的內褲。

我感到羞愧；我的四角內褲顯得孩子氣，而且褲頭鬆垮。我把內褲順著臀部褪下，直褪到膝蓋。

「喔，老天爺啊，」米契邊說邊坐起。「妳可以把腿張開一點嗎？」

我照辦。他伏在我身上，我可以感覺他的臉湊向我孩子氣的內褲，他的鼻息濕熱，好像一頭野獸。

「我不會碰妳，」米契說，我知道他在說謊。「老天爺啊，」他重重喘氣，揮手示意蘇珊過來，一邊喃喃自語，一邊擺弄我們，好像我們是一對洋娃娃。他挑三揀四，低聲抱怨，對象倒不特定。蘇珊朝著我一望，猶如那個陌生房間裡的一個陌生人，我熟知的蘇珊似乎已經消失。

他把我的舌頭吸吮到他的嘴裡。米契吻我時，我多半可以保持挺直，帶著空洞的疏離感任由他的舌頭在我嘴裡探索，即使當他把手指伸到我體內、好奇而茫然地搓弄，我也多半可以躺著不動。米契抬高身子，用力一頂，進入我的體內，當他察覺碰到阻礙，他微微呻吟，在手上吐吐口水，摩擦我的下體，然後再試一次。忽然之間，他在我的腿間衝刺，我稍感訝異，也有點不敢置信，不停暗自心想：果真發生了、果真發生了，然後我感覺蘇珊把手伸過來，悄悄抓住我的手。

說不定米契用手肘把蘇珊推向我，但我沒看見。當蘇珊的嘴再度吻上我雙唇，我騙自己，心想她這麼做是為了我。我告訴自己，這是我們之間的親密方式，米契只是背景噪音，有了他當藉口，她才准許自己急切地親吻我、彎起手指探索我。我可以聞到自己，也可以聞到她。她凝重地、深深地喘息，而我相信她是為了我發出聲響，好像她的歡愉是某個米契難以辨識的音調，只有我聽得見。她把我的手移到她胸前，當我愛撫她乳頭，她渾身顫抖，閉上雙眼，好像我做了讓她開心的事。

米契從我身上滾下來，一邊觀看，一邊揉捏他潮濕的龜頭，床墊被他壓得歪向一側。我不停親吻蘇珊，那種感覺跟親吻男人大不相同。男人們硬生生地調情，以為那就叫做親吻，而不像我倆這樣好整以暇，清清楚楚地表達心中的情意。我假裝米契不在場，即使我可以感覺他在旁邊看著，懶懶地張著嘴，好像敞開的後車廂。當蘇珊試圖分開我的雙腿，我有點羞怯，但她仰頭朝著我微笑，所以我任由她動手。她的舌頭起先猶豫不決，然後她的手指也伸進我下體，我居然這麼濕、居然發出這種喘息，好羞恥。強烈的歡愉有如閃電般流竄腦際，那種感覺如此陌生，我甚至不知道如何形容。

米契接著操我們兩人，好像他可以矯正我們、消弭我們對彼此的偏好。他大汗淋漓，使勁操幹，眼睛瞇成一團，床鋪漸漸從牆邊挪動。

隔天早上醒來，看著我骯髒的內褲揉成一團、橫躺在米契的瓷磚地板上，心中升起一股無助的羞愧，我幾乎潸然淚下。

⁂

米契開車載我們回牧場。我看著窗外，靜默不語。一棟棟屋宅一閃而過，似乎久無人居，昂貴的汽車隱身在淺灰的罩套中。蘇珊坐前座。她不時轉頭對我微笑，我看得出她有意致歉，但我板著一張臉，心房有如拳頭般緊閉。我尚未容許自己沉溺於哀傷之中。

我猜我是故作堅強壓制惡劣的心情，好像我可以裝出無所謂的模樣、漫不經心地偷偷想蘇珊，藉此取代心中的哀傷。沒錯，我跟男人發生了性關係：那又怎樣？性愛不過是另一個生理機制，沒什麼大不了，就像吃東西，每個人都做得來，了無新意。人們唱著高調，不痛不癢地規勸妳耐心等待，把自己當作禮物，獻給妳未來的丈夫；但是性愛本身竟如此單純，倒是讓人鬆了一口氣。我從後座凝視蘇珊，看著她大笑回應米契說的話、動手搖下車窗。她的長髮在疾風中飄揚。

✲

米契慢慢把車停在牧場上。

「兩位，再見囉，」他邊說、邊揮一揮粉紅的手掌，好像他先前只是帶我們出去吃冰淇淋、三人無傷大雅地出遊、這會兒他把我們送回爸媽安適的家中。

蘇珊立刻二話不說拋下我，跑去找羅素。後來我才意識到她肯定急著跟羅素報告，讓他知道米契看來如何、我們是否讓米契開心到改變心意。那個時候，我只注意到她拋下我。

我試著找些事情忙，比方說在廚房跟唐娜一起剝大蒜，我依照她的示範，用平坦的刀面在流理台上拍打蒜瓣。唐娜調撥收音機的頻道，從頭到尾轉了一圈，然後再倒轉回來，收音機傳出種種雜音，偶爾冒出爵士小喇叭手赫伯．艾爾柏特劈劈啪啪的樂聲。她終於放棄，繼續用力捶打一大團黑黑的麵團。

「蘿絲把凡士林抹在我的頭髮上，」唐娜說。她搖搖頭，頭髮幾乎紋風不動。「等我洗了頭，頭髮會變得非常柔軟。」

我沒有回答。唐娜看得出來我心不在焉，瞇起眼睛上下打量我。

「他有沒有帶妳參觀後院的噴泉？」她說。「他在羅馬買的。米契家裡的氣場非常強，」她繼續說。「很多電離子，因為屋子靠海。」

我的臉一紅，試圖專心剝除薄薄的蒜皮。忽然之間，收音機的嗡嗡雜訊聽來惡毒，彷彿玷汙人心。播音員講話的速度好快。她們全都去過那裡，我忽然頓悟，人人都曾造訪米契那棟坐落在海邊的怪異屋宅。我遵循了某種模式，扮演了某種角色，我純粹只是個女孩，提供大夥心知肚明的服務。難道這就是我人生的意義？我難掩心中的羞愧，但是人生的意義倘若如此明確，幾乎也是個福分。當時的我還不明白，其實妳可以要的更多。

我沒有看到噴泉。我沒有跟她說。

唐娜的眼睛閃閃發光。

「妳知道吧，」她說，「蘇珊的爸媽從事瓦斯之類的生意，其實很有錢。她從不曾無家可歸，也絕對不是遊民。」她邊說、邊在流理台上揉麵團。「她沒有淪落到任何一家醫院，她說的全都是鬼話，她頂多用迴紋針刮出幾道歪七扭八的傷痕。」

食物的殘渣在水槽裡逐漸腐爛，我有點反胃。我聳聳肩，好像不在乎哪一方說了真話。

唐娜繼續說。「妳不相信我，」她說。「但我說的是實話。我們先前待在曼多西諾，借住在一個蘋果果農家裡，她吸了太多迷幻藥，想要拿支迴紋針在身上刮幾道，我們出聲阻攔，叫她住手。她甚至沒流血。」

當我沒有反應，唐娜啪地把麵團甩到一個大碗裡，用力捶平。「隨便妳怎麼想，」她說。

☼

稍後蘇珊走進她的臥房，我正在換衣服，一看到她，我馬上弓起身子，護住自己光裸的胸部。蘇珊注意到我的舉動，似乎打算嘲諷幾句，但想了想還是壓下沒說。我看到她手腕上的疤痕，但沒有多想那些令人不安的問題——唐娜只是忌妒，別管她和她那頭抹了凡士林、跟老鼠毛一樣骯髒粗硬的頭髮。

「昨天晚上真刺激，」蘇珊說。

當她試圖伸手攬住我，我往後抽身。

「噢，得了吧，妳也喜歡，」她說。「我看在眼裡。」

我擺了一個噁心的鬼臉——她大笑。我專心收拾床單，好像這張床鋪怎麼樣都不像個霉味沖天的狗窩。

「好吧，」蘇珊說。「我有個東西讓妳開心。」

我以為她要道歉，不過我想了想，說不定她打算再吻我。陰暗的房間忽然令人窒息。我幾乎可以感覺她悄悄往前一傾、好像即將吻我——但蘇珊只是把她的袋子甩到床上，袋緣的流蘇在床墊上漫開。袋裡的東西沉甸甸，她得意洋洋地看了我一眼。

「打開吧，」她說。「看看袋子裡。」

我不為所動。蘇珊忿忿地哼了一聲，被我的頑固激怒，自己動手打開袋子。眼前閃過一道怪異的銀光，還有幾個尖銳的邊角。我不曉得那是什麼。

「拿出來吧，」蘇珊不耐煩地說。

那是一張鑲嵌在玻璃裡的金唱片，遠比想像中沉動。

她用手肘推推我。「我們唬弄了他，是吧？」

她的神情之中帶著期待——難不成這張唱片可以解釋些什麼？我盯著刻在一個小牌匾上的名字：**米契・路易斯**。**太陽王專輯**。

蘇珊放聲大笑。

「天啊，妳應該看看妳自己的表情，」她說。「妳不曉得我跟妳同一國嗎？」

唱片在黑暗的房間裡散發出濛濛的白光，就連唱片上閃閃發亮、精美大方的埃及圖樣也無法激發任何感覺——它只是一樣取自那棟奇怪屋宅的物品，毫無價值可言。唱片沉甸甸，我的手臂卻被壓得疲乏。

9

門廊嘎嘎作響，嚇了我一跳，接著傳來我媽媽漸漸消散的笑聲和法蘭克重重的腳步聲，我人在客廳，伸長手腳躺在外公的椅子上，閱讀我媽的一本McCall's雜誌。雜誌照片裡的火腿有如生殖器般晶瑩光滑，擺放在一圈鳳梨片之間，蘿倫・赫頓穿著性感撩人的胸罩，懶洋洋地躺臥在崎嶇不平的懸崖上。我媽和法蘭克高聲交談，走進客廳，但一看到我，兩人就住口。法蘭克蹬著他的牛仔靴，媽嚥下她剛才說的話。

「甜心，」她眼光迷濛，身子搖搖晃晃，足以讓我看出她喝醉了、而且試圖掩飾，但她坦露在薄紗襯衫外的頸背微微發紅，洩漏了她的祕密。

「嗨，」我說。

「甜心，妳怎麼在家？」我媽走過來抱我，我沒有抗拒，即使她身上飄散著濃濃的酒味和殘餘的香水味。「康妮生病了嗎？」

「沒有，」我聳聳肩，繼續閱讀雜誌。下一頁：一個女孩穿著奶黃色束腰長衫，跪在一個白盒之上，啊，Moon Drops的香水廣告。

「妳通常匆匆忙忙地進出家門，只待了一下，」她說。

「我只是想要待在家裡，」我說。「這裡也是我的家，不是嗎？」

媽微微一笑，順順我的頭髮。「妳真是個漂亮的女孩，對不對？這裡當然是妳的家。她是不是很漂亮呢？」她轉頭對法蘭克說。「妳真是個漂亮女孩，」她又說了一次，但不曉得跟誰說。

法蘭克也微微一笑，但看來煩躁。我怎麼注意起兩人之間種種細微的權力消長？佯裝作態、你來我往、試圖掌控彼此？我不想知道，卻已注意到這些事情，真是厭煩。感情為什麼不能互惠？雙方為什麼不能以相同的比率、持續累積感情的成本？我啪地一聲闔上雜誌。

「晚安，」我說。法蘭克的手擱在我媽的薄紗襯衫上，我不願意去想像接下來會發生什麼事，我媽已經警惕到關了燈，急著隱身於掩飾她種種缺點的黑暗之中。

⁂

我騙自己做起春秋大夢，我以為若是離開牧場一陣子，蘇珊就會突然出現在面前，要求我回到她身邊。我貪婪地享受寂寞的滋味，好像吃下成排蘇打餅乾，飽嚐一口口鹹香。我收看電視影集「神仙家庭」，忽然覺得莎曼珊真討人厭。她翹起鼻子、一副自命不凡的模樣，她經常讓她先生出糗，他卻癡情地、不顧死活地愛著她，讓自己成了笑點，看了令人光火。有天晚上，我駐足端詳那張掛在玄關、製片公司幫我外婆拍的照片，她上了髮膠，燙了捲髮，容貌姣好，氣色極佳，唯有雙眼似乎昏昏欲睡，好像剛從朦朧的夢境中醒來。我意識到我們毫無相似之處，想來爽快。

我朝著窗外抽幾口大麻，一邊看書一邊手淫，直到把自己搞得筋疲力盡。我可能讀漫畫書，可能讀雜誌，其實並無所謂，那只是一副副軀體，讓我放任自己盡情想像。說不定是一頁道奇汽車的廣告，廣告裡的女孩戴著雪白的牛仔帽，露出微微的笑容，在我激情的想像中，她化身為一個淫蕩的女子，神情呆滯，面色潮紅，吸吮，舔舐，下巴沾滿口水濕淋淋。我應當明瞭我跟米契共度的那一夜，別把事情看得太嚴重，但我感受到的只是一股頑強、拘謹的憤怒。那張愚蠢的金唱片。我想了又想，試圖從種種跡象中混搭出全新的意義。米契那張淫蕩好色的臉孔，汗水一滴滴落到我身上，逼得我不得不把頭轉開。我可曾漏掉什麼重要的跡象？蘇珊可曾背著米契、意味深長地看了我一眼？

※

隔天早上，我很高興地發現廚房裡沒人，我媽在洗澡，我加了一些糖在咖啡裡，然後拿著一排蘇打餅乾在桌邊坐下。我喜歡咬碎餅乾、含在嘴裡、喝口咖啡、灌下一團黏糊糊的碎屑。我非常專注地做這項例行公事，甚至沒有察覺法蘭克走進廚房，他忽然冒出來，嚇了我一跳。他拉出另一把椅子，一邊坐下、一邊把椅子往前挪。我看著他端詳蘇打餅乾的碎屑，不禁微微感到羞愧。我正想溜開，但我還未行動，他就開口。

「今天打算做些什麼要緊的事情嗎？」他問我。

這會兒他想要跟我結為好友。我把餅乾一字排開，拍掉手上的碎屑，忽然之間變得龜毛。

「沒有，」我說。

喬裝出來的耐心多麼迅速就消磨殆盡。「妳只打算在家裡閒晃？」他問。

我聳聳肩；那正是我的打算。

他的臉頰微微牽動。「最起碼出去外面透透氣，」他說。「妳老是待在房間裡，好像被關起來似地。」

法蘭克沒穿他的牛仔靴，腳上只套著雪亮的白襪子。我壓下輕蔑的哼聲；一個大人只穿著襪子，看在眼裡真荒謬。他注意到我嘴角抽動，神情隨之激動。

「妳覺得每件事情都很好笑，對不對？」他說。「想幹嘛就幹嘛。妳覺得妳媽沒有注意到怎麼回事嗎？」

我身子一僵，但沒有抬頭。他講的可能是好多事情：牧場、我跟羅素做了什麼、米契、我怎麼想著蘇珊。

「前幾天她非常困惑，」法蘭克繼續說。「她丟了一些錢，鈔票直接從她的皮包裡不見了。」

我知道我的臉頰已經通紅，但我保持沉默，緊盯著桌面，瞇起眼睛。

「別刁難她，」法蘭克說。「好不好？她是個好女人。」

「我沒偷錢。」我的聲調高亢而虛假。

「我們姑且說是『借錢』吧。我不會打小報告。我了解。但妳應該停手。她非常愛妳，妳知道吧？」

浴室裡再無聲響，這表示我媽很快就會出現。我試圖估量法蘭克是否真的什麼都不會說——我曉得他想要表達善意，不願讓我惹上麻煩。但我不想欠他什麼，也不願去想他曾經試圖扮演過父親的角色。

「鎮上依然舉辦慶典，」法蘭克說。「今明兩天都有活動。說不定妳可以去看看，好好玩一玩。我相信妳媽看到妳保持忙碌，肯定很開心。」

當媽一邊拿著浴巾擦乾頭髮、一邊走進廚房，我馬上擺出快樂的表情，好像我正開心地跟法蘭克聊天。

「珍恩，妳不覺得這個主意不錯嗎？」法蘭克盯著我媽說。

「什麼主意？」她說。

「伊薇是不是應該到鎮上參加嘉年華會？」法蘭克說。「那個百年慶？找些事情讓自己忙一點？」

我媽馬上採納這個不怎麼樣的點子，將之視為靈光乍現的好主意。「我不確定那是不是百年慶——」她說。

「好吧，鎮上的派對，」法蘭克插嘴，「百年慶、嘉年華會，怎麼說都行，反正就是鎮上的活動。」

「但那真是一個好點子，」她說。「妳會玩得很開心。」

我可以感覺法蘭克看著我。

「嗯，」我說。「好吧。」

「真高興看到你們兩個聊得開心，」我媽怯怯地說。

我扮了一個鬼臉，拿起我的馬克杯和餅乾，但我媽並未察覺：她已經彎下腰親吻法蘭克。她的浴袍微微敞開，所以我能隱約看到她被太陽曬得紅斑點點的乳溝，不得不移開視線。

☼

結果鎮上的派對不是百年慶，而是一百一十年慶，這個怪裡怪氣的數字似乎反映出現場的氛圍，各項活動顯得枯燥乏味，說它是個嘉年華會未免過譽，即使鎮上大多居民都出席與會。公園裡有個餐盒募款活動，高中的環型劇場上演一齣創鎮始末的舞台劇，學生會的會員們穿著戲劇系縫製的戲服，揮汗如雨地賣力演出。街道交通管制，禁止車輛通行，結果我發覺自己置身擁擠吵擾的人群中，大家藉著休閒娛樂之名，你推我擠，你爭我奪。先生們神情緊繃，好像不得不善盡義務，一副飽受委屈的模樣，妻小各據身旁，小孩吵著要絨毛玩具、淺白甜酸的檸檬汁、熱狗和烤玉米。這樣叫做玩得開心？河中已經積滿垃圾，爆米花紙袋、啤酒空罐、紙扇緩緩漂流。

我媽非常佩服法蘭克奇蹟似地說動我出門，這正是法蘭克的企圖，因為這樣一來，她就可以幻想他已輕而易舉地化身慈父。人們以為我會玩得開心，我就姑且服膺他們所謂的「開心」：我吃了一杯雪球剉冰，紙杯悄悄軟化，到後來糖水滲了出來，沾得我滿手都是。我丟掉剩下的剉冰，但手上已經沾滿糖水，即使在短褲上抹了抹，雙手依然黏答答。

我在人群之中晃蕩，遊走於一個個樹蔭之間。我看到認識的小毛頭，但他們是背景人物，我在學校裡始終不曾花時間跟他們打交道。雖說如此，我依然左思右想、徒勞無功地試圖記起他們的姓名。諾曼·莫洛維奇。吉姆·舒馬克。他們大多是農家子弟，靴子聞起來像是腐土。他們在課堂上細聲細氣地回答問題，只有被叫到名字才開口說話。他們戴著牛仔帽，帽子一翻過來，我就看到桌上出現一小圈泥土。他們彬彬有禮，品行端正，身上微微散發著乳牛和苜蓿草的氣味，猶如小妹妹般清純。這些男孩依然尊重父親的權威，踏進母親的廚房之前不忘先擦拭靴子，他們絕對不像牧場上的那群人，而牧場上的那群人肯定會可憐這些男孩。我不知道這會兒蘇珊在做什麼——說不定在溪裡游泳，或是跟唐娜、海倫閒晃，甚至躺臥在米契身旁，想到這裡，我不禁緊咬下唇，咬出一圈蒼白的齒印。

⁂

我只需要在嘉年華會上再多待一會兒，讓法蘭克和我媽以為我參與了不少社交活動，然後我就可以回家。我試圖擠過人群，朝向公園前進，但到處都是人——遊行的隊伍已經緩緩前進，小貨車的貨台被皺紋紙紮成的市政廳壓得下沉，銀行職員和打扮成印地安人的女孩們從遊行花車上揮手，樂旗隊的樂聲轟轟隆隆，讓人倍感壓迫。我東歪西拐地擠出人群，急急走向隊伍的外圍，沿著比較安靜的周邊巷道行走。樂旗隊的樂聲愈來愈響亮，遊行隊伍沿著東華盛頓街蜿蜒前進。我聽到幾聲尖銳、虛假的笑聲，頓時分神：我還沒抬頭就知道笑聲是衝著我來。

原來是康妮，還有小梅。康妮手腕上勾著一個網狀手提袋，袋子沉甸甸地下垂，我看得出袋裡裝了一罐橘子汽水和其他雜貨，我也看得出康妮把泳衣穿在襯衫裡，顯示她們如何度過這一天：暑氣逼人，百般無聊，橘子汽水的氣泡慢慢消失，泳衣攤放在門廊上慢慢晾乾——好一個平淡無奇的夏日。

我頭先覺得鬆了一口氣，好像開進自家車道，感覺熟悉而安心。然後種種事件啪搭一聲湊在一起，頓時令我心神不寧：康妮生我的氣，我們已經不是朋友。我看著康妮慢慢擺脫先前的驚訝，小梅瞇起獵犬般的眼睛，等著看好戲。她戴著牙套，嘴巴顯得更大。康妮和小梅交換幾句悄悄話，然後康妮緩緩往前移動。

「嗨，」她說，口氣謹慎。「最近還好嗎？」

我原本以為她會怒氣沖沖、滿口嘲弄，但她表現得相當正常，甚至似乎高興見到我。我們已經快一個月沒說話。我看看小梅，尋覓蛛絲馬跡，小梅卻始終一臉茫然。

「還好，」我說。歷經過去這幾個星期的種種和牧場的洗禮，我應當變得比較堅強，也比較不會跟往常一樣小題大作、兩人吵得不可開交。但昔日的心境竟然如此迅速地重新浮現：我好想跟她們作伴。希望她們喜歡我。

「我們也還好，」康妮說。

我忽然對法蘭克心生感激——幸好我來了，跟康妮這種人相處真愉快，我們純粹只是朋友，我對她們的了解超越歲月的更迭，她們也不像蘇珊那麼複雜、那麼令人費解。我想起康妮和我以前看電視看到頭昏眼花，兩人躲在浴室裡，就著刺目的燈光捏擠彼此背上的青春痘。

「好無聊，是吧？」我指指遊行的隊伍說。「一百一十周年。」

「這附近有些奇怪的人。」小梅輕蔑地說，我心想她說的是不是我。「他們在河邊逗留，臭氣沖天。」

「沒錯，」康妮說，口氣比較和善。「舞台劇也有夠無聊，蘇珊．賽爾的洋裝幾乎透明，每個人都看得到她的內褲。」

她們互看一眼。我忌妒她們擁有共同的回憶，她們肯定一起坐在台下，艷陽高照，兩人都覺得無聊。

「我們打算去游泳，」康妮說。她們似乎都覺得這句話相當滑稽，我遲疑地附和，好像我也聽懂了。

「嗯，」康妮似乎默默地跟小梅打個商量。「妳要不要跟我們一起去？」

我應該知道這事不會有好下場。一切進展得太順利，她們不會輕易容忍我的背棄。「一起去游泳？」

小梅點點頭，往前跨了一步。「沒錯，去『牧野俱樂部』游泳。我媽可以開車載我們去。妳要不要一起去？」

她們居然以為我會跟她們去，簡直可笑極了，有如時空錯亂般荒謬，好像眼前出現一個平行宇宙，在那個宇宙中，康妮和我還是朋友，小梅．羅佩茲邀我們去「牧野俱樂部」游泳。妳可以在俱樂部裡喝杯奶昔，吃份烤起司三明治，焦黃的起司有如蕾絲皺摺，為三明治鑲上花邊，口味單純，適合孩童食用，每樣東西都由爸媽買單，妳只要簽上他們的名字就行了。我想起跟康妮在一起多麼自在、多麼熟悉，放任自己覺得受邀是個榮幸。我對她家瞭如指掌，甚至想都不用想就知道每一個碗盤、每一個被洗碗機洗得杯緣參差不齊的塑膠杯放在那個櫥櫃。在友誼的道路上，我們並肩同行，單純合拍，毫不複雜。

就在那一刻，小梅朝著我跨步，把一罐橘子汽水往前一丟：汽水斜斜地濺到我臉上，沒有把我潑濕，只是滴到我身上。哎喲，我心想，感覺胃部下墜，果然不出所料。停車場似乎斜向一側。汽水微溫，滴落在柏油路上，可以聞到化學添加物的異味。小梅丟下幾乎淨空的汽水罐，罐子滾了一會兒，慢慢停下來。她得意洋洋，臉頰猶如閃閃發亮的銅錢，似乎被自己的膽大妄為嚇了一跳。康妮比較猶豫，臉頰猶如微光顫動的燈泡，當小梅搖晃手中的袋子、嘎啦嘎拉、猶如搖鈴示警，康妮的臉頰才散發出十足的光芒。

汽水沒有濺到我。情況可能更糟：她們可能真的把我渾身潑得濕淋淋，而不只是這種三腳貓的把戲。但不知怎麼地，我卻希望自己被潑得渾身濕淋淋。我希望整個事件搞得聲勢浩大、不留情面，恰如我心中的屈辱感。

「夏日愉快，」小梅邊說、邊勾著康妮的手腕，興奮得聲音顫抖。

然後她們轉身離去，兩人的袋子撞來撞去，涼鞋劈劈啪啪地踩著人行道。康妮回頭看我一眼，但我看到小梅用力拉她一下。一部汽車駛過，敞開的車窗中傳來轟轟隆隆的衝浪音樂，一時之間，我以為我看到彼得的朋友亨利坐在駕駛座上，但說不定只是幻覺。難道說去想像更多人參與她們的陰謀、佈下一張更龐大的天羅地網、讓我難逃她們幼稚的羞辱、這樣就會讓我好過一點嗎？

✻

我壓下心中的激怒，拼命維持平靜的神情。我生怕有人看著我，察覺出我的脆弱，即使我確信我的脆弱顯而易見——我臉孔緊繃，一副受到傷害的模樣，好像拼命告訴自己：沒事、沒事、那只是個誤會、那只是幾個女孩打打鬧鬧。「神仙家庭」的達倫板著一張大餅臉，神情驚愕，哈哈、哈哈、哈哈，幕後傳來罐頭笑聲，沒事、沒事，那副神情沒什麼意義。

不過兩天沒見到蘇珊，我卻已輕易地重新陷入枯燥無味的生活軌道，不著痕跡地變回那個平凡的少女——康妮和小梅那套愚蠢的把戲。我媽媽那雙冰冷的手，突如其來地貼上我的頸背，好像想要把我嚇得愛她。這個無聊的嘉年華會，這個無聊的小鎮。我幾乎忘了為什麼生蘇珊的氣，好像先前把一件舊毛衣收起來，這會兒想不起來放在哪裡。我想起羅素怒摑海倫，那副景象閃過腦際，勾動某些思緒，我隱隱感到不安，但我總是說得出一番道理。

隔天我就回到牧場。

✻

我看到蘇珊坐在她的床墊上，低著頭專心看書。她從來不看書，這會兒卻屏氣凝神、動也不動，看了有點奇怪。書封破破爛爛，畫了一個未來藝術風的五芒星，寫著幾個粗胖的白字。

「書裡講些什麼?」我站在門口問她。

蘇珊抬頭一看，似乎嚇了一跳。

「時間，」她說。「空間。」

一看到她，我又想起那個與米契共度的夜晚，種種景象閃過腦際，但全都模模糊糊，猶如經過雙重折射的映象。蘇珊隻字不提我為什麼離開牧場，也不提米契，她只是嘆了一口氣，把書丟到一旁。她往後一仰，躺到床上，仔細端詳她的指甲，捏捏她的上臂。

「鬆垮垮的，」她宣稱，然後等著我發出異議，好像知道我會的。

※

那天晚上我失眠，在床墊上翻來覆去。我又回到她身邊。我仔細觀察她每個神情，盯著她、看著她，專注到讓自己心痛，但也感到喜悅。

「我很高興我回來了，」我輕聲說，蒼茫的漆黑容許我說出這句話。

蘇珊半睡半醒，輕笑幾聲。「妳想要就可以回家。」

「說不定我永遠不回去。」

「無牽無掛的伊薇。」

「我是說真的。我絕對不想離開。」

「夏令營接近尾聲時，每個孩子都這麼說。」

我可以看到她翻翻白眼，我還來不及說什麼，她忽然重重喘口氣。
「我好熱，」她大聲說，然後踢掉被子，轉身背對我。

10

達頓家的時鐘非常大聲。網格籃裡的蘋果上了蠟，似乎不太新鮮。我可以看到壁爐架上擱了幾張照片，照片中的泰迪、他的爸媽、他那個嫁給ＩＢＭ工程師的姐姐，人人看來眼熟。我一直等著有人推開大門、逮到我們闖空門。陽光映照一顆貼在窗上的摺紙星星，照得它閃閃發光。達頓太太肯定好整以暇地貼上星星，讓家裡看起來漂漂亮亮。

唐娜消失在另一個房間，然後再度現身。我聽到抽屜啪啪顫動、有人翻找東西。

我看著達頓家，彷彿之前從來沒看過。我頭一次察覺地上鋪了地毯，搖椅上有個十字繡的靠枕，看起來好像是手工縫製。電視的天線微微晃動，空氣中飄散著一股味道，聞起來像是擺了太久的乾燥花。一份份報紙排放在矮桌上，一瓶阿斯匹靈忘了蓋上蓋子，擱在廚房的流理台上。少了達頓一家人，周遭似乎呈現停滯，宛如陷入泥沼。只有等他們回到家中，周遭才會重現生氣，好像那些立體圖雕，少了３Ｄ眼鏡就糢糢糊糊，戴上眼鏡才會清晰生動。

唐娜不停伸手亂碰，東西被她碰得移位。多半是些小東西：一塊藍色的雕花玻璃往左移了四英吋。一隻樂福鞋被踢到一旁，跟另一隻腳分了家。蘇珊沒碰任何東西，最起碼剛開始沒有。她睜著眼睛仔細瞧，一張張加了框的照片，一尊牛仔陶瓷雕像，全都被她看在眼底。唐娜和蘇珊看著牛仔雕像格格輕笑，我也露出微笑，但我不知道一尊雕像為什麼令她們發笑；我只感到胃裡怪怪的，陽光亮晃晃，令人兩眼昏花。

❊

那天下午稍早，我們三人一起出外到垃圾箱尋寶，我們開一部借來的龐帝亞克汽車，說不定是米契的車子。蘇珊打開收音機，調到KFRC，收聽K.O. Bayley秀。蘇珊和唐娜看起來活力十足，我也精神抖擻，慶幸自己回到她們身邊。蘇珊開進一家大型超市的停車場，玻璃窗店面，斜斜的綠屋頂，看起來眼熟。我媽偶爾到這裡買菜。

「垃圾箱尋寶時間！」唐娜大聲宣布，惹得她自己大笑。

唐娜撐起身子，翻過垃圾箱的箱口，身手有如小動物般敏捷，她拉高裙子，繞著臀部打個結，方便動手深入挖寶。她非常喜歡亂翻垃圾箱，撲撲哧哧地翻尋溼答答的廢物，從中得到樂趣。

回牧場的途中，蘇珊宣布一件事。

「我們找個地方玩玩吧，」她說，聲音大到讓唐娜也可以參一腳。

我曉得她考慮到我、試圖安撫我，我想了就開心。米契家那晚之後，我注意到她的神情多了一絲認真，也意識到她經常專注、凝神地緊盯著我。

「去哪裡？」我問。

「妳待會兒就知道，」蘇珊邊說、邊迎上唐娜的目光。「這就像是我們吃點藥，療癒內心的苦惱，」

「噢，」唐娜邊說、邊往前一傾。她似乎馬上了解蘇珊說些什麼。「沒錯、沒錯、沒錯。」

「我們得找棟房子，」蘇珊說。「而且是一棟空房子。」她飛快看了我一眼。「妳媽不在家，是吧？」

我不知道她們有何打算。但即使那時候，我也已稍稍起了戒心，也曉得最好放過自己的家。我在座椅上挪動一下身子。「她今天都在家。」

蘇珊失望地哼了一聲，但我已經想到另一棟房子，而且說不定沒人在家。我毫不猶豫地告訴她們。

我指示蘇珊怎麼走，一條條小徑變得愈來愈熟悉。當蘇珊停車、唐娜下車把泥巴抹在牌照的前兩個號碼上，我倒不怎麼擔心。我升起了一股以往沒有的勇氣，感覺自己掙脫限制，試圖將自己交由未知擺佈。我受制於一股陌生的思緒，說不定蘇珊要我做什麼、我就願意做什麼，這種感覺非常奇怪，好像追隨閃亮的河水而行，一切順勢而行，水到渠成，就是這麼單純。

這會兒蘇珊橫衝直撞，飛快駛過一個停車號誌，好一陣子根本不看路，沉醉在自己的白日夢中。她轉進我家那條街。熟悉的大門一個接著一個飛掠而過，猶如一顆顆串起來的珠子。

「到了，」我說，蘇珊放慢車速。

達頓家的窗戶式樣樸素，裝了窗簾，筆直的石板小徑直通大門。車棚裡沒有車子，只見柏油路面一灘閃亮的機油。院子裡看不到泰迪的腳踏車——他也不在家。屋子看起來空空蕩蕩。

蘇珊把車子停在街道另一頭，離屋子稍遠一點，幾乎看不見，唐娜趁機蹦蹦跳跳地走到屋側的院子。我跟隨蘇珊，但稍微躲閃，腳上的涼鞋拖拖拉拉踏過泥地。

蘇珊轉身面向我。「妳到底要不要跟我來？」

我笑笑，但我確定她看出我笑得相當勉強。「我只是不明白我們在做什麼。」

她頭一歪，微微一笑。「妳真的在乎？」

我感到害怕，卻說不出為什麼。我居然容許自己朝最壞的方面想，未免太可笑了吧。她們究竟打算做什麼——說不定偷東西。我哪知道？

「動作快一點，」蘇珊說。我看得出來她愈來愈不悅，即使依然面帶笑容。「我們不能光是站在這裡。」

午後的蔭影逐漸斜斜地穿過樹梢。唐娜從屋側的柵門再度露面。「後門開著，」她說。我胃裡一沉——不管接下來會發生什麼事，這下我已經制止不了。達頓家的小狗提奇忽然冒了出來，一邊朝著我們飛奔，一邊發出警戒的吠叫，小狗叫得好淒厲，渾身顫抖，瘦弱的肩膀不斷抽動。

「他媽的，」蘇珊低聲詛咒。唐娜也後退一步。

小狗或許是個不錯的藉口，我心想，我們可以就此擠進車裡，返回牧場。我多少希望如此。但我也多少想要滿足心中這股病態的衝動。達頓一家似乎也是加害者，就像康妮、小梅、我爸媽，全都被他們自己的私心和愚蠢所孤立。

「等等，」我說。「小狗認得我。」

我蹲下，伸出一隻手，緊盯著小狗。提奇走過來，嗅聞我的掌心。

「乖，提奇，乖，」我說，然後拍拍它、搔搔它的下巴，吠叫聲隨即停止，我們走進屋裡。

※

我不敢相信我們就這麼闖了空門。沒有警車嗚嗚作響，等著逮捕我們。即使輕而易舉地跨過無形的疆界、侵入達頓一家的地盤，我依然感到難以置信。我們為什麼這麼做？我們幹嘛無緣無故地冒犯一個佈置得好端端的家？只是為了證明我們辦得到？蘇珊神閒氣定地撫摸達頓家的物品，那副平靜、疏離的神情令我困惑，正當我感到胸口灼熱，有一股怪異、無法言喻的快感。唐娜檢視屋裡的某樣寶貝，似乎是個沒什麼用的乳白陶瓷，我湊過去一看，原來是尊小小的荷蘭女孩。這些人們生活中的零星物品，若是脫離了它們所屬的位置，看起來多麼怪異，再珍奇的物品都顯得一文不值。

我的心猶疑不定，不禁想起小時候的一個下午，我爸和我往前一湊，站在清水湖畔，爸在正午的豔陽下瞇起眼睛，露出泳褲下魚白的大腿，他指指水中一隻微微顫動、血流不止、慌張不安的水蛭，然後拿起一根木棍戳戳它，試圖讓它動一動，我記得他露出滿意的神情，但我卻非常害怕。此時此刻，在達頓的屋宅中，客廳另一頭的蘇珊迎上我的目光，喚起我被那隻烏黑的水蛭激起的厭懼。

「開心吧？」蘇珊竟說，淺淺一笑。「很過癮，對不對？」

唐娜不知道從哪裡冒出來。她的胳臂沾了黏答答的果汁，看起來滑溜溜，手裡拿著一片切成三角形的西瓜，果肉鮮紅，有如一片軟綿粉嫩的內臟。

「歡迎諸位大駕光臨，」她邊說、邊啃西瓜，滿嘴濕淋淋。唐娜散發出野性，幾乎像是一股難聞的氣味，她老是踩到裙襬，洋裝的裙邊被踩得破爛不堪：這會兒她站在光可鑑人的咖啡桌和整整齊齊的窗簾旁，西瓜汁一滴滴地流到地上，看起來非常不搭調。

「水槽裡還有，」她說。「很好吃。」

唐娜輕輕一捏，從嘴裡挑出一顆黑色的西瓜籽，手指一彈，彈到房間的角落。

＊

我們在那裡只待了半小時左右，感覺卻像過了好久。她們劈劈啪啪開電視、關電視，胡亂翻弄擱在小桌上的信件，我跟著蘇珊上樓，心想泰迪和他爸媽這會兒不知道在哪裡。泰迪還等著我幫他弄到大麻嗎？提奇在門廳跑來跑去。我忽然意識到自己從小就認識達頓一家人。牆上懸掛著一張張照片，我認得出照片後面的粉紅碎花壁紙，接縫之處已經開始剝落。指印留下模糊烏黑的印漬。

日後我經常想到那棟屋子。我怎麼如此幼稚、告訴自己這只是無傷大雅的玩笑？我怎麼如此輕率、一心只想贏回蘇珊的注目、感覺我倆再度聯手對抗世界？我們干擾達頓一家的生活，儘管我如此告訴自己，我們只是撕出一個小小的缺口，這樣他們才會從不同角度觀看自己，即便只是為時片刻。我們讓他們察覺家中受到干擾，往後他們才會試著回想何時脫下鞋子、何時把時鐘收進抽屜裡。我們強迫他們以不同觀點思考，對他們是有百益而無一害。就這點而言，我們幫了他們一個大忙。

※

唐娜在達頓夫婦的臥房裡，一件長長的絲綢襯衣從她頭上套下，蓋住身上的洋裝。

「我七點需要用車，叫那部勞斯萊斯過來接我，」她邊說、邊甩一甩香檳色的柔滑布料。

蘇珊輕蔑地哼了一聲。我可以看到雕花玻璃的香水瓶傾倒在床頭小桌上，一管管金黃色的口紅好像彈殼似地橫陳在地毯上。蘇珊動手亂翻五斗櫃，她握拳塞進肉色的尼龍罩杯裡，胸罩原本就有一圈鋼絲，看起來沉甸甸、硬梆梆，彷彿具有醫療功效，這會兒被她弄得鼓鼓的，看來有點猥褻。我拾起一管口紅，旋開蓋口，嗅聞橘紅色唇膏的滑石粉味。

「好耶，」唐娜看著我說。她也抓起一管口紅，像卡通人物似地噘起小嘴，假裝上唇膏。

「我們應該留下一個小小的記號，」她邊說、邊四下環顧。

「在牆上寫幾個字，」蘇珊說。我看得出來這個點子讓她相當興奮。

我想要抗議：留下記號幾乎是個侵犯。達頓太太不得不用力洗刷牆壁，即使牆上或許就此留下刷洗的痕跡，有如鬼魅一般揮之不去。但我保持沉默。

「說不定畫個圖？」唐娜說。

「畫顆心，」蘇珊加了一句，走了過來。「我來畫。」

我始終記得蘇珊那時的模樣。神情之中難掩急切，流露出陰鬱深沉的一面。我沒有多想陰鬱深沉的她可能做出什麼事情，反而更想接近她。

蘇珊從唐娜手中接下口紅，但她還來不及把口紅按上乳白的牆面，我們就聽到車道傳來聲響。

「他媽的，」蘇珊說。

唐娜眉毛一揚，稍微顯得好奇：接下來怎麼辦？

大門開啟，我滿嘴乾澀，意味著恐懼即將席捲心頭。蘇珊似乎也感到害怕，但她一臉鎮定，興致高昂，好像這是個躲貓貓的遊戲，我們只是躲起來，等其他人找到我們。我一聽到高跟鞋的聲音就知道是達頓太太。

「泰迪？」她大喊。「你在家？」

她們已經把牧場的車子停在街道另一頭，但我依然擔心：我確定達頓太太已經注意到那部陌生的車子。說不定她以為那是泰迪朋友的車子，或是附近某個年紀比較大的男孩開車過來找泰迪。唐娜格格輕笑，一隻手遮住嘴巴，雙眼圓睜，神情歡樂。蘇珊誇張地使個眼色，示意她閉嘴。我的脈搏急速跳動，聲音大到在耳中隆隆作響。提奇卡搭卡搭地衝過樓下的房間，我聽到達頓太太輕聲細語地哄騙，小狗重重喘氣回應。

「哈囉？」她大喊。

隨之而來的沉默顯然令人不安。她很快就會上樓，然後呢？

「來，」蘇珊輕聲說。「我們從後門溜出去。」

唐娜悶聲笑笑。「他媽的，」她說。「他媽的。」

蘇珊把口紅丟在五斗櫃上，但是唐娜依然穿著襯衣，猛拉肩帶。

「妳打先鋒，」她對蘇珊說。

※

我們非得衝過廚房裡的達頓太太身邊。

她說不定想不通水槽裡為什麼冒出一灘粉紅色的西瓜、地上還有一塊塊黏答答的汙漬。她說不定已經察覺有陌生人在家裡胡作非為，一隻手顫巍巍地按住咽喉，忽然希望先生在身旁。

蘇珊率先下樓，唐娜和我跟著飛奔。我們全速穿越廚房，費力衝過達頓太太身邊，腳步聲凌亂紛擾。唐娜和蘇珊高聲狂笑，達頓太太驚慌尖叫。提奇追著我們狂吠，跑得又急又快，尾巴急急掠過地板。達頓太太向後退，顯然非常害怕。

她撞到一張高腳椅，失去平衡，重重跌坐在磁磚地板上。我們飛奔而過時，我回頭一看，達頓太太癱倒在地，神情霎時緊繃，顯然認出我是誰。

「我看到妳了，」她坐在地上大喊，奮力穩住自己，呼吸愈來愈急促。「伊薇．博伊德，我看到妳了。」

第三部

PART.3

朱利安自洪堡郡回返，帶了一個想要搭便車回洛杉磯的朋友。這傢伙叫做札夫，他報上姓名時的聲調，讓人以為他說不定信奉拉斯特法理教[3]，有獨特的行為和衣著規範，比方說蓄長髮綹、吸食印度大麻煙、吃素等等，即使札夫膚色魚白，黏答答的橘色頭髮用一條女用橡皮圈紮在腦後。他的年紀比朱利安大多了，說不定三十五歲，但衣著打扮卻像個青少年：他那件工作短褲的褲管同樣過長，運動衫磨損得幾乎像是布漿。他在丹尼家中走來走去，瞇起眼睛仔細審視，一下子拿起一隻象牙或是牛骨雕刻的公牛，一下子把這個小小的雕像放下。他盯著一張朱利安的媽媽抱著朱利安站在海灘上的照片，然後把加了框的照片放回書架上，格格輕笑。

「他今晚待在這裡，妳不介意吧？」朱利安問，好像我是童子軍的女訓導。

「這是你家的房子。」

札夫走過來握握我的手。「謝謝，」他急切地說。「妳人真好。」

※

莎夏和札夫似乎相識，他們三人很快就聊起洪堡郡附近一家陰暗的酒吧和那個一頭灰髮、種植大麻的酒吧老闆。朱利安一手攬著莎夏，那副神情好像是個剛從煤礦下工的成年男子。難以想像他會動手傷害一隻小狗或是任何人。莎夏在他身邊顯然非常開心，她一整天都表現得相

3 譯註：Rastafari，或稱「拉斯特」（Rastas）。

當女孩子氣，跟我保持一段距離，完全看不出我們昨晚曾經談心。札夫說了幾句話逗得她開懷大笑，她半掩著嘴，好像不想露出牙齒，笑聲溫柔悅耳。

我原本打算走到鎮上吃晚餐，別管他們，但朱利安注意到我走向門口。

「喂、喂、喂，」他說。

他們全都轉身看我。

「我正要到鎮上走一走，」我說。

「跟我們一起吃飯吧，」朱利安說。莎夏點點頭，急急靠向他。她心不在焉地瞄了我一眼，似乎勉強注意到她情人旁邊還有別人。

「我們有很多吃的東西，」她說。

我跟往常一樣微微一笑，藉口婉拒，但是終究脫下外套，決定留下。我已經漸漸習慣那種被人注視的感覺。

※

從洪堡郡回返的途中，他們順道買些雜貨，其中包括一個巨無霸冷凍披薩、一些保麗龍盒裡的折價牛絞肉。

「吃大餐囉，」札夫說。「既有蛋白質，也有鈣質。」他從口袋裡掏出一個藥瓶，輕輕搖晃。「還有天然蔬菜。」

他動手在桌上捲根大麻煙，不但用了好幾張紙，而且挑三揀四，吹毛求疵。他把捲煙拿遠一點，檢視一下成果，然後從藥瓶裡再捏出幾絲大麻，室內頓時充滿潮濕煙草味，聞了嗆鼻。

朱利安在爐子上煎牛肉，絞肉的油膜漸漸消融。他用奶油小刀輕輕撥動肉餅，一邊戳弄，一邊聞，完全是學生宿舍的烹調手法。莎夏把塑膠包裝紙揉成一團，悄悄把披薩塞入烤箱。她把餐巾紙擱在每一個座位前，擺設餐具準備吃晚餐，憑著記憶做著這些單調的生活瑣事。札夫一邊喝啤酒，一邊看著莎夏，眼光既是輕蔑，卻也興致高昂。他還沒點燃那支大麻煙，但他把煙擱在手裡，在指間翻轉，顯然樂在其中。

我聽他和朱利安聊大麻，兩人振振有詞，一副專業人士的模樣，而且交換各種數據，有如債券交易員。溫室種植與日照栽種，何者產量較佳？不同品種的作物之中，哪一種的大麻素含量較高？這跟我年輕的時候完全不一樣。我們以前閒暇之餘哈口煙，把大麻種在番茄旁邊，大麻葉片裝在廣口玻璃瓶裡，大夥傳來傳去。高興的話，妳可以從嫩芽裡挑揀種子，自行種植。妳也可以用一小包大麻交換足以讓妳開到市區的汽油。在他們口中，大麻變成一個個單調的數據、一種可以學習的商品，而不是一個通往玄妙之境的門戶，聽在耳裡，感覺相當奇怪。札夫和朱利安斬斷了所有迷思與理想色彩，說不定這樣比較好。

「幹，」朱利安說。廚房聞起來像是灰燼和燒焦的太白粉。「幹、幹、幹。」他打開烤箱，沒戴手套，直接把披薩從烤箱裡揪出來，一邊咒罵，一邊丟到流理台上，披薩燒焦了，冒著黑煙。

「天啊，」札夫說。「這個披薩不錯吃，價錢也不便宜。」

莎夏慌張失措，急急跑過去查閱披薩包裝盒的背面。「預熱至四百五十度，」她喃喃唸道。「我照著做。我不知道怎麼回事。」

「妳什麼時候放進去的？」札夫問。

莎夏的目光移向時鐘。

「時鐘不走了，妳這個白癡，」朱利安說。他把紙盒抓過來，用力塞進垃圾桶。莎夏看起來好像快哭了。「算了，」他說。他一臉輕蔑，挑三揀四地翻弄烤焦的起司表層，然後揉揉手指，抹掉油漬。我想到教授家的小狗。那隻可憐的小動物一跛一跛地繞圈子，毒藥簌簌流竄在血管之中。說不定莎夏對我隱瞞了其他事情。

「我可以準備其他東西，」我說。「櫥櫃裡有些麵條。」

我試著捕捉莎夏的目光，想要傳送兼具警告和同情的信息。但莎夏滿心挫敗，難以捉摸。札夫翻轉手中的大麻煙，等著看看接下來有何發展。

「還有很多牛肉，」朱利安終於開口，怒氣慢慢消散。「沒什麼大不了的。」

他揉揉莎夏的背，我覺得他的動作相當粗魯，但這個舉動似乎安撫了她，讓她回過神來。當他湊過去吻她，她閉上了眼睛。

※

我們喝了一瓶丹尼的葡萄酒，酒渣慢慢沉澱在朱利安的齒縫。喝完葡萄酒接著喝啤酒，大夥的鼻息夾帶著酒味和肉香。我不知道現在幾點。窗外一片漆黑，晚風從屋簷悄悄滲入。莎夏收起一片片潮濕的酒標碎片，一絲不苟地疊成一堆。朱利安輕撫她的頸背，我可以感覺她不時瞄我一眼。朱利安和札夫整個晚餐喋喋不休，莎夏和我逐漸陷入靜默，就算我們花了心思打斷他們的一唱一和，結果依然不盡如人意，倒不如靜靜旁觀，我們從少女時代就熟知這種心情。我看看他們兩人，再看看莎夏，她表現得好像光是坐在那裡就已心滿意足。

「因為你是個好人，」札夫一直說。「你是個好人，朱利安，所以我才沒叫你先付款。但是麥克金利和山姆那些白癡，你知道我非得叫他們先付款。」

他們三人都醉了，說不定我也是。天花板上一層殘餘的油煙，微微褐黃，我們先前合抽了一支密實的大麻煙，札夫漸漸露出色瞇瞇的神情，他斜眼而視，一臉愉悅，難掩醉意。莎夏愈來愈沉醉於自己的內心世界，即使她已拉下運動衫的拉鍊，沒曬到太陽的胸部一片蒼白，青藍的血管隱隱交錯。她雙眼的彩妝比先前濃：我不知道她什麼時候補了妝。

我們用餐之後，我站了起來。「我得處裡一些事情，」我說。

他們敷衍地說了幾句，請我留下，但我揮揮手跟他們說拜拜。我關上我臥室的門，但他們的談話依然零零星星地從門縫中傳入。

「我敬重你，」朱利安跟札夫說。「兄弟，自從史卡莉特跟我說、你得跟這個傢伙碰碰面，我一直以來都敬重你。」他語氣誇張，把對方捧上天，嗑藥嗑昏了頭的人通常言詞草率，想法樂觀。

札夫回了幾句，兩人你一句我一句，繼續進行他們講了好多次的對話。我可以聽到莎夏默不作聲。

✻

當我稍後走過他們身邊，一切似乎維持原樣。莎夏仍然聆聽他們交談，好像哪天她必須接受測驗、覆述他們說了什麼。朱利安和札夫喝得醉醺醺，兩人已經進入亢奮狀態，頭髮全被汗水浸溼。

「我們太大聲了嗎？」朱利安問。他又表現得出奇有禮，顯然積習難改。

「一點都不大聲，」我說。「我只是出來喝杯水。」

「跟我們坐坐，」札夫邊說、邊打量我。「聊聊天吧。」

「謝謝，不了。」

「一起聊聊吧，伊薇，」朱利安說。他脫口說出我的名字，語氣異常親密，令我訝異。

桌上已經堆滿啤酒罐的拉環和晚餐的垃圾。我動手收拾餐盤。

「妳不必清理，」朱利安邊說、邊往後一閃，好讓我伸手拿他的餐盤。

「你準備了晚餐，」我說。

當我把莎夏的餐盤疊在一落盤子上，她偷偷地說了聲謝謝。札夫的手機一閃一閃，桌子這一頭都感覺得到手機顫動。有人來電：一張大頭照閃過螢幕，照片裡的女人身穿內衣。

「萊希打電話來？」朱利安說。

札夫點點頭，沒接電話。

朱利安和札夫交換了一個眼神；我真的不想注意到他們那副模樣。札夫打了個嗝。他們兩人大笑。我可以聞到牛絞肉的餘味。

「賓尼最近在搞電腦，」札夫說。「你曉得吧？」

朱利安用力拍桌。「他媽的怎麼可能？」

我端著盤子走到水槽邊，動手收拾流理台上捲成一團的餐巾紙，把碎屑撥進手裡。

「幹，他胖得要命，」札夫說。「好好笑。」

「賓尼是不是你的高中同學？」莎夏問。

朱利安點點頭。我在水槽裡放水，看著朱利安猛一轉身、整個人面朝莎夏、膝蓋頂著她的膝蓋、在她的鬢角印上一吻。

「你們兩個太過分囉，」札夫說。

他的語調中帶著一絲狡詐。我把碗盤浸到水裡，一層網狀的油渣凝結在水面。

「我真的搞不懂，」札夫繼續說，顯然是衝著莎夏。「妳怎麼跟朱利安在一起。他配不上妳這個辣妹。」

莎夏格格輕笑，即使我往後一瞥、看出她正仔細盤算如何反應。

「我的意思是，她是個正妹，」札夫對朱利安說。「我說的沒錯吧？」

朱利安浮現那種我覺得只有獨生子才會露出的笑意，那種人相信自己想要什麼、就可以得到什麼，朱利安說不定始終如此。他們三人笑語盈盈，率性談笑，好像主演一部我這種年紀的人看不下去的電影。

「但是莎夏和我很熟，不是嗎？」札夫對她微笑。「我喜歡莎夏。」

莎夏保持禮貌性的微笑，埋頭整理那一堆被撕成碎片的酒標。

「她不喜歡她的奶子，」朱利安邊說、邊撫弄她的頸背，「但我跟她說她奶子很美。」

「莎夏！」札夫裝出生氣的模樣。「妳的奶子很棒！」

我臉頰發紅，趕緊動手把碗盤洗乾淨。

「沒錯，」朱利安說，一隻手依然擱在她的頸背。「如果妳的奶子很醜，札夫會跟妳直說。」

「我一向說真話，」札夫說。

「沒錯，」朱利安說。「這話不假。」

「讓我瞧瞧，」札夫說。

「我的乳房太小，」莎夏說。她抿緊嘴巴，好像拿自己開玩笑，在椅子上動來動去。

「她的奶子絕對不下垂，所以很不賴，」朱利安說。他搔搔她的肩頭。「讓札夫瞧瞧。」

莎夏的臉頰浮上紅暈。

「小寶貝，讓他瞧瞧，」朱利安說，他的聲調變得嚴肅，我不禁轉頭看看。我迎上莎夏的目光——我告訴自己，她流露出哀求的神情。

「你們兩個別鬧了，」我說。

朱利安和札夫同時轉頭，神情既訝異，也充滿好奇。我覺得他們從頭到尾都特別留意我。

我是否在場顯然是遊戲的一部份。

「怎麼了？」朱利安說，馬上擺出一副無辜的表情。

「冷靜一點，」我跟他說。

「喔，沒關係，」莎夏說。她笑了笑，眼睛始終盯著朱利安。

「我們到底做了什麼？」朱利安說。「我們究竟哪裡需要『冷靜』？」

他和札夫輕蔑地哼一聲——那種自卑、屈辱、慌張的心情再度浮上心頭，我怎麼這麼快既陷入昔日的心境？我手臂交叉抱在胸前，望向莎夏。「你們在騷擾她。」

「莎夏還好，」朱利安說。他把她的一綹頭髮塞到耳後，她勉強擠出一絲微笑，以示回應。「更何況，」他繼續說，「妳真的以為妳有資格跟我們說教？」

我心頭緊繃。

「妳不是……嗯……殺了人嗎？」朱利安說。

札夫嘖嘖輕嘆，然後勉強笑笑，看起來有點緊張。

我聽起來像是被人掐著脖子。「當然沒有。」

「但妳知道他們打算動手，」朱利安說。他咧齒一笑，似乎很高興逮到我的痛處。「羅素．漢垂克和他那些狐群狗黨，妳跟他們同一夥。」

「漢垂克？」札夫說。「你在唬弄我吧？」

我試圖遏止聲調之中逐漸高漲的歇斯底里。「我很少跟他們在一起。」

朱利安聳聳肩。「大家可不是這麼說。」

「難不成你們真的相信那些鬼話？」但他們全都神色木然，我找不出切入點。

「莎夏說妳跟她告白，」朱利安繼續說。「妳說妳或許下得了手。」

我深深吸口氣。莎夏把我說的話一五一十地告訴朱利安，這種背叛多麼可悲。

「好吧，讓我們瞧瞧，」札夫再度轉身看著莎夏。我又是一個不值一顧的隱形人。「讓我們瞧瞧那對出名的奶子。」

「妳不必秀給他們看，」我對她說。

莎夏朝著我的方向飛快瞪了一眼。「沒什麼大不了，」她說，聲調之中流露出一絲冷酷，顯然有意違抗。她拉扯領口，鬱鬱地低頭看看自己的襯衫。

「妳看吧？」朱利安緊盯著我，微微一笑。「聽莎夏的準沒錯。」

※

丹尼和我還是好朋友的時候，我曾參加朱利安的獨奏會。當時朱利安想必才九歲左右，我記得他大提琴的琴藝頗佳，細瘦的手臂好像大人似地拉奏著哀傷的樂曲，鼻孔沾了一圈鼻涕，小心翼翼地扶穩大提琴。那個召喚出淒美悠揚琴聲的男孩，怎麼可能是現在這麼一個半大不小、目光冷峻、緊緊盯著莎夏瞧的男子？

她把襯衫往下一扯，臉頰通紅，看起來幾乎恍惚。領口卡到胸罩，她不耐煩地用力一扯，蒼白的乳房頓時暴露在大家眼前，赤裸裸的肌膚上隱隱可見胸罩的勒印。札夫稱許地驚呼，伸出大拇指輕撫玫瑰色的乳頭，朱利安不動聲色，在旁觀看。

不管我先前有何用處，他們已不需要我在場。

一九六九年

11

我被逮到了；沒錯，我當然逃不了。

達頓太太坐在廚房地板上，好像報出正確答案似地大叫我的名字。我僅僅猶豫了一秒鐘——我聽到自己的名字，心中一驚，遲遲不知如何反應，況且我覺得自己應該幫一幫跌倒的達頓太太——但蘇珊和唐娜已經遙遙在前，等到我回過神來，她們已經不見人影。蘇珊回頭一望，剛好看到達頓太太伸出一隻顫抖的手緊緊抓住我的胳臂。

☼

我媽傷心、困惑地昭告天下：我不爭氣、我病態。她擺出危機重重的模樣，好像那種氛圍是一件穿了讓她看起來很漂亮的新大衣，她源源不絕的怒氣像在做戲，表演給一群隱形的陪審團員觀看。她質問誰跟我一起闖入達頓家。

「茱蒂說她看到兩個女孩跟妳在一起，」她說。「說不定三個。她們是誰？」

「哪有別人？」我像個追求女孩的紳士，懷著滿心的榮譽感護衛我的沉默。蘇珊和唐娜消失之前，我試著對蘇珊使個眼色，傳遞信息：別擔心，我會負責；我了解妳們為什麼拋下我。

「只有我，」我說。

她氣得結結巴巴。「妳不能在這裡跟我滔滔不絕地撒謊。」

我看得出這個最近冒出來的狀況讓她多麼慌張、多麼困惑。她女兒以前從不惹麻煩，始終乖乖聽話，努力向上，好像那種自己清理魚缸的小魚一樣乾乾淨淨、獨立自足。她何必花時間擔心我會步入歧途、甚至做出我可能變壞的心理準備？

「妳整個夏天都跟我說妳待在康妮家，」我媽說，這會兒幾乎扯著嗓門大喊。「妳說了好多次，而且當著我的面說。妳猜怎麼著？我打電話給亞瑟。他說妳已經好一陣子沒去他家，快兩個月都沒去。」

說到這裡，她已經氣得面目猙獰，抽抽搭搭，眼淚一滴滴往下掉，像隻小動物。

「妳是個騙子。這事撒謊，那事也撒謊。」她緊緊握拳，一下子舉起，一下子放下，然後垂放在身側。

「我跟我的朋友們在一起，」我厲聲說道。「我不是只有康妮這個朋友。」

「其他朋友？是喔，妳八成出去跟某個男孩廝混，天知道妳在幹嘛？妳這個不要臉的小騙子。」她幾乎看也不看我，講話又快又急，欲罷不能，好像一個變態狂般喃喃自語、粗口咒罵。「說不定我應該把妳帶到青少年勒戒所。妳要我這麼做嗎？我顯然再也管不動妳，倒不如把妳交給他們，看看他們能不能讓妳改過自新。」

我猛然轉身，掉頭就走，即使關上房門，我依然可以聽到我媽滿懷怒氣地碎念。

法蘭克被叫過來當救兵：我從我的床上看著他拆卸我臥室的門。他小心翼翼，沉默不語，但還是花了一些時間。他慢慢把門板從門框裡卸下來，好像那是一片玻璃，而不是廉價的空心木板。他輕輕把門板靠在牆上，然後在空蕩的門框旁站了一會，手裡拿著幾個螺絲釘，像是骰子似地嘎啦嘎啦拉把玩。

「抱歉我得這麼做，」他說，好像他只是一個受雇的工人、履行我媽心願的維修師傅。

我強迫自己不要注意他眼中流露出的善意。我對他的憤恨怎麼馬上隨著他的眼神而消逝？我怎麼不再忿忿地暗自咒罵他？我可以想像他頭一次造訪墨西哥，他稍微被陽光灼傷，手臂上的細毛變成銀白色，一邊啜飲檸檬汽水，一邊巡視他的金礦——在我的想像中，那是一個石窟，窟裡鋪蓋著圓滾滾、硬澄澄的黃金。

我一直以為法蘭克會告訴我媽我偷了她的錢，讓事態更加嚴重。但他沒說。說不定他看出她已經非常光火。她跟我爸打了好多次電話，他們通話時，法蘭克始終靜坐在桌旁，留心觀看，我則站在走廊上聽。她扯著嗓門，尖聲抱怨，驚慌失措地一一列舉問題。怎樣的人會闖入鄰居家裡？而且是我從小到大就認識的鄰居？

「無緣無故喔，」她顫顫地加了一句，幾乎尖叫出聲，然後暫時住口。「你以為我沒問她嗎？你以為我沒試過嗎？」

沉默無聲。

「喔、當然、是喔，我猜也是。你要試試看嗎？」

然後我就被送到帕羅奧圖。

＊

我在爸的公寓待了兩星期。波托菲諾公寓大廈在一家美式連鎖餐廳對面，我媽的屋子建地不規則，家裡雜物繁多，顯得擁擠，我爸的公寓大廈方方正正，家裡陳設簡單，顯得空蕩。泰瑪和我爸搬進了坪數最大的一戶，公寓裡各處都是她精心擺設、顯示自己已經成年的物品：流理台上那個蠟製水果盅，牆角那個調酒推車，車上陳列著一瓶瓶還沒打開的烈酒。地毯上隱隱可見一道道吸塵器留下的印記。

蘇珊會忘了我，我心想，少了我，牧場依然熱鬧滾滾，我則一無所有。這些憂慮加深了我的煩憂，讓我更覺得自己受到迫害。蘇珊就像是士兵心目中那個留守家鄉的情人，距離為她蒙上一層朦朧的美感，感覺更加完美。但說不定我多多少少鬆了一口氣。分開一陣子也好。擅闖達頓家、蘇珊那副陰鬱深沉的神情，再三令我心驚。雖然這些都是小事，我的心情也只是稍稍轉變，但我依然無法擺脫心中的不安。

跟爸和泰瑪同住，我該對這種安排抱著什麼期望？我爸會不會試著打探我為什麼做出這些事情？他會不會處罰我、表現得像個嚴父？他似乎覺得他已經失去處罰我的權利，反而對我客客氣氣，拘謹有禮，好像對待年邁的父母似地跟我相處。

剛見到我時，他嚇了一跳。我們已經兩個多月沒見面，他似乎想起來應該抱抱我，踉踉蹌蹌地朝我跨了一步。我注意到他的耳朵冒出青筋，我以前也從來沒看過他身上那件牛仔襯衫。我知道我看起來也不太一樣。我的頭髮留長了，髮梢亂翹，恰如蘇珊。我身上那件牧場的洋裝非常破舊，衣袖甚至有一個大拇指寬的破洞。爸打算幫我拿行李，但他還沒有走到我身邊，我已經把袋子扛到後座。

「還是謝謝囉，」我說，試圖擠出一絲微笑。

他雙手垂在身側，微笑回應之時，神色羞怯，一臉無助，略帶歉意，好像是個跟人問路、請對方再重複一次的外國人。對他而言，我的心思好像一套神祕的魔術，他只能嘖嘖稱奇，卻始終不肯費心破解其中的奧祕。當我們坐上車子，我可以感覺他打起精神，準備祭出為人父母那一套。

「我不必把妳關在妳房間裡，對不對？」他說。他勉強笑笑。「妳該不會再闖入別人家吧？」

我點點頭，他顯然鬆了一口氣，好像他已經克服了某種障礙。

「妳現在過來跟我們住，時間掐得剛剛好，」他繼續說，好像這一切都是我自願似地。「因為我們總算安頓下來。泰瑪對於傢俱擺設相當挑剔。」他啟動引擎，已經隻字不提我惹了什麼麻煩。「她大老遠跑到半月灣的跳蚤市場，就為了買一張調酒推車。」

有那麼短暫的一刻，我好想把手伸過座椅，從我這裡畫出一條直線，連結那個身為我父親的男人，但那一刻很快就消逝。

「妳可以挑選電台，」他提議，在我面前似乎像是派對上的男孩一樣羞怯。

※

頭幾天我們三人都很緊張。我早早醒來把客房的床鋪好，賣力把那幾個沉重的繡花抱枕擺回原來的模樣。我的生活簡化到只剩下我的抽繩背包和我帆布袋裡的衣物，而我也試著把這些東西整理得乾乾淨淨，盡量不讓他們看見。就當是露營，我心想，好像凡事不求人、自己出外冒險。頭一個晚上，我爸帶了冰淇淋回來，冰淇淋裝在一個高高的硬紙圓筒裡，而且淋上巧克力醬，呈現出有如大理石的紋理，他豪氣十足地舀了一大杓，泰瑪和我只是一口一口細細品嘗，但他特意又吃了一大碗。他的女友、他的女兒，還有他的冰淇淋：他不停抬頭看看我們，好像我們可以幫他確認他多麼開心。

泰瑪倒是令人驚奇。這個小妞身穿毛巾布短褲和運動衫，運動衫上印著一所我從來沒聽過的大學校名；她使用一套複雜的器具在浴室裡刮腿毛，弄得整個公寓充滿芳樟木精油的味道；她隨身攜帶護膚霜和護髮油，不時檢視半月形的指甲表面，看看是否出現營養不足的跡象。

她起先似乎不太高興有我在場。她彆扭地擁抱我，好像心不甘情不願地接下任務，當起我的新媽媽。我也感到失望。她只是一個女孩，而不是我曾經以為的奇女子——我曾經視為奇特的每項特點，其實只是證明她屬於羅素口中正經八百、平庸無奇的俗世。泰瑪做她應當做的事情。她幫我爸做事，她穿上她那套纖秀的西裝，她渴望有個歸宿。

但是她那副拘謹正經的模樣很快就消失無蹤，好像只是假扮成大人，一會兒就下戲。她讓我檢視她用來放化妝品的緞布小袋和一瓶瓶噴霧式香水，一臉驕傲地看著我仔細檢視，好像一個真正的收藏家。她拿起她那件喇叭袖、珍珠鈕扣的罩衫，在我身上比了比。

「我已經不適合這種打扮，」她聳聳肩，挑揀一個鬆落的線頭。「但我曉得妳穿起來一定很漂亮，有復古風。」

她說的果然沒錯。泰瑪對這些事情相當在行。她知道大多食品含有多少卡路里，而且帶著嘲諷的語氣一一列舉，好像嘲笑自己居然知道這些事情。她烹煮素食酸味咖哩，一鍋鍋扁豆澆上黃色的醬汁，散發出異常耀目的光澤。我爸爸好像吃糖果似地吞下一顆顆粉狀的制酸劑。當他想要親吻她，她就把臉頰湊過去，但當他想要牽她的手，她就一掌把他拍開。

「你流了一身汗，」她說。當我爸爸察覺我看在眼裡，他笑了幾聲，但看來尷尬。

泰瑪和我一鼻孔出氣，我爸覺得很有意思。但有時我們擺明了串通嘲笑他。有次泰瑪和我聊到「Spanky and Our Gang」[4]

我爸爸嘰嘰喳喳地加入我們的談話，他以為我們說的是電視影集「Little Rascals」，泰瑪

4 譯註：「Spanky and Our Gang」，美國六〇年代的搖滾民歌團體，歌名取自二〇至四〇年代的喜劇片系列「Our Gang」，「Our Gang」亦稱「The Little Rascals」或「Hal Roach's Rascals」，一九二二年開拍，直至一九四四年，這一系列的黑白電影以孩童為主角，是美國的經典喜劇片，五〇年代的知名電視影集「Little Rascals」就是以「Our Gang」為藍圖。

和我互看一眼。

「我們說的是民歌搖滾樂團，」她說。「你知道的，年輕人喜歡聽的搖滾樂。」我爸那種困惑、受到孤立的神情惹得我們又放聲大笑。

※

他們有一套高級黑膠唱盤，泰瑪經常說要把它移到另一個角落、或是另一個房間，一下子說是基於音響效果，一下子說是考量到美觀。她也經常提到她打算改鋪橡木地板、加裝冠頂飾條，甚至改用另一組擦碗巾，但她似乎光是說說就心滿意足。她喜歡的音樂比較世故，不像牧場上那些吵吵嚷嚷的歌曲。比方說珍．柏金和她那個上了年紀的法國佬先生塞吉．甘斯柏。

「她很漂亮，」我邊說、邊研究唱片封套。沒錯，珍．柏金膚色古銅，五官細緻，有點暴牙，的確很漂亮。甘斯柏則令人作嘔，他那些吟誦睡美人的歌曲中，女孩之所以惹人愛憐，原因似乎在於她始終閉上雙眼。珍．柏金怎麼可能愛上塞吉．甘斯柏？泰瑪愛上我爸，女孩們愛上羅素，這些男人完全不像大家認定我會喜歡的男孩，但我真的會迷上那些胸部還沒長毛、神情猶疑不定、肩頭粉刺點點的毛頭小夥子嗎？我不願想到米契，因為想到他，我就想到蘇珊和那個晚上。但那個晚上的種種似乎發生在遙遠的天邊，提布隆的濱海豪宅似乎是棟小小的娃娃屋，屋外有個小小的游泳池和小小的綠草坪，我可以從高處俯瞰，掀起屋頂，看看有如心室般區隔的房間、有如火柴盒般大小的床鋪。

泰瑪跟蘇珊不一樣，相處起來單純多了。她不複雜，她不會時時觀察我是否在注意她，也不會逼迫我支持她的主張。當她要我挪過去一點，她會直接開口。在她面前，我覺得相當輕鬆，這種感覺倒是新奇。即使如此，我依然想念蘇珊——在我記憶之中，蘇珊始終如同一場美夢，為我開啟一道大門，引領我走入一個我已遺忘的房間。泰瑪親切和藹，但她遊走其間的世界似乎是個電視的布景：格局有限，簡單明瞭，平凡無奇，遵循著正常的標記與架構，諸如早餐、午餐、晚餐。她的生活、跟她想要的的生活，兩者之間並無差距，但蘇珊不一樣，蘇珊認為兩者之間存有一道鴻溝，而且是一道深邃黑暗、令人懼怕的溝渠，說不定我也認為如此。我們兩人都無法百分之百投入我們的生活，即使日後蘇珊以某種方式全心投入，自此走上不歸路。換句話說，我們都不太相信人世間的賜予已經足夠，而泰瑪似乎欣然接受世間的給予，不再汲汲追求。她的計畫並不會造成任何改變——她只是重新整理現有的一切，苦苦思索出一套新的排序，好像生命是一張攤開的座位圖。

⁂

等我爸回家時，泰瑪準備晚餐。她看起來比往常更年輕——她使用的洗面乳含有真正的牛奶蛋白質，她跟我解釋，可以防止皺紋。她的短褲鑲著蕾絲邊，頭髮還沒擦乾，身上那件大號運動衫的肩頭被沾得濕淋淋。她應該是個還住在宿舍裡的大學女孩，一邊吃爆米花，一邊喝啤酒。

「遞給我一個大碗，好嗎？」

我照辦，泰瑪把一份扁豆擱在一旁。「這些不加香料。」她不以為然地翻個白眼。「留給那位胃腸無法承受咖哩的仁兄。」

我忽然想起我媽以前也是如此對待我爸，心中不禁一陣刺痛。她也稍加懷柔，做出一些小小的調適，讓周遭跟他一樣不盡完美。比方說一次幫他買十雙同樣的襪子，這樣他就絕對不會配錯對。

「妳知道嗎？他有時候幾乎像個小孩，」泰瑪邊說、邊掐出適量的薑黃。「我把他一個人留在家裡過周末，等我回來，家裡除了牛肉乾和一顆洋蔥，其他什麼都沒有。如果他非得自己作飯八成會餓死。」她看看我。「但我說不定不應該跟妳講這些，是吧？」

泰瑪無意表現得尖酸刻薄，但她自然而然就卸除爸的面具，倒是令我訝異。我從沒想過我爸也有風趣的一面，真的，我從來沒想過爸可能犯錯、幾乎得像個小孩，或是漫無目標、跌跌撞撞地遊走於世間、需要別人幫他指路。

我跟爸之間從來沒有發生可怕的大事。我想不起任何一個大聲爭吵、或是用力摔門的時刻。那只是一種感覺，它慢慢地、緩緩地滲過一切，直到有一天，感覺突然非常明顯，我意識到他畢竟只是個普通人，跟其他人沒什麼兩樣。他擔心別人怎麼看他，目光總是掃過門旁的鏡子；他依然想要藉由聽錄音帶自修法文，我聽到他悄悄地對自己覆誦那些單字；他的肚子比我記憶中圓滾，有時襯衫的縫隙間露出一截肚腩，粉粉嫩嫩，好像嬰兒的小肚子。

「我愛妳爸爸，」泰瑪說。她的語氣相當謹慎，好像有人在旁做紀錄。「我真的很愛他。

他邀我吃晚餐，約了六次我才答應，但他毫不介意，好像我還沒答應、他就曉得我會跟他出去。」

她似乎說溜了嘴——我們兩人都這麼想。爸那時還住在家裡，也還跟我媽同床共枕。泰瑪略感畏縮，顯然等著我反擊，但我激不起任何怒氣。說來奇怪，我並不恨我爸，他也有他的欲望，就像我想要蘇珊，或是我媽想要法蘭克。妳有想要的東西，而且非要不可，因為妳只有妳自己的生活為伴、醒來時身旁也只有自己，妳怎能告訴自己：我不應該得到？

※

泰瑪和我躺在地毯上，弓起膝蓋，頭微微一斜，面朝黑膠唱片轉盤。我們剛剛走了四條街在一個攤子上買了橘子汁，我的嘴巴依然酸得發麻。我足蹬涼鞋，木頭鞋跟在人行道上踢躂作響，泰瑪嘰嘰喳喳，在夏日溫煦的陰影下快樂地閒聊。

爸走進來，微微一笑，但我看得出來他不喜歡我們正在聽的那種乒乒乓乓、強調顫音的音樂。「妳們可以把音樂關小聲一點嗎？」他問。

「得了吧，」泰瑪說。「沒那麼大聲。」

「沒錯，」我附和，有人跟我同夥，這種感覺既陌生，也令人歡喜。

「你看吧？」泰瑪說。「聽妳女兒的話準沒錯。」她輕率地伸手拍拍我的肩膀。爸什麼都沒說便走開，一分鐘之後，他又走了進來，抬起唱盤的指針，室內忽然寂靜無聲。

「哎喲！」泰瑪坐直，但他已經昂首闊步地走開，我聽到浴室裡傳來嘩啦嘩啦的沖澡聲。「幹！」泰瑪喃喃說道。她站起來，地毯的小結球在她大腿背側留下點點印記。她抬頭瞄了我一眼。「喔，抱歉，」她心不在焉地說。

我聽到她在廚房壓低聲音講話。她在講電話。我看著她的手指插入電話線的線圈，一而再、再而三地掐弄。她遮住嘴巴，捧著聽筒，低聲大笑，我曉得她肯定在電話裡嘲笑我爸爸，頓時感到不悅。

我不知道自己什麼時候意識到泰瑪會離開他。此時此刻，但也不會拖太久。她的心思已經飄往他方，為她的人生撰寫更有趣的另一章，而在那個章節中，爸和我只是一個註腳、一幕布景，她順道繞路，暫且駐足我們的生命，然後繼續步上她更寬闊、更適合她的人生旅程。我們粉飾了她的人生，但我爸呢？爸有誰相伴、為了誰掙錢、為了誰買甜點回家？我想像他辛苦一天之後打開家門、走進空空蕩蕩的公寓，家裡只有他一個人住，各個房間毫無動靜，跟他早上離家時一模一樣。輕輕開燈之前，或許曾有那麼短暫的一刻，他想像漆黑之中透露出另一種生活的面貌、沙發上不單只有他孤寂的輪廓、椅墊上也不單只留下他沉睡的身印。

☼

很多年輕人離家出走：過去那個時候，妳可以只因為無聊就離家出走。妳甚至不需要人任何悲愴的理由。返回牧場並不是一個困難的決定。我不可能再回去另外那個家——說來荒唐，但我媽很可能把我拖到警察局。而我爸家裡有何值得留戀之處？泰瑪把我當成小大人、堅持與我站在一邊？晚餐之後享用巧克力布丁、布丁冰得透心涼、好像我們每天只能分配到這麼一點愉悅？

如果我從來不曾涉足牧場，說不定這樣的生活就已足夠。

但牧場證實妳可以活得更精采。妳可以揚棄這些無謂的人生瑣事，接納更寬宏的愛。我秉持青少年的心態，堅信我的愛絕對正當、絕對崇高。我自己定義我的感情。我爸絕對不可能了解那種愛，甚至泰瑪都不可能領會。因此，我當然必須離開。

⁂

當我成天躲在我爸那棟陰暗、過熱、悶不通風的公寓看電視，牧場每況愈下，直到日後，我才意識到情況多嚴重。問題出在那紙唱片合約——合約終究破局，而羅素無法接受。米契告訴羅素，他無能為力；他沒辦法逼唱片公司改變心意。米契是個成功的音樂人、深具才華的吉他手，但他沒有那種勢力。

這話不假——就此而言，我跟米契共度的那一晚想來可悲，好像車輪颼颼空轉，徒勞無功。但羅素不相信米契，說不定相信與否已經無所謂。米契作了現成的萬惡源頭。羅素慢慢踱步，咆哮咒罵，次數愈來頻繁，時間也拖得愈來愈久。羅素將一切歸咎於米契、那個腦滿腸肥的叛徒。點22口徑的手槍換長槍，眾人感染了羅素那股受到背叛的狂怒。羅素甚至不再費心掩飾他的怨恨。蓋伊弄來安非他命，他和蘇珊跑到抽水站，回來時，雙眼好像莓果似地黑腫。眾人在林中練習射擊。牧場始終與外界保持一段距離，但最近變得更加孤立。沒有報紙，沒有電視，沒有收音機，羅素漸漸拒絕訪客，指派蓋伊帶著女孩們進行每一趟垃圾箱尋寶。牧場被一層日漸硬化的外殼所包圍。

我可以想像那些早晨、蘇珊一覺醒來、渾然不知又過了一天。食物日漸匱乏，事物隱約蒙上頹敗的陰影。他們只吃少量蛋白質，僅靠簡單的碳水化合物和偶爾一份花生醬三明治維持思路暢通。安非他命讓蘇珊感情麻木──她想必遊走於自己麻木的思緒之間，好像穿梭於深沉的大洋。

日後大家都不敢相信，牧場上的眾人怎麼可能待在那種惡劣不堪的環境中。但是蘇珊別無所有：她已經將生命完全奉獻給羅素，到那時候，她的生命就像是羅素握在手中的物品，他可以翻來翻去，掂掂重量，再三把玩。蘇珊和其他女孩們已經不再自己做判斷，她們失去決斷力，自尊心愈來愈薄弱，甚至派不上用場。她們早已脫離那個是非對錯絕不是隨便說說的世界。不管她們是否隱隱察覺不妥，種種直覺也已默然不語。說不定她們從未察覺內心微微抽痛、受到苦惱的嚙咬。

她們的淪落其實情有可原──在這個世上，僅僅身為女孩，就足以妨礙妳相信自己，這點我非常清楚。種種感覺似乎無一可信，好像那些謬誤不通、勉強從通靈板抄下來的胡言亂語。正因如此，所以我小時候去看病總是緊張兮兮。醫生通常和藹可親地提問：我感覺如何？我怎麼形容疼痛？如同針刺、還是漸漸擴散？我通常只是一臉絕望地看著他。我必須**被告知**，這不就是看病求醫的目的嗎？接受檢查，被推進一個可以藉由放射線精準偵測我五臟六腑的機器，被告知實情。

女孩們當然沒有離開牧場：許多重擔必須由她們承擔。九歲的時候，我從鞦韆上摔下來，跌斷了手腕。骨頭啪地斷裂，令人心驚，劇痛猛然襲來，令人昏厥。但即使如此、即使我手腕積血難消、腫了一圈，我依然堅持自己沒事、沒什麼大不了，而我爸媽盡信不疑，直到醫生把X光片拿給他們看，片子上的骨頭已經劈啪斷成兩截。

12

我的帆布袋一打包，客房看起來就像從來沒有人住過——房間很快就適應我的離去，彷彿水過無痕，說不定這就是客房的功能。我以為泰瑪和我爸已經出去上班，但當我走進客廳，爸從沙發上嘟噥了一聲。

「泰瑪出去買橘子汁之類的鬼東西，」他說。

我們坐在一起看電視。泰瑪出去了好久。我爸不停揉揉他剛刮過鬍子的下巴，整張臉看起來軟趴趴。電視廣告吵吵嚷嚷地宣示好惡，似乎嘲諷我們父女之間那種不自在的沉默，讓我感到難為情。爸的沉默之中帶點不安，似乎刻意而為。一個月之前，我會因此感到焦躁，苦苦思索生活中的大小事端，期盼找出某些值得跟他炫耀的成就，迎合他的期望。但我再也提不起勁。爸和我從來沒有像現在這麼親近，但在此同時，我對他的感覺卻愈來愈陌生——他只是一個普通人，吃不慣辛辣的食物，評估他的外匯市場，勤練他的法文。

一聽到泰瑪忙亂地翻找鑰匙開門，他馬上站起來。

「我們三十分鐘之前就應該出門，」他說。

泰瑪瞄了我一眼，重新調整一下肩上的皮包。「抱歉。」她匆匆對他擠出一個微笑。

「妳知道我們什麼時候就得出門，」他說。

「我已經說了抱歉。」一時之間，她似乎真的感到抱歉。然而，她的目光不由自主地移向依然開著的電視，即使她試圖將注意力轉回我爸身上。我看出爸已經注意到她分神。

「妳甚至沒買什麼橘子汁，」他說，他的聲音略微顫抖，隱隱流露出悲傷。

❊

最先讓我搭便車的是一對年輕情侶。女孩一頭奶黃色的秀髮，襯衫下擺紮在腰間，一直轉頭對我微笑，請我吃袋子裡的開心果。她不停親吻她的男朋友，讓我看到她飛快地伸吐舌頭。

我以前沒有搭過便車，真的從沒想過。不管讓我搭便車的陌生人對一個長髮女孩有何期望，我都必須一一實現，想了令人心慌。我不知道應該表現得多麼反戰，也不知道如何聊起那些對警察投擲磚塊、或是劫持客機、要求被送回古巴的學生們。我以前始終是個局外人，好像觀看一部本來應當以我為主角的電影。但現在不一樣，因為我正朝著牧場前進。

我一直想像泰瑪和爸下班回家、發現我果真不見了的那一刻。他們說不定過了一會兒才意識到我已不告而別，泰瑪可能比我爸更快猜到。公寓空空蕩蕩，我的東西不見蹤影，爸說不定趕緊打電話給我媽，但他們兩人能做什麼？他們還能做出什麼懲處？他們不曉得我的去向。我已經超越他們所能理解的範圍。一時之間，他們非得思索我為什麼離家出走，某種難以言喻的罪惡感浮上心頭，他們不得不坦然承受，即使僅僅持續了一秒鐘。沒錯，肯定有著那麼短暫的一刻。想到這裡，就算他們擔心掛念，我依然感到興奮。

那對情侶把我一路載到伍德賽德，我在一家超市的停車場等候，直到一個打算前往柏克萊的男人願意載我一程，他開著一部鏗鏗鏘鏘的雪佛蘭汽車，運送一個摩托車配件到柏克萊，每開過路面的坑洞，他車裡那個用膠帶補強的置物箱就嘎嘎作響。叢叢林木閃過車窗，枝葉蓬亂，太陽一照，頓顯繁茂濃密。青綠的海灣朝向遠方延展。我緊抓著膝上的皮包。他叫做克勞德，這個名字跟他的長相不太搭調，他似乎覺得不好意思。「我媽媽喜歡那個法國演員，」他嘟囔了一句。

克勞德刻意翻翻他的皮夾，讓我看看他女兒的照片。她圓圓胖胖，鼻樑泛著粉嫩的光澤，一頭已經落伍的香腸狀鬈髮，長相有點抱歉。克勞德似乎察覺到我的憐憫，突然把皮夾搶回去。

「妳們女孩子真的不應該這麼做，」他說。

他搖搖頭，我看到他臉上閃過一絲關切，我心想，他肯定認可我多麼勇敢。其實我應該明瞭，當男人們警告妳小心一點，他們的意思通常是妳最好提防他們腦袋裡種種陰沉的畫面——說不定他們正做著某個帶有暴力色彩的白日夢，因而愧疚地規勸妳務必「平安返家」。

「唉，但願我跟妳一樣，」克勞德說。「自由自在，無拘無束，雲遊四方。但我畢竟有份工作。」

他悄悄看我一眼，然後目光移回路面。啊，頭一個不安的神態——我已經善於辨識情慾：清清嗓子，急急一瞥，偷偷端詳，莫不流露出男性的慾望。

「妳們這些人都沒有上過班，對不對？」他說。

他說不定在開玩笑，但我看不準。他的語氣有點酸，好像真的忿忿不平。說不定我應該對他心懷畏懼。這個年紀的男人看到我孤單一人，而且似乎覺得我欠了他什麼，還有什麼更能激怒一個男人？但我不害怕。我有恃無恐，喜不自勝，我覺得飄飄然，誰也打不倒我。我將要回到牧場。我將要見到蘇珊。克勞德只是個紙紮的小丑，無傷大雅，荒誕可笑，在我的眼中，他幾乎不真實。

⁂

「這裡可以嗎？」克勞德說。

他已經駛近加大柏克萊分校的校區，一座鐘塔聳立在校園中，遠方的山坡屋宅林立，屋前的台階直通自家大門。他關掉引擎。我感覺到車外的暑氣、以及附近熙來攘往的車輛。

「謝謝，」我邊說、邊拿起我的皮包和帆布袋。

「等等，」我打開車門之時、他開口說道。「跟我坐一會兒，好嗎？」

我嘆口氣，但坐回乘客座。我看著遠方焦黃的山丘，赫然想起冬天裡有段短短的時間，山丘一片青綠，繁茂豐盈，水氣充足，那時我甚至尚未結識蘇珊，想了令人心驚。我可以感覺克勞德從旁盯著我。

「嗯，」克勞德搔搔他的脖子。「如果妳需要錢——」

「我不需要錢。」我不害怕，我聳了聳肩以示道別，推開車門。「謝謝囉，」我說。「多謝你讓我搭便車。」

「等等，」他邊說、邊抓住我的手腕。

「你他媽的放手，」我邊說、邊掙脫他牢牢的掌控，聲調異常激憤，聽來陌生。用力關上車門前，我看到克勞德那張軟弱、氣急敗壞的臉龐。我掉頭離去，氣喘吁吁，幾乎放聲大笑。日光狠狠地照在人行道上，走到哪裡都熱氣騰騰。先前的對話令我精神大振，好像突然在世間掙得更多立足之地。

「臭婊子，」克勞德大喊，但我頭也不回，逕自離去。

※

電報大道遊客如織：人們擺攤販售焚香或印地安人首飾，小巷的籬笆上懸掛著皮雕的包包。那年夏天，柏克萊的每一條街道全都重新翻修，人行道上堆滿碎磚瓦礫，柏油路被挖出一道道深溝，好像災難電影的場景。一群長袍及地的人們噗噗啪啪地對著我分發傳單。光著上身、手臂隱隱瘀青的男孩們上上下下地打量我。跟我年齡相仿的女孩們拖拉著麻氈旅行包，雖是八月盛夏，她們依然披著天鵝絨的長大衣。

即使碰上克勞德這種人，我依然不怕搭便車。克勞德只是一個無足輕重、掠過我眼角的男子，早已靜悄悄地飄入虛無。湯姆是我趨前打交道的第六個人，他低頭鑽進車裡時，我拍了拍他肩膀，請他載我一程，他似乎受寵若驚，好像我編了一個藉口接近他。他慌張地撢撢乘客座，一團碎屑如小雨般悄悄飄落在地氈上。

「我應該打掃得乾淨一點，」他帶著歉意地說，好像我說不定會挑三揀四。

※

湯姆開著一部小小的日本車，謹遵行車速限，轉換車道前不忘轉頭觀望。他穿了一件格子襯衫，手肘處有些磨損，但是襯衫乾乾淨淨，紮進褲腰裡，他細瘦的手腕顯得稚氣，勾動我的心弦。他一路把我載到牧場，即使牧場距離柏克萊約有一小時車程。他原本宣稱他正要前往聖塔羅莎的一所專科學校找朋友，但他不善撒謊：我可以看到他的脖子發紅。他是個彬彬有禮、就讀於加大柏克萊分校的大學生。醫學院預科，即使他也喜歡社會學和歷史。

「林登．詹森，」他說。「他才是個有擔當的總統。」

我獲知他來自一個大家庭、有一隻叫做「妹妹」的小狗、課業非常繁重：他正在上暑期班，希望修完一些預修科目。他先前問我主修什麼，他肯定以為我最起碼十八歲，他搞錯了，但我聽了倒是相當開心。

「我沒有上大學，」我說。我正想解釋我只是個高中生，但湯姆馬上振振有詞地辯駁。

「我也想過不要上大學，」他說，「我想要休學，但我得修完暑期班的課程。我已經付了學費。我的意思是，但願我沒付，但是——」他的聲音愈來愈微弱，一直盯著我，最後我終於意識到他希望得到我的諒解。

「太衰了吧，」我說，這樣似乎就已足夠。

他清清嗓子。「嗯，那妳是不是在上班？如果妳沒有上學的話？」他說。「哎喲，我這樣問妳、不是很失禮嗎？妳不回答也沒關係。」

我聳聳肩，假裝自在。但說不定那趟車程果真讓我感到自在，好像我自然而然就可以在世間佔有一席之地，也好像光是跟陌生人說說話、應付一下各種狀況，我就可以滿足內心的渴望。

「我要去的那個地方——我已經在那裡待了一陣子，」我說。「我們是一個團體，彼此照應。」

他盯著路面，但仔細聆聽我描述牧場。滑稽的老房子，小孩子，院子裡那個蓋伊草草裝配、水管雜亂交纏的供水系統。

「聽起來好像我住的國際學舍，」他說。「我們一共十五個人，走廊上掛了一個告示板，我們輪流分擔那些比較棘手的雜事。」

「嗯，或許吧，」我說，但我知道牧場一點都不像國際學舍，我們那裡沒有斜著眼睛看人、爭辯哪個人晚上沒洗碗的的哲學系學生，也沒有一邊咬黑麵包、一邊為了遠方男友哭泣的波蘭女孩。

「房子是誰的？」他說。「是不是類似某種機構或是中心？」

我發現自己很難跟別人解釋誰是羅素。想來奇怪，但世間依然有些地方跟羅素和蘇珊毫無牽扯。

「他的唱片說不定在聖誕節左右上市，」我記得自己說。我一直談到牧場和羅素。我隨口提及米契，看似毫不經心，其實是經過精心鋪陳，就像先前唐娜在巴士上一樣。我們愈接近牧場，我的心情愈激動，好像想家的小馬，逕自拔腿衝向馬廄，完全忘了騎師。

「聽起來很不錯，」湯姆說。我看得出來我的描述勾動了他的心弦，他的臉上慢慢浮現出夢幻般的神采，好像被床邊故事裡的精靈王國迷得神魂顛倒。

「你可以在牧場待一會兒，」我說。「如果你有興趣的話。」

湯姆一聽馬上笑逐顏開，感激得露出羞怯的神情。「希望我不會打擾到大家，」他說，臉頰蒙上一層紅暈。

☼

我想像蘇珊和其他人看到我帶來這位新成員，八成相當欣慰。我擴編規模，招募新血，我運用種種她們慣用的花招，招募了一個臉蛋渾圓、隨同我們一起發聲、出錢為我們提供食糧的傻小子，但是不止於此，我還想延續某些感覺：車裡那股帶點挑釁、令人愉悅的沉默；那股逼得皮革座椅冒出水氣的悶熱。兩側的照後鏡扭曲了我的影像，我只捕捉到縷縷髮絲和雀斑點點的肩頭，慢慢才顯露出我的身形。車子過橋，駛過籠罩在糞臭之中的掩埋場。我可以看到遠方的另一條公路，公路穿過一片平坦的沼地，而後忽然直下河谷，山丘後方，牧場隱匿其中。

到了那個時候，我先前所知的牧場再也不存在。牧場已經窮途末路，寫下自己的輓歌。但我心中依然滿懷希望，以至於什麼都沒有瞧見。湯姆的車子一轉進牧場的車道，我的心情馬上飛騰：雖然才過兩星期，根本不算久，但重返牧場依然令我喜不自勝。我看到一切依然完好、如同往常般鮮活、怪異、帶點夢幻色彩，直到那一刻，我才意識到自己多麼擔心說不定再也看不到這一切。我心愛的景物再度一一呈現在眼前。那棟魔術般的屋子——我這才意識到它好像電影「亂世佳人」裡的大宅——那座淤塞、池水半滿、藻類漂浮、水泥磚斑駁的長方形泳池，全都再度屬於我。

當湯姆和我從車裡走向牧場，我注意到湯姆的牛仔褲非常乾淨，心中忽然閃過一絲猶豫。說不定女孩們會嘲弄他，說不定我不該邀他同行。我告訴自己沒關係。我看著他仔細打量周遭——我將他的神情解讀為欽慕，即使他想必已經察覺周遭一片殘破，處處可見汽車的空殼。青蛙的死屍有如一碰即碎的包裝盒，漂浮在游泳池面。但這些細節似乎再也不值得我注意，好比尼可腿上一個個碰了就痛、卡著小碎石的傷口。我的雙眼已經習於殘破的光景，因此，我以為我正重新投入光環之中。

13

一看到我們，唐娜就停下腳步。她懷裡抱著一團待洗的衣物，聞起來像是灰。

「這下麻煩囉，」她大聲嚷嚷。「倒霉喔。」一個久遭遺棄的世界對我發聲。「那個小姑娘就這麼逮到你，是吧？」她說。「天啊，好重。」

她的眼睛一圈微黑，眼下出現半月形的細紋，五官凹了下去，但我的心中盈滿親暱，渾然無視這些細節。她似乎很高興看到我，但當我介紹湯姆，她飛快地看了我一眼。

「他開車載我一程，」我主動補充說明。

唐娜猶豫地笑笑，把懷裡的髒衣服捧高一點。

「我在這裡待一會兒，沒關係吧？」湯姆悄悄對我說，好像一切全操之在我。牧場向來歡迎訪客，而且人人都得承受半開玩笑似的審視，我無法想像這會兒有何不同。

「沒關係，」我邊說、邊轉向唐娜。「是吧？」

「嗯，」唐娜說。「我不知道。妳應該跟蘇珊談一談，或是蓋伊。」

她格格輕笑，似乎心不在焉。她的舉止怪異，但唐娜向來不就是如此嗎？我甚至覺得滿可愛的。草叢裡有些動靜，吸引了她的注意力：原來是一隻急急奔竄、找尋樹蔭的蜥蜴。

「羅素前幾天看到一隻山獅，」她不曉得在跟誰說話，眼睛愈睜愈大。「很瘋狂吧？」

「瞧瞧誰回來了？」蘇珊說，她的歡迎隱藏著一絲怒意，好像我自己跑去度個小假，一溜煙地不見人影。「我以為妳忘了怎麼回牧場。」

先前她看到達頓太太攔住我，這會兒她卻一直瞅著湯姆，好像我為了他才離開牧場。可憐的湯姆，他拖著腳步在雜草叢生的院子裡晃盪，神情躊躇，好像一個參觀博物館的遊客。屋外的廁所久未清理，飄散出牲畜般的惡臭，肯定讓他鼻子過敏。蘇珊一臉木然，跟唐娜一樣疏離困惑：她們再也無法理解外面那個人們會受到懲處的世界。我想起那些我跟泰瑪共度的夜晚、那些我完全沒有想到蘇珊的下午，忽然心生愧疚。我試著醜化我爸的公寓，好像我無時不刻受到監視、承受了永無止盡的懲罰。

「天啊，」蘇珊輕蔑地哼了一聲。「無聊透頂。」

❊

牧場主屋的陰影沿著草地延展，好像一個怪異的戶外房間，我們待在這個老天爺恩賜的陰影下，成排蚊蠅在午後微弱的光影中盤旋飛舞。周遭瀰漫著一股嘉年華會的氛圍——女孩們吵吵嚷嚷地擠在我身邊，感覺親暱而熟悉，我心中一驚，感覺重拾了自我。樹梢閃過一道道金屬的反光——蓋伊開車橫衝直撞地穿過牧場後方，叫喊聲迴旋飄渺，緩緩消逝。孩童們身影濛濛，圍成一圈，胡亂踩踏一灘積水：某人顯然忘了關掉水龍頭。海倫裹著一條毛毯，她拉高毯子，貼著下巴，看起來好像圍著一個毛絨絨的頸圍，唐娜不停試著搶奪毛毯，海倫美少女般的軀體暴露在眾人面前，光裸的大腿上一片青腫。我察覺湯姆彆彆扭扭地坐在泥地上，但我大多時候只是心滿意足地倚著蘇珊熟悉的身軀。她連珠炮地說話，臉頰蒙上一層閃亮的汗珠。她的洋裝髒兮兮，但是眼睛銀閃閃。

我意識到泰瑪和我爸甚至還沒回家，我人已經在牧場，他們甚至還不曉得我走了，想來真滑稽。尼可騎著一部鏽跡斑斑的三輪車，車子對他而言太小，他一用力踩踏，三輪車就鏗鏘作響。

「好可愛的小孩，」湯姆說，唐娜和海倫大笑。

湯姆不確定他說的話哪裡好笑，但他眨眨眼睛，好像想要知道。蘇珊拉扯一束麥草，坐在一張從主屋裡搬出來的破椅子上。我一直留神羅素的蹤影，但到處都看不到他。

「他得去一趟舊金山，」蘇珊說。

一聽到尖銳刺耳的聲響，我們兩人同時轉頭：原來只是唐娜扯著嗓門尖叫，她試著在前廊上倒立，結果雙腿一晃，慌張失措地撲倒在地，她連帶撞翻了湯姆的啤酒，但他反而連聲道歉，四下張望，好像想要找隻拖把。

「老天爺啊，」蘇珊說。「別緊張。」

她在洋裝上擦擦出汗的雙手，雙眼微微露出兇光——搖頭丸通常讓她像個陶瓷小貓一樣冷硬。高中女孩服用這種藥丸保持身材苗條，但我從來沒有這麼做；在我的印象中，牧場眾人嗑了藥之後通常懶洋洋、昏沉沉，但搖頭丸不一樣，這種毒品讓蘇珊變得比平時更難接近。我不願正視她的轉變，認定她只是生氣。她的目光始終飄浮不定，眼睛幾乎眨都不眨。

我們跟往常一樣談天，一邊講話、一邊輪流抽一支讓湯姆咳嗽的大麻煙，但在此同時，我漸漸注意到其他事情，心中稍感不安——牧場上的人比以前少，也沒有陌生人端著空盤晃來晃去、詢問什麼時候可以吃晚餐。沒有人一邊把頭髮甩到身後，一邊徵詢哪個人打算一路開回洛杉磯。我到處都沒看到卡洛琳。

「她怪裡怪氣，」當我問起卡洛琳，蘇珊說。「好像妳可以望穿她的皮膚，看到她的內在。她回家了。幾個人過來接她。」

「她爸媽？」誰會以為牧場上哪個人真有爸媽？未免太可笑了。

「沒什麼大不了的，」蘇珊說。「有部小貨車朝北方去，我想大概是開往曼多西諾之類的地方，她在其他地方見過這幾個人。」

我試著想像卡洛琳回到她爸媽家中，姑且不論她爸媽家在哪裡。除了想像她平安無事、置身他方，我不願多想。

湯姆顯然不自在。我確定他習慣跟那些兼差打工、包包裡擺著圖書館卡、頭髮分岔的大學女生相處，海倫、唐娜和蘇珊野性不羈，連我都驚覺她們口無遮攔，飄散出一股酸臭——說不定這是因為過去兩星期，我住在一個衛浴設備齊備的公寓，還可就近取用泰瑪的美容用品，泰瑪對於保養儀容可是不遺餘力，連指甲都有一支專用的尼龍刷。唐娜一衝著他說話，湯姆就隱隱露出怯懦的神情，我不想注意到他口氣中的猶豫。

「好吧，唱片合約有什麼新的進展？」我大聲問道，希望藉由重申成功的事蹟，增強湯姆的信念，因為這裡畢竟依然是牧場，我說的事情也全都屬實──他只需敞開心胸，坦然接納。但是蘇珊神色怪異地看了我一眼，其他人盯著她，看看接下去該怎麼說。其實合約進展不佳，所以她才瞪著我。

「米契是個他媽的叛徒，」她說。

我非常吃驚，甚至無法理解蘇珊為何如此憤怒：羅素怎麼可能拿不到合約？米契怎麼可能看不出那股流竄在羅素四周的能量、那股忽隱忽現的氛圍？難道不管羅素具有什麼特別的力量、純粹只能在牧場上展現？但蘇珊赤裸裸的憤怒令我感到同仇敵愾。

「米契嚇到了，誰曉得為什麼。他說謊。這些人喔，」蘇珊說，「這些他媽的毒蟲。」

「你不可以唬弄羅素，」唐娜點頭贊同。「隨便說說，然後又反悔。米契不知道羅素的能耐。羅素不費吹灰之力就可以給他好看。」

羅素先前摑了海倫一巴掌，而且一副無所謂的模樣。我想到我不得不強迫自己調整心態，好讓自己從不同的觀點看待此事，頓時感到不快。

「但是米契可以改變心意，不是嗎？」我問。當我終於朝著湯姆一望，他沒注意到我，反而直直地盯著門廊另一邊。

蘇珊聳聳肩。「我不知道。他叫羅素不要再打電話給他。」她輕蔑地哼了一聲。「幹他媽的，他就這麼落跑，好像從來沒有答應任何事情。」

我想到米契。那一夜他受到慾望的驅使，變得如此粗俗殘暴，甚至不在乎我膽怯畏縮、頭髮卡在他的腋窩。在他迷濛的瞪視下，我們看來恍恍惚惚，只是兩副肉體，不具任何意義。

「但是沒關係，」蘇珊勉強擠出一絲微笑。「那不是──」

湯姆忽然一躍而起，打斷了蘇珊的話語。他噗噗啪啪跑過門廊，一邊飛快衝向游泳池，一邊大聲喊叫，我聽不出來他喊叫什麼。只看到他襯衫半敞，嘶吼聲中帶著赤裸裸的無力感。

「他有什麼毛病？」蘇珊說。我不知如何作答，尷尬得滿臉通紅，湯姆依然大聲喊叫，跌跌撞撞地衝下台階，躍入游泳池，我心中的窘困漸漸轉化恐懼。

「那個小孩，」他說，「那個小男孩。」

尼可！我的腦海忽然閃過一個畫面：他的身軀靜悄悄地漂浮在水面，小小的胸肺積滿了水，稀哩嘩啦。腳步聲轟轟隆隆，門廊斜向一側。我們跑到池邊，湯姆已經拖拉著小孩費勁邁出骯髒的水面，我們一看就知道尼可沒事。一切都沒事。尼可在草地上坐下，全身濕淋淋，一臉不悅，眼露凶光，用力推開湯姆。他放聲大哭，但惹他大哭的卻是湯姆：他只是在池裡玩水，無緣無故卻冒出一個陌生人對著他大喊大叫、把他拖出泳池。

「你緊張什麼？」唐娜對湯姆說，她粗手粗腳地拍拍尼可的頭，好像他是一隻溫馴的小狗。

「他跳進池裡，」湯姆慌張得全身發抖，長褲和襯衫全都濕透，鞋子也濕搭搭。

「那又怎樣？」

湯姆雙眼圓睜，他不曉得試圖解釋只會讓情況更糟。

「我以為他掉到池子裡。」

「但是池子裡有水，」海倫說

「水、那種溼答答的東西，你曉得吧？」唐娜吃吃竊笑。

「那孩子沒事，」蘇珊說。「你嚇到他了。」

「咕嚕、咕嚕、咕嚕。」海倫不可抑制地格格傻笑。「難不成你以為他淹死了？」

「他還是可能溺斃，」湯姆說，聲調逐漸高昂。「沒有人看著他。他還小，不可能真的會游泳。」

「瞧你這副德行，」唐娜說。「天啊，你真的嚇壞了，對不對？」

我看著湯姆費力甩掉襯衫上惡臭的池水。院子裡的廢棄物在陽光下閃閃發光。尼可站起來，甩甩頭髮，輕輕打個噴嚏，怪異的神情中帶點孩子氣的尊嚴。女孩們全都大笑，無一例外，因此尼可神情自若、搖搖晃晃地走開，沒有人注意到他又不見了。我假裝我也不擔心，擺出一副早知一切OK的模樣，因為湯姆看來可笑，他一臉驚慌，無所遁形，連尼可都生他的氣。他引發如此的騷動，我真不應該帶他過來，況且蘇珊瞪著我，讓我更確定我把他帶來牧場實在不妥。湯姆看著我，期盼我伸出援手，但我悄悄把目光移向地面，他已經看出我神情中的疏離。

「我只是覺得妳們應該小心，」湯姆說。

蘇珊輕蔑地哼了一聲。「我們應該小心？」

「我以前是救生員，」他說，聲音漸漸嘶啞。「人們在水淺的地方都可能溺斃。」但是蘇珊根本沒聽他說話，反而跟唐娜扮了個鬼臉。我心想，她們共同嘲笑的對象也包括我。我怎麼受得了？

「放鬆一點，」我跟湯姆說。

湯姆看起來很傷心。「這個地方真糟糕。」

「那麼你最好離開，」蘇珊說。「這個點子不錯吧？」她那粗嘎的語氣、她那惡毒的微笑——她大可不必如此尖酸刻薄。

「我可以跟妳談談嗎？」湯姆對我說。

蘇珊大笑。「天啊，你又來了。」

「幾句話就好，」他說。

我猶豫不決，蘇珊嘆了口氣。「跟他談談吧，」她說。「老天爺啊。」

湯姆從其他人身旁走開，我緊隨其後，腳步遲疑，好像只要跟他保持距離、我就可以避免被他牽累。我不停回頭瞄一瞄大家，女孩們已經緩緩走向門廊，我好想加入她們，我好氣湯姆，他那件愚蠢的長褲、他那頭茅草般的亂髮，看了令人氣怒。

「幹嘛？」我不耐煩地說，抿起嘴唇。

「我不知道，」湯姆說，「我只想——」他欲言又止，匆匆看了主屋一眼，拉扯一下他的襯衫。「如果妳願意，妳現在就可以跟我回去。今晚有個派對，」他說。「國際學舍的派對。」

我可以想像那個場面。圓圓的麗滋夾心蘇打餅，大家擠在一缽缽融化的冰塊旁暢談標準差值，興高采烈地比較閱讀書單。我稍微聳聳肩，舉止輕微到幾乎令人難以察覺。他似乎誤解了我的意思。

「說不定我應該把我的電話號碼抄給妳，」湯姆說。「那是走廊上的公用電話，但妳說妳找我就行了。」

我可以聽到蘇珊的笑聲如浪濤般湧來。

「沒關係，」我說。「反正這裡沒有電話。」

「她們不是好人，」湯姆試圖捕捉我的目光。他看起來像是一個剛幫教徒施洗的鄉間牧師，潮濕的褲管緊貼著他的大腿，目光真摯而急切。

「你哪知道？」我說，臉頰漸漸燙得嚇人。「你甚至不認識她們。」

湯姆雙手一攤，以示無奈。「這裡是垃圾場，」他氣急敗壞地說。「妳看不出來嗎？」他說的是搖搖欲墜的屋子、雜亂蔓生的草木、那些報廢的汽車和油桶、一張張任由黴菌和白蟻為所欲為的野餐毯。我全都看在眼裡，但我全都沒有放在心上：我已對他硬起心腸，無話可說。

※

湯姆一離去，女孩們更是率性而為，無需顧忌外人的眼光。她們再也不會受到干擾，講起話來也不再一派優閒、嘰嘰喳喳，更不會說著說著就陷入一陣沉默。

「妳那個特別的朋友上哪兒去了？」蘇珊說。「妳的老朋友？」她佯裝友善，雙腳抖個不停，即使神情一片茫然。

我試著跟她們一樣大笑，但一想到湯姆已經回去柏克萊，我卻不知道自己為什麼感到慌亂。他說的沒錯：院子裡確實堆了垃圾——不只是院子，其他地方堆積更多——尼可也說不定可能受傷。但那又怎樣？我注意到她們全都變瘦了，不只是唐娜，她們的頭髮也都失去了光澤，人人眼神呆滯空洞。當她們微微一笑，我瞥見一層妳常在餓漢嘴裡看到的白膩舌苔。我沒有多想為什麼，但我非常盼望羅素露面，盼望他撫平我焦躁的思緒。

「妳這個女孩子真讓人心碎，」當羅素看到我，他奚落了一句。「妳老是說也不說就跑掉，」他說，「妳就這麼一走了之，讓我們心碎。」

我看著羅素熟悉的臉龐，試圖說服自己牧場跟往常沒什麼兩樣，即使當他擁抱我，我看到他臉頰兩側好像塗上什麼東西。原來是兩道鬢角。鬢角不像頭髮一樣亂翹，而是服服貼貼。我仔細一看，赫然發現那是黑炭或是眉筆畫上去的。他這套怪異、卻讓人一眼看穿的詭計，想了令人不安。好像我以前認識的一個男孩，他順手牽羊，偷竊化妝品，只為了掩蓋臉上的青春痘。羅素伸出一隻手輕撫我的頸背，傳遞出一股股微弱的能量。我看不出他是否生氣，然而他一出現，眾人馬上急於爭取他的注意，人人緊隨他而行，好像一群嘰嘰嘎嘎的小鴨子。我試圖把蘇珊拉到一邊，跟以前一樣勾住她的手臂，但她只是微微一笑，神情疲憊，眼神渙散，從我身旁掙脫，執意跟隨羅素。

我得知羅素過去幾個星期一直騷擾米契。他不請自來，擅自出現在米契家。他派蓋伊踢翻米契家的垃圾箱，結果米契一回家就看到草坪上到處都是壓扁的玉米穀片紙盒、撕成碎片的蠟紙、以及油滑黏膩、沾滿食物殘渣的鋁箔紙。米契的管理員也在附近看到羅素，但僅只一次——史卡提說他看到某個傢伙把車停在鑄鐵閘門外，坐在車裡盯視，當史卡提請他離開，羅素微微一笑、跟史卡提說他是這棟房子的前屋主。羅素還出現在錄音工程師的家裡，想要索回他跟米契灌製的錄音帶。工程師的太太在家，日後回想，她記得自己聽到電鈴鈴聲大作，覺得不太高興，因為他們剛出生的小寶寶在後頭的臥室裡睡覺。當她開門，眼前正是一身骯髒牛仔褲、瞇著眼睛、面帶微笑的羅素。

她聽過她先生提到錄音時發生的一些事情，所以她知道誰是羅素，但她並不害怕。最起碼不怎麼害怕。初次見面時，羅素不是一個令人畏懼的男人。當她跟他說她先生不在家，羅素聳聳肩。

「我進去拿帶子，一下子就行了，」他邊說、邊伸長脖子觀望她的後方。「一進去馬上出來，不費事的。」這下她感到有點不自在。她移動一下雙腳，腳尖往前推擠，把她那雙舊拖鞋套得更緊，走廊另一頭隱隱傳來小寶寶的哭鬧聲。

「帶子全都放在錄音室，」她說。羅素盡信不疑。

工程師太太記得當天稍晚、院子傳來聲響，玫瑰花叢似乎簌簌顫動，但當她望向窗外，除了鋪了小碎石的車道和盈滿月光的殘株枝梗，什麼都沒看見。

※

我回到牧場的第一個晚上跟之前完全不同。昔日的夜晚生氣盎然，人人臉上洋溢著青春的純真與甜美——我經常輕拍牧場上那隻四處窺探、渴望受寵的小狗，用力搔搔牠耳後，我搔得越用力，小狗愈開心。有些夜晚相當怪異，要嘛大夥全都吸了迷幻藥，要嘛羅素跟某個醉醺醺的摩托車騎士當面起了爭執，用他那套翻來覆去的邏輯向對方說教。但我從不曾感到害怕。那天晚上不同：大夥圍著圓石而坐，石堆裡的火苗幾乎已經熄滅，當火光緩緩消逝，沒有一個人在意，大家的精力全投注在羅素身上，而羅素走來走去，神情緊繃，好像一條快要斷裂的橡皮筋。

「這一首，」羅素來回走動，信手撥弄出一首歌曲。「我隨便寫寫，這會兒已經成了暢銷歌曲。」

吉他走音，琴弦叮叮咚咚，音符單調平板，但羅素似乎沒有察覺。他的語調急促焦躁。「還有另一首，」他說。他撫摸弦栓，瞎搞一通，然後急急撥弄出一連串刺耳的顫音。我試圖捕捉蘇珊的目光，但她緊盯著羅素。「這是未來的音樂，」他在囂鬧之中開口。「他們以為自己知道什麼叫做好音樂，因為他們有辦法讓收音機播放他們的歌曲，但那些都是鬼扯。他們心中沒有愛。」

似乎沒有人注意到他的語句鬆散，不知所云：大夥心意相通，嘴角微微抽動，不約而同地附和他的話。羅素是個天才，先前我跟湯姆這麼說，但如果這會兒他看到羅素的模樣，我可以想像他必然面露悲憫，一臉同情。想到這裡，我幾乎憎恨湯姆，因為我也看得出來、聽得出來。羅素繼續吟唱，歌曲處處讓人意識到這些曲子多麼粗糙——甚至說不上粗糙，只是拙劣：甜言蜜語，濫情做作，陽光，鮮花，微笑，一句句描述愛情的歌詞生硬而幼稚，彷彿出自小學老師之手，好像一隻胖胖的小手畫出的心。只是我無法坦然面對這個事實，最起碼當時還辦不到。蘇珊望著他，我看著她流露的神情，心中湧起一股渴求。我好想跟她在一起，陪伴在她身旁。我以為愛一個人是一種衡量、一種保護性的算計，好像對方能夠了解妳的愛意多麼強烈，回報以同等的愛意。我覺得這樣似乎公平，殊不知宇宙根本不在乎是否公平。

❊

有些夢境之中，我在夢接近尾聲時醒來，以為某個影像或是某件事情屬實，帶著這種認定跨出夢境，踏入夢醒時的生活。一旦意識到自己依舊單身、也沒有破解飛航密碼，感覺如此不悅，心中的哀傷與懊惱可是千真萬確。

夜色漆黑，蟋蟀漠然低鳴，忽起忽沒，橡樹鬼魅陰森，令人膽寒，羅素果真指示蘇珊前往米契・路易斯的家，給他一點顏色瞧瞧——我一直以為我見證了那一刻，但我當然沒有。我讀了好多相關報導，甚至相信自己親眼瞧見那個受到記憶渲染的一景。

其實我那時一直在蘇珊房裡等候，滿心煩躁，迫切盼望她回返。那天晚上，我好幾次想要跟她說說話，我拉拉她的手臂，追隨她的目光，但她始終敷衍我。「待會兒再說，」她說，但光是這一句就足以讓我以為她會履行承諾、在漆黑的房裡跟我好好談談。當我聽到踏入房間的腳步聲，我胸口一緊，滿腦子只有一個念頭——**蘇珊來了**——但我感覺有個東西從旁邊輕輕撞了我一下，我猛然張開眼睛——啊，那只是唐娜。她剛才朝著我丟了一個枕頭。

「睡美人喔，」她邊說、邊竊笑。

我試圖再度擺出愜意的睡姿，但我緊張地翻來覆去，已經把床單弄得皺巴巴。我豎起耳朵，仔細聆聽任何蘇珊回返的聲響。但那天晚上她始終沒有回來。我盡可能等候，專心聆聽每一個嘎嘎的噪音，直到昏昏沉沉，精神渙散，不情不願地墜入夢鄉。

其實蘇珊整晚都跟羅素在一起。他們說不定翻雲覆雨，把他的拖車屋搞得熱氣騰騰，羅素述說他對米契有何打算，兩人仰頭凝視天花板，我可以想像他說出細節之前猛然轉變話題，好讓蘇珊覺得自己和他想法一致，以為自己也有此打算。

「我的小獵犬喔，」他輕聲哄騙，雙眼骨碌碌地轉動，目光狂熱，望似深情，實則癲狂。在這種時刻，蘇珊居然感到受寵若驚，著實不可思議，但她顯然覺得受到阿諛。他一隻手刮搔她的頭皮，男人們總是喜歡激起這種帶點痛楚的歡愉，就像是逗弄狗犬，我可以想像這股歡愉逐漸攀升，亟欲追求更刺激的快感。

「我們非得把事情搞大，」羅素說。「讓他們無法忽視。」我可以看到他把她的一綹髮絲纏繞在指間，極盡輕微地把玩拉扯，她感覺陣陣抽動，但不知道那是疼痛、或是歡愉。

他開了門，催促蘇珊行動。

※

隔天蘇珊從早到晚心神不寧。她獨自行動，神情忽而慌張，忽而急迫，壓低嗓門跟蓋伊商議。我感到妒意，她已將她的心交給羅素，我還能怎樣？她已將自已層層封閉，不再考慮我。

我滿腦子疑惑，期盼她解釋，但當我對她微微一笑，她眨眨眼，似乎過了一會兒才認出我是誰，好像我是一個把她遺失的筆記本送到她手中的陌生人。我一直注意到她眼中閃爍著凶光，一股寒意直竄內心。後來我才了解這些都是事前的心理準備。

晚餐是一些吃剩的青豆，豆子一再加熱，鍋底的殘渣燒焦了，吃在嘴裡帶點鋁鍋的焦味。還有一個麵包店的巧克力蛋糕，蛋糕塗上一層灰白的糖霜，味道怪怪的。大家想在室內用餐，所以我們坐在龜裂的地板上，盤子斜斜地擱在膝上，彆扭地弓起身子，好像穴居的原始人。大家似乎都吃得不多，蘇珊伸出一隻指頭壓壓蛋糕，看著蛋糕化為碎屑。她們望向房間另一頭，凝視著彼此，神情之中難掩歡鬧，好像偷偷計畫開個驚喜生日派對。唐娜煞有其事地遞給蘇珊一塊抹布，我自怨自艾，心情紊亂，盲目而焦躁，什麼都不明白。

我打起精神，試圖強迫蘇珊跟我說話。我放下我那盤黏糊噁心的餐點，抬頭看看，但她已經站了起來，舉止之間盡是我不了解的訊息。

我跟隨她手電筒的光影而行，當我趕上她，我意識到他們正要去一個地方。蘇珊打算丟下我！我舉步蹣跚，萬念俱灰，啞口無言。

「讓我一起去，」我說。她急急跨過草坪，小草朝兩側傾倒，我追隨她的足跡，試圖趕上她。

我看不到蘇珊的臉。「去哪裡？」她說，聲調平板。

「你們去哪裡，我就去哪裡，」我說。「我知道你們正要去某個地方。」

她語帶戲謔、輕快地說：「羅素沒有叫妳去。」

「但我想去，」我說。「拜託嘛。」

蘇珊沒有直接應允。但她放慢腳步，讓我跟她一起大步前進，我踏著全新的步伐，心中充滿使命感。

「妳應該換件衣服，」蘇珊說。

我低頭檢視我的棉質運動衫和長裙，試圖找出是哪一點惹到她。

「換件深色的衣服，」她說。

14

車程有如一場拖了好久的大病，從頭到尾迷迷糊糊，令人難以相信確有其事。蓋伊開車，海倫和唐娜坐在他旁邊，蘇珊坐在後座，凝視窗外，我坐在她身旁，夜色逐漸凝重，車子駛過一盞盞街燈，黃澄澄的光影閃過蘇珊的臉龐，其他人神情恍惚。有時我覺得自己從未離開過那部車子，某部分的我始終留在車裡。

那天晚上，羅素待在牧場，我甚至不覺得這樣有什麼不對。蘇珊和其他人是他派遣到世間的僕役——自始至終就是如此。蓋伊猶如他決鬥中的副手，蘇珊、海倫和唐娜毫不遲疑，蘿絲也應當同行，但她沒有——日後她宣稱她感覺事情不太對勁，所以留在牧場，但我懷疑她說的是不是真話。羅素是否察覺她心中尚有一股頑強的道德感、因而阻止她同行？蘿絲畢竟是個母親，有個小兒子尼可。日後她的確成為檢方的主要證人，坐上證人席，一身白洋裝，頭髮中分，做出對其他人不利的證詞。

我不知道蘇珊有沒有告訴羅素我跟著同行——從來沒人問過這個問題。

車子的收音機開著，一首首歌曲為其他人的生活提供配樂——那些準備上床睡覺的人們，那些把餐盤裡最後幾口雞肉倒進垃圾桶的媽媽們——聽在耳裡可笑而陌生。海倫嘮嘮叨叨地講述一隻鯨魚在皮斯摩海灘擱淺，我們覺得這是不是一種跡象、表示即將發生大地震？說著說著，她跪著起身，好像想到地震就激動不已。

「我們得前往沙漠，」她說。沒有人上鉤，順著她的話說下去：沉靜肅穆之氣籠罩車內。唐娜喃喃說了幾句，海倫下巴一沉，一副不服輸的模樣。

「妳可以打開窗戶嗎？」蘇珊說。

「我好冷，」海倫嗲聲嗲氣地抱怨。

「少來了，」蘇珊邊說、邊用力捶打椅背。「我他媽的快要融化了。」

海倫搖下車窗，車裡頓時盈滿空氣，聞起來帶點廢氣的味道，鄰近的大海飄送陣陣鹽味。

☼

而我置身他們之中。沒錯，羅素變了，事情急轉直下，但我跟蘇珊在一起。有她在場，任何猶疑、任何憂慮都受到箝制，我像個小小孩，只要媽媽守在床邊，我就相信怪獸不會進襲。但小小孩看不出來說不定媽媽也害怕，媽媽也心知肚明，除了獻上自己瘦弱的軀體作為交換，她什麼也辦不到。

說不定我多多少少知道接下來會如何，就像是看著陰暗之中的微光愈來愈黯淡：說不定我隱隱察覺事情可能如何發展，但我依然一同上路。那年夏末、或是日後在人生的不同階段，我經常憑空摸索，細細篩檢那天晚上的每一個細節。

蘇珊只說我們要上門找米契，她語氣尖銳，流露出一股我從未聽過的冷酷，即使如此，我想到的只是過去胡鬧一下，就像前一陣子騷擾達頓家。我們會祭出心理戰術，干擾米契的心情，讓他焦躁不安。米契會感到恐懼，但僅是一瞬間，然後他就非得從不同的角度看世界。太好了——蘇珊對他的憎惡挑起我的怒火，容許我也對他心懷恨意。他那肥胖、有如八爪魚般的手指，他一邊喋喋不休講些廢話、一邊上上下下打量我們，好像他那些陳腔濫調騙得了我們、讓我們看不出他眼神之中充滿汙穢。我要讓他感覺無助。我們會像一群來自異域的精靈小鬼，佔據米契的屋子。

正如同我的預感，一切果真應驗了。車裡瀰漫著一股同仇敵愾的氣氛，寒意颼颼，彷彿來自另一個世界，吹拂我們的肌膚和髮絲。只是我從來沒有想過那股寒意可能是死亡的氣息。不，我連想都沒想過。直到新聞報導鋪天蓋地般席捲而至，我才相信確實有這可能。一旦有此領悟，事事當然沾染了死亡的色彩，死亡的氣息有如那股盈滿車內、緊貼車窗、無色無味的薄霧，我們吸入它，我們呼出它，字字句句都受到它左右。

❊

我們上路沒有多久，說不定駛離牧場才二十分鐘，蓋伊已經慢慢開過一條條陰暗狹窄的山間小路，駛入綿延空曠的平地，加快車速。我們駛過一株株尤加利樹，薄霧漫過車窗，冷冽的霧氣綿延至遠方。

我保持警戒，一情一景如同琥珀般清晰明亮。收音機，大夥擠成一團，蘇珊的側影。我想像他們一直以來擁有的歸屬感，彼此守護，編織出一張感情的紗網，妳靠得太近，察覺不出網子的存在，只是感覺自己隨著友伴們一起浮游，沉醉在歸屬感帶來的暢快當中。

我豈能相信自己有幸得到她的關注？我怎能如此癡心妄想？想來不免懊惱。我試著伸手握住她的手，我輕拍她手掌，好像想要傳遞一張紙條。她有點驚訝，忽然回過神來，直到這一刻，我才注意到她心神恍惚。

「幹嘛？」她厲聲說道。

我臉色一沉，再也藏不住。蘇珊這下肯定看出我長久以來的傾慕、我的情感源源湧出，她肯定也在暗中估算，像一顆墜入井中的石頭——但井裡始終沒有傳來聲響，估算不出井底究竟多深。她的雙眼愈來愈陰沉。

「停車，」蘇珊說。

蓋依繼續前進。

「把車停到路邊，」蘇珊說。蓋伊轉頭瞄了我們一眼，然後把車停在右線道的路肩。

「怎麼回事？妳——」我說，但蘇珊打斷我的話。

「下車，」她邊說、邊打開車門，她動作好快，我根本來不及制止，好像膠片劈劈啪啪地繼續播放，聲音始終落了一截。

「別鬧了，」我說，試圖開開玩笑，講得輕鬆一點。蘇珊已經下車，等著我走開，她可不是鬧著玩。

「這附近什麼都沒有，」我說，回頭看看公路，一臉絕望。蘇珊不耐煩地動來動去，我瞄了其他人一眼，以示求助，車內的小圓燈照亮他們的臉龐，人人顯得面無血色，看起來跟雕像一樣冷酷、不近人情。唐娜把頭轉開，海倫竟帶著好奇的眼光看著我，好像我是個醫學奇蹟。蓋伊在駕駛座上動了動，調整一下照後鏡。海倫悄悄說了幾句話——唐娜叫她閉嘴。

「蘇珊，」我說。「拜託，」我試圖爭辯，語調中流露出無助。

她一語不發。當我終於慢吞吞地滑過座椅、走出車外，蘇珊馬上低頭上車，關上車門，毫不遲疑。車內的小圓燈啪地熄滅，眾人再度陷入黑暗之中。

然後他們開車離去。

我意識到自己孤零零，即使我癡心妄想，天真地以為他們會回頭、這只是個玩笑、蘇珊絕對不會就這樣離開我，我也知道我已被拋在一旁。我只能漸漸隱沒，盤踞在樹梢某處，低頭看著一個獨自站在黑暗中的女孩。她是誰？我不認識。

15

頭些日子謠言滿天飛。霍華德．史密斯報導米契．路易斯遭到殺害[5]，雖然是個誤報，但相較於其他流言，這個消息算是很快更正。大衛．布林克利報導六名受害者遭到分屍、槍殺、留置在草坪上，然後人數更正為四名。[6]布林克利率先宣稱案發現場發現頭罩、套繩、撒旦符碼，所謂的撒旦符碼其實是以訛傳訛，肇因於客廳牆上那一顆紅心，紅心以毛巾的一角繪製，毛巾浸滿遇害母親的鮮血。

眾人的誤解當然不無道理——他們以為那個圖形傳達出陰森與殘酷，認定那顆草草繪製的紅心是個神祕的末世符碼。大家比較容易把它想像為一群冷血殺手留下的印記，而吝於接受實情：那只是一顆心，任何一個害了相思病的少女都可能在筆記本裡信手畫顆心。

☼

沿著公路走了一英里，忽然看到出口和附近一處加油站。我在暈黃的燈光下走來走去，電燈吱吱作響，好像油煎培根。我保持警戒，觀望路面，當我終於放棄希望、確定沒人會過來接我，我在公共電話亭撥了爸的號碼。泰瑪接了電話。「是我，」我說。

「伊薇，」她說。「謝天謝地。妳在哪裡？」我可以想像她在廚房接電話，一隻手把玩電話線，收疊一個個線圈。「我知道妳很快就會打電話回來。我跟妳爸爸說妳會。」

我詳細地敘述我人在哪裡。她肯定聽出我內心的傷痛。

「我現在就出門，」她說。「妳待在那裡別走。」

我坐在路旁等候，趴靠在大腿上。空氣清涼，流露出初秋的氣息，一〇一號公路行車熙攘，一個個煞車燈沿著公路閃爍，有如星河，大卡車加快車速，有如高塔般逐漸逼近。我忙著幫蘇珊編藉口，為她的行為找出某個理由。但我想不出任何理由，只能面對眼前這個令人傷心的事實：我們始終不是好友。我對她沒有任何意義。

卡車司機們在加油站購買一包包葵花子，不停朝著地上吐菸草渣，他們踏著雄赳赳的步伐，頭戴牛仔帽，我可以感覺他們好奇地盯視。我一頭長髮，大腿光裸，我知道他們正在討論我為何落單。我的憤怒與震驚肯定佈下某種防衛機制，警告旁人不得進犯——他們並沒有打擾我。

我終於看到一部白色的普利茅斯汽車駛近，泰瑪沒有熄火，我坐上乘客座，泰瑪的臉龐看來好熟悉，我由衷感激，手足無措。她頭髮溼溼的。「我沒時間吹乾，」她說。她看了我一眼，眼神和藹，但是困惑。我看得出她想問我一些問題，但她肯定已經意識到我不會多說。

5 譯註：Howard Smith，1914－2002，美國知名記者、電視主播暨政治評論家。

6 譯註：David Brinkley，1920－2003，美國資深電視主播。

青少年始終躲在自己的世界裡，偶爾被迫露個臉，爸媽們已經習慣他們的缺席，不期望他們現身。我已經銷聲匿跡。

「別擔心，」她說。「他沒跟妳媽說妳落跑。我說妳遲早會出現、她只會白操心。」

我的悲傷不斷高漲，蘇珊拋下我離去，永遠不再回頭。我們毫無嫌隙，卻突然失和，好像踩空了一步一樣令人心驚。泰瑪伸手到她皮包裡搜尋，終於找著一個金色的小盒子，盒子覆上粉紅色的壓印皮革，好像一個名片夾，裡面擱著一支大麻煙。她朝著置物箱點點頭——我找到一個打火機。

「別告訴妳爸，好嗎？」她吸了一口，直視路面。「他說不定也會罰我禁足。」

☼

泰瑪沒說謊：我爸果真沒有打電話給我媽。他氣得發抖，但是他把女兒當成一隻忘了餵食的寵物，也令他心虛。

「妳可能出事，」他說，口氣猶豫，好像一個不曉得台詞是否正確的演員。

泰瑪走向廚房，順道經過他身邊，泰然自若拍拍他的背，然後幫自己倒了一杯可樂。我被留下來面對他怒氣騰騰、緊張兮兮、神情閃爍、驚慌恐懼的臉龐，他從客廳另一頭看著我，怒氣漸漸消散。該發生的都發生了——我不怕我爸那股娘娘腔的怒氣。他能拿我怎麼辦？他還能奪走什麼？

於是我回到了我在帕羅奧圖那間毫無特色的臥房，檯燈散發出有如商務旅店般的燈光，毫無個性，單調乏味。

※

隔天早上，我從房間裡露臉，爸和泰瑪已經出門上班。公寓空空蕩蕩。他們其中一人讓電風扇開著——說不定是泰瑪——那株看起來假假的植物在風中顫動。再過一星期我就得離家前往寄宿學校，我還得在我爸的公寓待七天，再熬過七頓晚餐，感覺非常漫長，卻也短暫得不像話——我沒有時間調整作息，也來不及熟悉環境。我所能做的只是等待。

我打開電視，嘰嘰喳喳的話語宛如背景音樂，伴隨著我在廚房裡東翻西找。櫥櫃裡那盒米果只剩下一丁點，我一把抓了吃掉，然後壓平空盒。我倒了一杯冰茶，把一排小餅乾疊成厚厚一落，狀似賞心悅目的撲克牌籌碼。我端著吃食走向沙發，人還沒坐下，電視螢幕就攫住了我。

種種影像不斷重疊，不斷延展。

兇手、或是兇手們依然尚未落網。播報員說米契．路易斯無暇置評。一塊塊小餅乾被我潮濕的雙手捏成碎片。

審判之後事事才漸趨明朗，大家也才明瞭那天晚上的發展。每一個細節和影像都公諸於世。有些時候，我試圖猜想自己說不定參與了哪一個環節、我在整個事件之中扮演了什麼角色。最順當的想法莫過於我不可能做出任何事情，說不定蘇珊看到我在場就善心大發，他們也就放棄行兇。那當然是一廂情願的想法，好像一個勸人行善的道德小故事。其實還有一個可能性，它隨伺在側，無影無形，鍥而不捨，好像躲藏在床下的妖精、潛伏在樓梯底的蟒蛇：說不定我也可能動手。

說不定動手並不困難。

☼

把我留在路邊之後，他們直接前往米契家，在車裡又待了三十分鐘。三十分鐘的車程中，他們說不定談論我為什麼突然被趕下車，大夥愈說愈興奮，凝聚出某種使命感，好像一群真誠的朝聖者。蘇珊手臂交叉在胸前，身子往前一傾，靠在前座的椅背上，嗑藥嗑得精神恍惚，神情倒是坦蕩決然。蓋伊開下高速公路，駛進那條穿越礁湖的二線道公路。交流道出口旁的汽車旅館低矮灰白，尤加利樹忽隱忽現，散發出濃冽的香氣。在法庭的證詞中，海倫宣稱在那一刻，她頭一次跟其他人表明她的猶豫。但我不相信她的說詞。就算真有疑慮，他們也不會明說，只是暗自思量，好像腦海中隱隱飄過一個泡泡，不聲不響就消失無蹤。他們的疑慮逐漸淡薄，好像夢境中的細節般逐漸模糊。海倫意識到她把她的小刀留在牧場。根據審判文件，蘇珊對她大喊大叫，但大夥排除開車回去牧場拿小刀的計畫，他們已經得心應手，沉醉在一股更壯大的氣勢當中，無法自拔。

☼

他們把福特汽車沿著路邊停放，甚至根本懶得把車子藏起來。慢慢走向米契家的鐵門時，他們的心思似乎已經同化，想著同一件事，彷彿單一個體。

我可以想像他們眼中的景象。從鋪了碎石的車道上看到的米契家，靜默的海灣，客廳的前端，一切都如此熟悉。我結識他們之前，他們跟米契住了一個月，積欠了一大堆叫外賣的帳單，被溼答答的毛巾感染了皮膚癬。但是話說回來，我覺得那天晚上他們眼中的米契家說不定是另一個模樣，稜角分明，閃閃爍爍，好像一顆冰糖，令人讚嘆。屋裡的人們注定難逃一死，他們的下場如此悽慘，蘇珊一行人說不定為他們抱憾。因為啊，在事件的進展中，他們完全無能為力，他們的生命已是多餘，好像一卷被雜訊洗掉原音的卡帶。

他們原本期望見到米契。每個人都曉得這一段：他被叫到洛杉磯幫那部始終沒有公開放映的電影「石神」錄製配樂，他搭乘當晚最後一班從舊金山國際機場起飛的班機前往伯班克，把家中交由史卡提看管，史卡提當天早上剪了草，但還沒清理泳池。米契的前女友打電話請他幫個忙，問說她和她兒子克里斯多福可不可以借住兩晚，兩個晚上就好。

蘇珊一行人發現屋裡多了幾個陌生人，肯定相當訝異。他們從沒見過這幾個人。在那一刻，他們可能互瞪一眼，達成共識，打消念頭，走回車裡，垂頭喪氣，靜默不語。但他們沒有掉頭離去。他們做了羅素交代他們做的事。

當眾大鬧。做一件每個人都將聽說的事情。

✲

主屋裡的琳達和她的小兒子正準備上床休息。她幫他做了義大利麵當晚餐，從他的碗裡叉了幾條麵條嘗一嘗，但沒有費心幫自己準備任何餐點。他們睡在客房——兩人的衣物和克里斯多福的蜥蜴布偶從她的棉布旅行袋裡散落到地上，布偶有點髒兮兮，黑鈕扣的小眼睛晶瑩雪亮。

史考提邀了他的女朋友關恩・沙德蘭過來聽唱片，趁米契不在家的時候用一用他的熱水浴缸。她芳齡二十三，剛從馬林學院畢業，他們兩人在一個烤肉派對上相識，她長得不算非常漂亮，但是相當親切友善，是那種男孩子總會請她幫忙縫補鈕扣、或是修剪頭髮的女孩子。

他們都喝了幾瓶啤酒。史考提抽了一些大麻，但關恩沒抽。他們在管理員的小木屋裡過夜，史考提把小木屋整理得跟軍營一樣井然有序，床單折角鋪疊，緊緊塞入床墊下。

⁂

蘇珊一行人先從史考提下手。史考提在沙發上打瞌睡，蘇珊率先行動，查看關恩在浴室裡發出的聲響，同時，蓋伊跟海倫和唐娜點點頭，示意她們到主屋搜尋。蓋伊把史考提推醒，史考提哼了一聲，從夢中驚醒。史考提沒有戴上眼鏡——墜入夢鄉之前，他把眼鏡擱在胸前——他肯定以為蓋伊是提早返家的米契。

「抱歉，」史考提說，八成想到熱水浴缸，「抱歉。」他四下摸索，搜尋他的眼鏡。然後史考提手忙腳亂地戴上眼鏡，看到蓋伊手中的刀子對他獰笑。

⁂

蘇珊在浴室裡逮到關恩。關恩彎腰站在水槽前，在臉上潑些清水。當她挺直身子，她從眼角瞥見一個人影。

「嗨，」關恩說，臉上還滴著水。她是個家教良好的女孩，連感到驚訝之時都很友善。

說不定關恩以為那是米契或是史考提的朋友，但短短幾秒鐘之內，她肯定察覺到不對勁，那個微笑回應的女孩（沒錯，誠如眾人所知，蘇珊的確微笑回應），眼神如磚牆般冷硬。

☼

海倫和唐娜在主屋裡逮到女人和男孩。琳達心煩意亂，一隻手胡亂揮舞，但她跟著她們走。她只穿了底褲和她那件大運動衫——她肯定以為只要默不作聲、客客氣氣，她就會沒事。她試圖以眼神安撫克里斯多福。他的小手在她的手裡跟小魚一樣滑溜溜，參差不齊的指甲刮過她的掌心。男孩過了一會兒才哭；唐娜說他起先似乎很感興趣，好像在玩遊戲。躲貓貓、大風吹、大風吹。

☼

我試圖想像事發當時羅素在做什麼。說不定他們在牧場升了營火，羅素在閃爍的火光中彈吉他。說不定他把蘿絲或是某個女孩帶到他的拖車屋，說不定他們合抽一根大麻煙，看著煙霧盤旋飛舞，緩緩飄向天花板。女孩獨享他的愛撫與關注，八成得意洋洋，但他的心思想必已經飄向遠方，專注在那棟位於艾基瓦特路、門外就是大海的屋宅。我可以看到他一臉狡詐地聳聳肩，目光閃爍，深不可測，讓他的雙眼看起來有如門把一樣油亮。「這麼做是他們的主意，」他日後宣稱。他當著法官的面放聲狂笑，笑得幾乎噎住。「你認為我逼他們做出任何事情？你認為這雙手真的能做出什麼事？」羅素笑得好厲害，法警不得不把他帶出法庭。

☼

他們把每個人帶到主屋的客廳。蓋伊命令他們全都坐在那張大沙發上。幾個受害人瞄了瞄彼此，但那個時候，他們還不知道自己即將受害。

「你們打算拿我們怎麼辦？」關恩一直問。

史考提翻個白眼，滿頭大汗，一副愁雲慘霧的模樣，關恩大笑——說不定她忽然看出史考提沒辦法保護她、他畢竟只是一個眼鏡霧濛濛、嘴唇顫巍巍的小夥子。她離家好遠。她開始啜泣。

「閉嘴，」蓋伊說。「他媽的。」

關恩試圖制止啜泣，靜靜地顫抖。琳達想辦法安撫克里斯多福，即使女孩們已經把大家五花大綁。唐娜用毛巾綑綁關恩的雙手，琳達趁著蓋伊分開他們母子之前，最後再輕捏克里斯多福一下。關恩拉高裙子，跪坐在沙發上，哀聲求饒。她的大腿光裸，臉上淚光閃閃。琳達對蘇珊喃喃低語，她說他們可以拿走她皮包裡的錢，全都拿光也無所謂，她說他們不妨帶她去銀行、她可以領更多錢。琳達強作鎮定，嘮嘮叨叨，聲調單板，試圖把持狀況，她當然無能為力。

※

史考提是頭一個。當蓋伊用皮帶綁住他的雙手，他奮力掙扎。

「等等，」史考提說。「哎喲。」他被皮帶勒得老大不高興。

蓋伊自此失控。他猛然揮刀，力道之猛，連刀柄都裂成兩截。史考提奮力掙扎，結果只是摔到地上、弓起身子、護住小腹。鮮血噗噗啪啪從他的鼻子和嘴裡冒出來。

※

關恩的雙手綁得不太緊——一聽到刀刃刺入史考提的身軀，她馬上奮力掙脫，衝出大門。她毫無忌憚地尖叫，好像卡通人物一樣莽撞，聽起來幾乎有點不真實。快要衝到鐵門時，她跌了一跤，摔倒在草坪上。還來不及站起來，唐娜已經抓住她，慢慢爬到她背上，拿著小刀刺了又刺，直到關恩客客氣氣地求死、請她速速了斷。

※

他們最後才解決那對母子。

「拜託，」琳達二話不說，直接求饒，我猜想即使那個時候，她依然期望自己可以逃過一劫。她長得很漂亮，年紀很輕，而且有個小孩。

「拜託，」她說，「我可以幫你們弄到錢。」但蘇珊要的不是錢。安非他命起了作用，她的太陽穴緊繃，不停抽動，有如叨叨唸咒。這個嬌美的女孩嗑了藥，處於激奮狀態，一顆心在胸腔裡撲通狂跳。唉，琳達肯定相信事情自有解決之道、她將會得救，長得漂亮的人們總是這麼想。海倫按住琳達——她兩隻手壓住琳達的肩膀，起先有點猶豫，好像一個舞技不佳的舞伴，然後蘇珊一臉不耐煩、吼了她一聲，她才壓得更緊。琳達閉上雙眼，因為她曉得接下來會如何。

※

克里斯多福哭了。他窩在沙發後面；他們根本不必按住他。他的內褲濕透，散發出尿臭，哭聲之中夾雜著尖叫，盡情宣洩情緒。他媽媽躺在地毯上，已無聲息。

蘇珊蹲到地上，朝著他伸出雙手。「來，」她說，「過來。」

接下來這一段媒體完全沒有報導，我卻最常在心裡想像。

蘇珊的雙手肯定已經沾滿鮮血，衣服和頭髮帶著屍體暖暖的腥臭。我可以想像那幅情景，因為我熟知她臉孔的每一個角度。她的周遭瀰漫一股神祕、平靜的氣息，徐徐破水而行。

「來，」她最後再說一次，小男孩慢慢朝著她移動，不一會兒就坐到她的大腿上。她把他抱在大腿上，持刀一刺，好像送他一個小禮物。

❊

等到新聞報導告一段落，我已經緩緩坐定。沙發似乎與公寓其他各處脫節，獨自佔據密不通風的一隅。影像噗噗啪啪地冒出來，好像惡夢般張牙舞爪地蔓生。屋外的大海波光粼粼，彷彿事不關己。穿著短袖襯衫的警察踏出米契家的大門，我看得出他們無需匆忙行事，因為一切都已結束，沒有人會得救。

我意識到這件事的震撼力遠超過我的想像。我只瞥見事情的開端。我多麼希望眼前有個魔術門把，輕輕按下，我就可以擺脫一切。說不定蘇珊跟其他人說拜拜，說不定她沒有涉案。但這些狂亂的念頭只是自問自答的癡心妄想。她當然動手了。

種種可能的狀況掠過眼前。米契為什麼不在家？我可能涉入這起事件嗎？我怎能忽略所有警訊？我強忍著淚水，憋得幾乎喘不過氣。我可以想像蘇珊看著我鬧性子，一臉不耐，聲調漠然。

妳為什麼哭哭啼啼？她會問我。

妳甚至什麼都沒做。

※

很難想像拖了那麼久才破案、蘇珊一行人居然能夠置身事外。但在牧場之外的寬廣世間，人們確實並未起疑。他們過了好幾個月才被捕。這樁兇案如此殘酷、如此臨近家門，人人飽受驚嚇，幾乎歇斯底里。忽然之間，「家」的感覺完全不同，它不再是個安全的窩，周遭熟稔的一切當著屋主的面嘲諷他、挑釁他——你瞧，這是你的客廳、你的廚房，看起來全都眼熟，但有何屁用？到頭來還不是沒什麼意義。

整頓晚餐，新聞轟轟隆隆持續放送。眼角一瞄到任何動靜，我馬上轉頭，但那只是電視的畫面、或是車前燈閃過公寓的門窗。我們看電視時，爸搔搔頸子，臉上露出我不常見的神情——他害怕。泰瑪講個不停。

「那個小孩，」她說。「如果他們沒殺那個小孩，說不定不會那麼悲慘。」

我麻木無感，不確定他們會從我臉上看出什麼。說不定我只是神情呆滯，或是過度沉默。但他們什麼都沒看出來。我爸鎖上公寓大門，臨睡前再查看一次。我一直沒睡，燈光下的雙手癱軟無力，又濕又冷。是不是發生了什麼難以察覺的閃失、影響了事情的後果？那天晚上，倘若明亮的群星以不同方式運轉、或是不同的浪濤拍打著海岸，後果將會如何？難不成我動了手的那個世界、跟我沒有動手的那個世界，兩者之間只是一線之隔？我試著入睡，但是暴戾之氣在心中翻騰，使我無法成眠。除此之外，我的心中還有一個隆隆的聲響——即使在那個時候，我依然想念她。

※

兇殺的緣由太牽強，牽涉的層面太複雜，不實的線索太繁多，幾乎難以解釋。除了幾具屍體，警方別無物證，案發現場零散紛亂，好像一組次序顛倒的索引卡。案件可是偶發？米契是不是目標？還是琳達、史考提、甚至關恩？米契交遊廣闊，他是個社會名流，交際圈裡不乏仇敵和心存怨恨的友人。米契跟其他人提過羅素，但他只是眾多人名之一。等到警方終於搜查牧場，羅素一行人早已棄屋而逃，搭乘巴士遊走於沿海的各個露營營地，躲藏在沙漠地帶。

我不曉得案情陷入膠著，也不曉得警方徒勞無功地追查瑣碎的線索，比方說草坪上有個感應鑰匙圈，結果發現鑰匙屬於清潔婦。米契的前經紀人也受到監視。死亡為微不足道的小事蒙上迫切緊要的色彩，在死神幽冥紛亂的光影中，事事物物都成了證據。我知道怎麼回事，所以我覺得警方似乎也知情。我等著蘇珊被捕，靜候警察找上門的那一天——因為我沒有帶走我的帆布袋；因為那個加大柏克萊分校的大學生會想到蘇珊鄙夷地提及米契，進而聯想到凶殺案，歸納出兩者有所關連，然後通報警方。我真的非常害怕，其實卻是庸人自擾——湯姆只知道我的名字，不曉得我姓什麼。說不定他果真通報警方——他畢竟是個好公民——結果仍是不了了之，因為電話和信件如潮水般湧入警局，形形色色的人們聲稱對此案負責、或是宣稱握有旁人所不知道的證據，警方根本應接不暇。我的帆布袋只是普通的帆布袋，沒有任何特出之處。袋裡的物品，諸如衣服、一本關於綠衣騎士的小說、我那條摩爾羅曼的亮光唇膏，件件皆是小孩的玩意，佯裝自己像是大人似地累積雜物。更何況女孩們說不定已經翻遍帆布袋，丟掉那本沒有用的小說，留下衣服。

我說過好多謊話，但目前的狀況最讓我不知如何是好。我想過跟泰瑪告白，一五一十地告訴我爸。但是蘇珊的影像浮現腦際，我想像她剝弄她的指尖、猛然轉頭、直直地盯著我，於是我壓下話語，沒跟任何人提起半個字。

☼

凶殺案所引發的恐懼如影隨形，幾乎時時刻刻縈繞心頭。寄宿學校開學前那一星期，我很少一個人獨處，成天跟著泰瑪和我爸從一個房間走到另一個房間，不時望向窗外，看看有沒有那輛黑色巴士的蹤跡。我徹夜不眠，戒慎提防，好像我承受多少痛苦，就會得到多少護佑。泰瑪和爸居然沒有察覺我的臉色多麼蒼白、突然變得多麼需要他們陪伴，想來似乎難以置信。他們期望的生活終究步入常軌，日常諸事還是必須處理，我麻木地依循他們的步調，昔日的伊薇已被這股麻木所取代。我最喜愛的肉桂口味糖果、我心中的夢想，這些全都消失無蹤，取而代之的是一個全新的伊薇——這個別人跟她說話就點頭稱是、埋頭清洗晚餐餐盤、雙手被熱水泡得紅通通的呆瓜。

離家前往寄宿學校之前，我必須收拾我在我媽家的臥房。媽已經幫我訂製制服——床上擺著兩件天藍色的裙子和一件水手領罩衫，衣物摺得整整齊齊，飄散出工業用洗潔精的氣味，聞了嗆鼻，好像租來的桌巾。我根本懶得試穿，直接塞進皮箱裡的網球鞋上方。我不知道還能收拾什麼，一切似乎無關緊要。我恍恍惚惚地瞪著房間，一本亮面的日記簿、一個生日石串飾、一本鉛筆素描簿，種種我曾珍愛的物品似乎毫無價值、暮氣沉沉、完全失去昔日的吸引力。哪一種女孩會喜歡這些東西？哪一種女孩會在手腕上配戴串飾、在日記簿裡書寫她的一天？簡直令人難以想像。

「妳需要一個大一點的皮箱嗎？」媽站在門口說，嚇了我一跳。她神情疲憊，我聞得出來她最近煙抽得很兇。「如果妳要的話，妳可以拿我那個紅色的皮箱。」

我以為她會注意到我的改變，即使泰瑪、或是我爸都看不出來。我臉上的嬰兒肥消失無蹤，五官呈現出深邃的輪廓。但她什麼都沒提。

「這個皮箱就夠了，」我說。

媽站在門口，仔細檢視我的房間和幾乎空蕩的皮箱。「制服合身嗎？」她問。

我甚至沒試穿，但我點點頭，默默強迫自己讓步。

「很好、很好。」當她微微一笑，她的嘴唇微微冒出裂痕，我看在眼裡，忽然覺得好難過。

☼

當我把書胡亂塞進櫃子裡，我發現一疊舊雜誌下藏放著兩張灰白的拍立得快照。蘇珊的影像突然出現在我的房裡：她那狂野不羈、有如小野貓的微笑，她那沉甸甸的雙乳。我大可想像她嗑藥嗑得茫茫然、殺人殺得汗涔涔，藉此激發對她的憎惡，但在此同時，一個念頭卻緩緩飄過腦際，我想要擺脫，卻無力抗拒：**啊，那是蘇珊**。我知道我應該銷毀照片——光是蘇珊的照片就足以構成證據，令我涉嫌。但我無法下手。我把照片翻面，深深埋在一本我絕對不會重讀的書本裡。另一張照片上是某人的後腦杓，那人正在轉身、影像模模糊糊，我瞪了好久才意識到那人是我。

第四部

PART.4

莎夏、朱利安和札夫早早離開，然後我又孤獨一人。房子看起來一如往常，只有另一個房間裡那張床單皺巴巴、聞起來帶著性愛氣味的床鋪，顯示出果真有人待過。我打算把床單丟進車庫裡的洗衣機清洗，疊好放在衣櫃架上，打掃房間，讓它回復先前的平板單調。

❊

那天下午，我沿著沙灘漫步，繞過一個個沙蟹挖出的小穴，沙灘一片清冷，零星散佈著貝殼的碎片。我喜歡疾風吹拂耳梢的感覺。海風驅散了人群——社區大學的學生們大聲嚷嚷，她們的男友們在喊叫聲中追趕隨風飄揚的氈毯。一家家遊客終於打退堂鼓，拖拉著折疊椅和支離破碎的小風箏，朝著他們的車子前進。我穿了兩件長袖運動衣，厚厚的衣物讓我感覺受到保護，腳步也慢了下來。每隔幾英尺，我就看見一大團海草，肥厚的海草纏繞糾結，好像消防隊員的水帶。大海洗滌了一個怪異陌生、似乎來自外星球的物種。有人曾告訴我，那種海草叫做巨型海藻，即使知道名稱，它看起來還是一樣怪異。

莎夏幾乎沒有說再見。她躲到朱利安身邊，戴上自我防衛的面具，抗拒我的同情。我知道她已心不在焉，思緒飄散到心裡某個角落，在那個角落，朱利安溫柔體貼，生活充滿樂趣，就算不是趣味橫生，也稱得上有意思，那不就夠了嗎？那不就彌足珍貴嗎？我試著對她微笑，無聲無息地對她傳送一個信息。但她要的終究不是我。

※

卡梅爾的霧氣比較濃重，白霧有如暴風雨般撲蓋寄宿學校的校園、禮拜堂的尖塔、鄰近的大海。那年九月，我依照計畫入學。卡梅爾民風保守，我的同學們似乎比實際年齡小多了。我的室友蒐集了一系列馬海絨衫，而且按照顏色排列。宿舍的牆壁掛上織錦氈毯，營造出柔和的氣氛，門禁時間一過，妳就得躡手躡腳地偷溜進來。高年級同學們經營小店舖，店舖販售洋芋片、蘇打汽水和糖果，周末晚間九點到十一點半，學生們獲准在店鋪裡享用吃食，每個女孩都表現得好像這是最優雅的社交活動，象徵著她們的獨立自主。儘管她們舌燦蓮花、氣勢洶洶、收集了一箱箱唱片，但我的同學們似乎相當幼稚，連那些來自紐約的女孩也不例外。偶爾大霧濛濛、遮掩了禮拜堂的尖塔，有些女孩甚至辨識不出方向，走著走著迷了路。

頭幾個星期，我默默觀察那些女孩，她們隔著小方院呼喚彼此，她們的背包要嘛鼓鼓地扛在背上，要嘛斜斜地拿在手中。她們舉止輕盈，好像偵探小說系列中那些養尊處優、備受寵愛、馬尾辮繫條緞帶、周末換上格子布短裙的頑皮小女孩。她們寫信回家，閒聊她們心愛的貓咪和崇拜她們的小妹。足蹬拖鞋、披著家居服的女孩們獨佔休憩室，她們大嚼從小冰箱裡拿出來的乳加巧克力棒，擠成一團窩在電視機旁，直到心思陷入電視機映像管的光束之中。某人的男友在瑞士攀岩時喪生；大夥圍著她，人人一臉哀戚，爭相表達撫慰之情。這種戲劇化的表態其實植基於忌妒——霉運相當罕見，甚至足以添增妳的光彩。

我擔心我帶著某種印記，說不定大家都看得出我心中隱隱的畏懼。但是寄宿學校是個自成一格的自治區，校區特殊的規矩和架構，似乎為我帶來一絲光明。我很訝異自己居然交了朋友。一個跟我一起選修詩學的女孩。還有我的室友潔思敏・辛格。在其他女孩眼中，我的憂鬱似乎營造出某種深奧的氛圍，我的疏離似乎象徵著頹廢與自我放逐。

潔思敏來自奧瑞岡州的一個牧牛小鎮。她哥哥時常寄漫畫書給她，書中的女超人掙脫她們的超人裝，跟八爪魚或是卡通狗做愛。潔思敏說她哥哥從墨西哥的一個朋友那裡買到這些漫畫書，她喜歡書中愚蠢的暴力，時常窩在床鋪一側、歪著頭看漫畫。

「這本簡直是神經病，」她輕蔑地哼了一聲，把一本漫畫丟給我。鮮血如恆星爆炸般濺散，鼓脹的胸乳起起伏伏，我經常試著掩飾這些影像其實隱隱令我反胃。

「我在節食，所以我把東西分給跟大家吃，」潔思敏一邊解釋，一邊遞給我一塊她收放在書桌抽屜裡的巧克力棉花糖夾心餅。「我以前每一樣東西分成兩半、丟掉我不吃的一半，結果引來老鼠在宿舍裡跑來跑去，我不可以再這麼做。」

她讓我想起康妮，她們都一臉羞怯地拉拽身上的襯衫，露出一截小腹。康妮上了帕塔露瑪的高中，這會兒八成走過低矮的台階，坐在桌面破裂的野餐桌旁吃午餐。我再也不曉得如何想念她。

潔思敏非常想聽我說些家裡的事情，在她的想像中，我住在洛杉磯的某一棟豪宅，抬頭望去即是銀閃閃的好萊塢標誌，屋子泛著雪酪般的粉紅色彩，象徵加州的富麗堂皇，一名園丁手執掃帚，清掃網球場。我已經跟她說過我的家鄉是個酪農小鎮，但她似乎聽不進去；其他事情精采多了，比方說我的外婆是誰。潔思敏認定她了解我學期剛開始為何沉默不語，她以為她全都了解，而我也讓自己跨入她勾勒的框架之中。我提到一個男孩，暗示他只是眾多男友之一。「他是個名人，」我說。「我不能說他是誰，但我跟他同居了一段時間，他的陰莖是紫色的，」我輕蔑地哼了一聲，潔思敏跟著大笑，朝著我瞪了一眼，神情之中滿是忌妒與欣羨。說不定我以前也像這樣看著蘇珊。我以牧場最迷人的一面為本，以一廂情願的想像為輔，好像摺紙似地捏造出一件又一件全新的往事，輕而易舉架構出一個事事皆如我所願的世界。

我選修法文，我們的老師長相嬌美，剛剛訂婚，而且讓班上那些人氣女孩試戴她的訂婚戒。我選修藝術，我們的老師庫克小姐頭一次任教，殷切之中帶點焦慮，有時她上粉上得不夠均勻，下巴留下一道粉痕，我看了覺得她很可憐。她試著對我釋出善意，當她注意到我發呆、或是把頭靠在交叉的手臂上休息，她什麼都沒說。有次她帶我到校外喝杯奶昔、吃份口感像是溫水的熱狗，她跟我說她因為工作從紐約遷居至此、紐約的柏油路如何反射出白花花的日光、她鄰居的小狗在公寓的樓梯隨地大便、幾乎令她抓狂。

「我經常偷吃我室友的食物，起先只吃邊角，然後全部吃下肚，整個人很不舒服。」庫克小姐的眼鏡令她的眼睛不適。「我從來沒有感覺那麼糟，而且找不出任何真正的因素，妳了解吧？」

她靜默不語，顯然等著我說出一番相同的遭遇，比方說家鄉男友變心、我傷心難過、但應付得來，或是媽媽住院、惡毒的室友散發冷酷的謠言等等。她期望聽到一個她說得出一番大道理的狀況，為我做出比較睿智、比較成熟的解釋。我怎麼可能對庫克小姐說真話？思及至此，我不禁嘴角一抿，想像自己放聲大笑。她知道那樁尚未破案的謀殺案——每個人都曉得。人們緊鎖家門，裝設多段鎖，加價購買警衛犬。無計可施的警方從米契口中探聽不出任何消息，米契也已經驚慌失措地逃往法國南部，但他的房子隔年才被夷為平地。人們已經猶如朝聖般開車駛經入口的鐵門，期盼能感受一下有如水蒸氣般飄散在空中的驚恐。他們呆坐在車裡，直到疲憊、不勝其擾的鄰居們把他們轟走。少了米契，警探們只好遵循販毒份子、心理有問題的瘋子和百般無聊的家庭主婦提供的線索，他們甚至聘了一位靈媒在米契家中的各個房間走一圈，力圖擷取某種感應。

「兇手是個寂寞的中年男子，」我聽到那位靈媒在叩應節目中說。「年輕的時候因為某一件他沒做的事情受到懲罰，我感應到字母『K』，還有『瓦列霍市』。」

就算庫克小姐相信我，我能告訴她什麼？我從八月就睡不好、因為我太怕陷入無法監控的夢境？我直挺挺地躺在床上、堅信羅素就在房裡、呼吸短淺急促、凝滯的空氣好像一隻手似地摀住我的嘴巴？我生怕受到那股邪氣的影響、只願另有一個平行並存的宇宙？在平行宇宙中，那個晚上從未發生，我堅持蘇珊離開牧場，那個金髮女子和她熊寶寶般的小兒子推著購物車沿著超市的貨架前進，母子兩人計畫著星期日的晚餐，一臉倦意，有點暴躁，關恩拿條毛巾包住潮濕的頭髮，擦勻腿上的乳液，史考提清理熱水浴缸的濾網，草坪的灑水器悄悄地噴濺出一道弧狀的清水，附近的收音機播放著歌曲，歌聲緩緩飄進屋子的後院。

我寫給我媽的信有點誇大其詞，刻意美化，最起碼一開始是如此。後來倒是不假。課程滿有趣。

我交了朋友。

下星期我們打算參觀水族館，觀賞水母在銀閃閃的水缸裡一張一合、閃躲逃竄、好像精美細緻的手帕般漂浮在水中。

⁂

等我走到峽角的尖端，風勢已經增強。沙灘空空蕩蕩，每一個野餐客和遛狗的民眾都已離去。我慢慢踏過一個個大圓石，朝著平坦的沙地前進，沿著崖壁和浪濤之間的海岸線漫步。我已多次像這樣散散步。我心想，莎夏、朱利安和札夫不曉得已經開到哪裡，說不定再過一小時才會抵達洛杉磯。我不想也知道朱利安和札夫坐在前座、莎夏坐在後座，我可以想像她不時往前一靠，請他們重複剛才的笑話，或是指指某一個有趣的路標，試圖為自己造勢，讓他們知道有她這個人，試了半天終於放棄，往後靠回她的椅背，轉頭盯視路面，任由他們的話語聲凝聚為毫無意義的噪音。果園一閃而過，枝葉閃閃爍爍，有如銀白的波濤，令鳥群敬而遠之。

⁂

我跟潔思敏走過休憩室，朝向小店鋪前進，這時，一個女孩大喊：「妳姐姐在樓下找妳。」我沒有抬頭；她講話的對象不可能是我。但她的確對我說話。我花了一秒鐘才意識到可能是怎麼回事。

潔思敏似乎有點難過。「我不曉得妳有個姐姐。」

※

我想我早就知道蘇珊會來找我。

在校時，我內心始終瀰漫著霧濛濛的麻木感，這種感覺不至於令人不悅，就像手臂發麻，妳不至於覺得不快。但是手臂總會恢復知覺。微微的刺癢感隨後而至，疼痛再度復甦——看到蘇珊倚靠在宿舍大門的陰影下，就是這種感覺。她的頭髮凌亂，嘴唇乾裂——她的出現，打亂了時間的順序。

事事重新湧現在我眼前。我的心噗噗狂跳，無可奈何，心中升起一丁點懼意。但蘇珊能做出什麼事？現在是大白天，學校裡到處都是證人。我看著她注意到過分雕琢的庭園造景、老師們趕赴輔導課、女孩們穿過方院，女孩個個拿著網球包包，鼻息之間飄散著巧克力牛奶的氣味，足見她們的媽媽們盡力遙控，確保女兒們依照自己的模式過日子。蘇珊的神情好奇而疏離，好像發現自己置身一個離奇神祕之地、試圖評估情勢。

當我走近，她挺直身子。「瞧瞧妳喔，」她說。「全身上下乾乾淨淨，整整齊齊。」我看到她露出前所未見的尖酸：她的一個指甲瘀血青腫。

我什麼都沒說。我什麼都不能說。我不停撫摸髮梢。我的頭髮比以前短——潔思敏先前在浴室裡參照雜誌一篇DIY的短文，瞇著眼睛幫我剪了頭髮。

「妳好像很高興見到我，」蘇珊笑笑說。我也微微一笑，但並非真心。我只是做做樣子討好蘇珊，平息心中的恐懼。

我知道我應該做些什麼——我們一直站在遮陽篷下，遲早會有人停下來問個問題、或是跟我姐姐做個自我介紹。但我無法迫使自己移動。羅素和其他人可能就在附近——他們正看著我嗎？樓房的一扇扇窗戶似乎有些動靜，我突然想到狙擊手和羅素意味深長的注視。

「帶我參觀一下妳的房間，」蘇珊大聲說。「我想看一看。」

✲

房間空空蕩蕩，潔思敏還在小店舖，蘇珊把我推到一旁，我來不及阻攔，她已經踏入房裡。

「不錯嘛，」她聲音輕顫，裝出假假的英國腔。她在潔思敏的床上坐定，上下蹦跳，看著牆上的夏威夷風景海報，海報中海天一色，其間夾帶著綿長銀亮的海灘，看起來如夢似幻。她瞄了一眼那套《世界百科》，那是潔思敏的爸爸致贈的禮物，但潔思敏卻從未翻閱。潔思敏把一疊信件收放在一個雕花木盒裡，蘇珊二話不說就掀起盒蓋，細細檢視。「潔思敏・辛格，」她照著信封上念道。「潔思敏，」她重複一次。她放手任由盒蓋啪地闔上，站了起來。「嗯，這張就是妳的床囉。」她作勢揉亂我的被毯，我腦海中浮現我們躺在米契的床單間、她的頭髮黏貼在額頭和頸間，我的胃頓時緊縮。
「妳喜歡這裡？」
「還好。」我依然站在門口。
「好，」蘇珊笑笑說。「伊薇說學校還好。」
我一直看著她的手，心想這一雙手幹下多少勾當，彷彿這種比較有什麼意義。她追隨我的目光：她肯定知道我在想什麼。她猛然起身。
「現在輪到我帶妳參觀，」蘇珊說。

※

巴士停在小巷裡，就在學校入口處的鐵門旁。我可以看到巴士裡人影晃動。羅素和那些依然留下的信徒，而我認定大夥全都沒有離開。他們幫車頂上了油漆，但其他部分維持原樣。巴士笨重龐大，堅不可摧。我忽然確信他們會包圍我，把我逼進一個角落。
就算有人看到我們站在坡道上，我們兩人看起來八成像朋友，我雙手插在口袋裡，蘇珊伸手遮擋陽光，護住雙眼，儼然是兩個女孩星期六在戶外閒聊。
「我們等會兒就會前往沙漠，」蘇珊大聲說，她肯定從我的神情中看出我心中的忐忑。我想起種種生活瑣事——今晚法文社集會，蓋韋爾太太已經保證幫大家烘烤奶油塔；潔思敏打算在宵禁之後抽那支帶點黴臭的大麻煙——難不成這些雞毛蒜皮的小事界定了我的生活？即使有此領悟，我可曾多少少想要跟隨蘇珊離開？她那濡濕的鼻息，她那冰涼的雙手。席地而眠，咬嚼蕁麻葉滋潤我們的喉嚨。

「他沒有生妳的氣，」她說，依然目光灼灼地瞪著我。「他知道妳不會說出任何事情。」

沒錯：我什麼都沒說。我始終保持緘默，努力銷聲匿跡。沒錯，我一直心存恐懼，即使事隔多時、羅素、蘇珊和其他人被捕入獄，我依然感到畏懼。或許妳可以把我的沉默歸因於這股懼意，但還有其他因素。蘇珊——無人相助、無依無靠的蘇珊。她有時拿起便宜的口紅幫她的乳頭上色；她怒氣騰騰、氣宇軒昂地走來走去，好像知道妳試圖從她手中搶奪某樣東西。我保持緘默，因為我想要保護她。不然還有誰會愛她？誰曾經把她抱在懷裡、跟她說她那顆在胸中撲通跳動的心臟並非毫無價值？

我雙手汗涔涔，但我沒有在牛仔褲上抹抹手。我試圖搞清楚這一刻，讓蘇珊的影像停留在我腦海。蘇珊·帕克。自從第一次在遊樂園見到她，我的世界就隨之改觀。我想起她的唇貼在我唇邊，抿抿一笑。

蘇珊是頭一個真正注視我的人，在那之前，老實說，我不曾得到任何人的注視，因此，她定義了我。她的凝視輕而易舉就軟化了我的心，就連照片中的她都好像只看著我，牽動只有我倆才了解的思緒。她看著我的模樣、跟羅素看著我的模樣不同，因為羅素也受到她目光的牽制：她的目光讓羅素和其他每個人都顯得渺小。我們曾跟男人們在一起，我們曾讓他們為所欲為。但他們永遠不會了解我們善加隱藏、不讓他們看見的部分——他們永遠不會察覺我們的欠缺，他們甚至永遠不會知道他們應該探看什麼。

蘇珊不是個好人。我了解，但我不願面對。法醫說琳達左手的無名指和小指被砍斷，因為她試著保護她的臉，這是事實，但我把它擺得遠遠地，不讓它近身。

蘇珊饒富深意地看著我，好像說不定講得出一番道理，然而巴士簾幕覆罩的擋風玻璃後方稍有動靜，吸引了她的注意力——即使是那個時候，她依然留意羅素的一舉一動——她馬上擺出一副公事公辦的模樣。

「好吧，」她說，好像有個無形的時鐘滴滴答答地催促她。「我得上路了。」我幾乎希望她要脅我，留下蛛絲馬跡，暗示我她說不定會再回來、我應該怕她、我可以巧言令色、挽留她別離開。

我終究只能在照片和新聞報導中再見到她。儘管如此，我始終無法想像她永遠從我生命中缺席。蘇珊和其他人將永遠為了我而存在；我相信她們永遠不會消逝，她們會永遠駐足在我的生活之中，徘徊在一幕幕日常即景的幕後，繞著公路盤旋，沿著公園徐徐而行，受制於一股永不停歇、永不放緩的動力。

那天，在她走向青綠坡道的另一頭、消失在巴士裡之前，蘇珊輕輕聳肩，微微一笑，笑意中隱藏著古怪的暗示，好像她和我相約在某時某地相會、而她知道我八成記不得。

※

我想要相信蘇珊之所以把我趕下車，原因在於她看出我們的不同。說不定她很清楚我絕不可能動手殺人，說不定她的頭腦還夠清楚、意識到我純粹是為了她才坐上車。她想要保護我、讓我不要涉入其後發生的事。這套說詞不是容易說得通嗎？

其實卻不是那麼單純。

恨意讓事情變得複雜。她肯定憎惡自己做了什麼事。她一刀接著一刀用力揮砍，好像試圖讓自己擺脫心中那股近似瘋狂的憎惡：我了解她的心情，對我而言，那股恨意並不陌生。

憎怒不費心神。多年以來，不同的人在不同的場合惹惱了我，不同的排列組合，恨意卻始終如一。一個商展上的陌生人隔著我的短褲撫摩我的胯下。一個男人在人行道上忽然撲向我，當我哆嗦畏縮，他居然放聲大笑。有個晚上，一個上了歲數的男人帶我到一家昂貴的餐廳吃飯，我當時不滿二十歲，甚至還不懂得品嘗生蠔，餐廳老闆過來跟我們坐在一起，同桌還有一位知名導演，男士們開始熱切爭辯，我卻插不上嘴，只能手執厚重的餐巾，不安地動來動去，一邊喝水，一邊瞪著牆壁。

「吃妳的蔬菜，」導演突然對我厲聲說道。「妳還在發育。」

導演想要讓我知道我已經曉得的一點：我無權無力。他看出我的欠缺，用它來對付我。我立刻對他懷恨在心。那種感覺就像妳剛喝一口已經變壞的牛奶，酸臭味橫掃鼻樑，盈滿頭蓋骨。導演取笑我，其他人也嘲弄我，開車載我回家的路上，那個上了歲數的男人抓住我的手，擱在他陰莖上。

這類事情並非罕見，已經發生了數百次，說不定不只數百次。從表面上看來，我只是一個女孩，但這張臉孔隱藏著勃勃的恨意，我猜想蘇珊看得出來。我的手當然料想得到刀刃的輕重、肌膚的彈性。太多東西可以讓我摧毀。

蘇珊阻止我做出我或許下得了手的事情。因此，她釋放了我，讓我化身為那個她不可能成為的女孩，遊走於世間。她絕對不會到寄宿學校讀書，但我依然可以，她把我從她身旁趕走，好像我是一個使徒，幫她的另一個自我傳遞消息。牆上那張夏威夷海報、那片海灘、那個迎合多數人幻想的藍天，全部都是蘇珊的贈與。她讓我有機會選修詩歌、把一袋袋骯髒的衣服留置在寢室門外、爸媽來訪時大啖抹了鹽巴的帶血牛排。

這些都是她的贈與。但我拿它們做什麼？我曾想像生命不斷累進、不斷加乘，但事實並非如此。我從寄宿學校畢業，上了兩年大學，到洛杉磯打拼，苦撐熬過十年的空白歲月。我先為我媽送終，然後輪到我爸，他的頭髮變得稀疏纖細，猶如幼童。我支付帳單，購買雜貨，檢查眼睛，在此同時，歲月有如山壁的碎石，漸漸崩落消逝。生命是個不斷退縮的過程，時時日日往後退卻。

有些時刻我選擇遺忘。比方說潔思敏生了頭胎的那個夏天，我到西雅圖找她，當我看到她在路旁等候、頭髮塞在外套的衣領下，過往的歲月忽然在我眼前延展，一時之間，我感覺自己又是那個曾經純真甜美、無可責難的女孩。還有我跟那個來自奧瑞岡的男人共度的那一年，我們的廚房裡掛著室內植物，我們的汽車椅背上鋪著印度氈毯，遮住一道道裂痕。我們吃冷冷硬硬、加了花生醬的口袋麵餅，漫步在潮濕的綠草之間。我們到南加州溫泉峽谷附近的山區露營，鄰近的一群露營客熟知「人民之歌」的每一首歌謠，我們躺在被太陽曬得暖烘烘的岩石上，烘乾身上的湖水，兩人的軀體在石頭上留下模模糊糊、重疊相連的印記。

但是空虛感又開始發威。我幾乎成為人妻，後來卻跟那人分道揚鑣。我幾乎被視為知己，期待卻又落空。夜深人靜時，我啪地關掉床邊小燈，才赫然發現自己孤零零地置身黑暗中。在那些時刻，我每每心頭一緊，驚悸萬分，不禁心想：不，這一切都不是贈禮。受審判刑之後，蘇珊得到救贖，她參加獄中的讀經班，接受黃金時段的專訪，拿到函授學校的大學文憑。我只得到一個旁觀者的殘篇斷簡，我只是一個沒有犯案的逃亡者，既是希望沒有人找上我，卻也害怕果真沒有人找上我。

※

結果竟是海倫說溜嘴。她才十八歲，依然渴望得到人們的注目——我很驚訝她們居然拖了那麼久才落網。海倫使用一張偷來的信用卡，在貝克斯菲爾德被警方逮捕，她只需在州郡監獄裡待一星期，警方就會放人，但她沒辦法不跟她的牢友吹噓。休憩室的投幣式電視播放新聞，節目中提到警方持續偵辦那樁謀殺案。

「房子在那些照片裡看起來好小，其實大多了，」根據她的牢友，海倫說出這番話。我可以想像海倫抬高下巴、一副若無其事的模樣。她的牢友起先想必不予理會，翻個白眼，蔑視這番幼稚的胡言亂語。但是海倫說個不停，忽然之間，那名女子開始仔細傾聽，暗自盤算可以支領多少破案獎金、或是少坐幾年牢。她敦促海倫說多一點、繼續講下去。海倫受到她的注目，想必受寵若驚，於是一五一十地詳述這樁亂七八糟的案子。說不定還誇大其辭，營造出驚恐的氣氛，好像在睡衣派對上講個鬼故事。我們全都想要受人注目。

※

他們全數在十二月底落網。羅素，蘇珊，唐娜，蓋伊，其他人。警方襲擊他們在加州死谷國家公園搭設的帳篷區，現場到處都是破爛的法蘭絨睡袋和天藍色的尼龍防水油布，營火燒盡，餘燼灰白。警方抵達時，羅素拔腿飛奔，好像他可以逃脫一整組警員的追捕。巡邏車的大燈在粉白的晨光中大放光明，羅素馬上就被警員制住，他雙手搭著後腦杓，被迫跪在粗短的野草上，可悲極了。蓋伊被銬上手銬，赫然驚覺那股讓他支撐到現在的虛張氣焰畢竟也有極限。孩童們被趕在一起，裹上毛毯，領取一份冷冷的起司三明治，送上社福局的廂型車，他們的小腹鼓脹，頭上爬滿蝨子。警方不知道哪個人做出哪些事，最起碼當時還不清楚，所以蘇珊只是其中一個瘦巴巴的女孩。女孩們喧擾鼓譟，好像瘋狗似地朝著泥地吐口水，當警員們試著把她們銬上手銬，她們人才癱軟下來。她們的抗拒傳達出某種錯亂的尊嚴——她們全都沒有奔逃，即使走到了盡頭，女孩們依然比羅素堅強。

同一個星期，卡梅爾飄起小雪，一片銀白，無比純淨。學校停課，我們穿著牛仔夾克踱步走過小方院，薄薄的冰霜在我們的腳下嘎吱作響，世界似乎即將消逝，此時似乎是最後一個清晨，我們凝視灰白的天空，好像空中即將出現更多異相，但不到一小時，雪花全都融為一團髒兮兮的殘雪。

✲

走到海灘停車場的半路上，我看到那名男子。他朝著我走來，說不定離我一百碼。他剃了光頭，顯露出輪廓分明的腦袋瓜。他穿了一件短袖的運動衫，這倒是奇怪，因為他的皮膚被海風吹得發紅。我暗自估量種種狀況，雖然不願感到心慌，依然無法不感到無助。我隻身在海灘，離停車場還有一段距離，除了我和男子之外，四下空無一人，岩壁高聳陡峭，切痕累累，佈滿青苔。海風吹得我的頭髮掃過臉頰，沙灘也被吹出一道道溝痕。我強迫自己踏著原有的步伐，繼續走向他。

這會兒我們大約相距五十英碼。他的手臂肌肉糾結，腦袋瓜光禿禿，凶相畢露。我放慢腳步，但似乎沒什麼差別——男子依然輕快地朝著我的方向前進，一邊走路，一邊搖頭晃腦，身子一抖一抖，似乎遵循某種狂亂的節奏。

一顆石頭。我腦海中浮現一個瘋狂的念頭。他會撿起一顆石頭。他會敲碎我的頭蓋骨，我的腦漿會流到沙灘上。他會緊掐著我的脖子，直到我的氣管劈啪斷裂。

我還想到其他一些蠢事：

莎夏和她那稚氣、帶點鹹味的嘴巴。小時候家裡的車道兩側樹木林立，陽光照上樹梢，閃閃發亮。蘇珊可知我想念她。那位受害的母親最終肯定求饒。

男子來勢洶洶，朝著我走來。我雙手軟趴趴、汗涔涔。**拜託**，我心想，**拜託**。我在跟誰說話？男子？天主？誰掌管諸如此類的事情，我就跟誰說話。

然後他走到了我跟前。

喔，我心想，哎喲。不過是個一般的男孩子，毫無惡意，隨著塞在耳窩中的白色耳機搖頭晃腦。眼前只是一個在海灘上散步、開開心心聽音樂的男子。微微的日光貫穿白霧，他帶著笑意走過我身邊，我也對他微微一笑，彷彿妳對任何一個不認識的陌生人都會微笑致意。

致謝詞

謝謝Kate Medina和Bill Clegg寶貴的指引。同時謝謝Anna Pitoniak、Derrill Hagood、Peter Mendelsund、Fred Cline、Nancy Cline、我的兄弟姐妹Ramsey、Hilary、Megan、Elsie、Mayme和Henry。

藍小說267

女孩們

作　者—艾瑪・克萊恩
譯　者—施清真
主　編—嘉世強
美術編輯—霧室
內頁排版—極翔企業有限公司
董事長
總經理—趙政岷
出版者—時報文化出版企業股份有限公司
10803台北市和平西路三段二四〇號三樓
發行專線—（〇二）二三〇六—六八四二
讀者服務專線—〇八〇〇—二三一—七〇五
（〇二）二三〇四—七一〇三
讀者服務傳真—（〇二）二三〇四—六八五八
郵撥—一九三四四七二四時報文化出版公司
信箱—台北郵政七九～九九信箱
時報悅讀網—http://www.readingtimes.com.tw
電子郵件信箱—liter@readingtimes.com.tw
法律顧問—理律法律事務所　陳長文律師、李念祖律師
印　刷—勁達印刷有限公司
初版一刷—二〇一七年八月三十一日
定　價—新台幣三六〇元
（缺頁或破損的書，請寄回更換）

時報文化出版公司成立於一九七五年，
並於一九九九年股票上櫃公開發行，於二〇〇八年脫離中時集團非屬旺中，
以「尊重智慧與創意的文化事業」為信念。

國家圖書館出版品預行編目（CIP）資料

女孩們 / 艾瑪・克萊恩著；施清真譯. -- 初版. -- 臺北市：時報文化，2017.08
面；　公分. --（藍小說；267）
譯自：The girls
ISBN 978-957-13-7074-3（平裝）

874.57　　106011660

ISBN 978-957-13-7074-3
Printed in Taiwan